U0606965

蒿客

著

CHENMO
DE
XIANGSHU

沉默的橡树

百花洲文艺出版社
BAIHUAZHOU LITERATURE AND ART PRESS

图书在版编目（CIP）数据

沉默的橡树／蒿客著. -- 南昌：百花洲文艺出版
社,2021.6

ISBN 978-7-5500-4229-2

Ⅰ.①沉… Ⅱ.①蒿… Ⅲ.①长篇小说－中国－当代
Ⅳ.①I247.5

中国版本图书馆 CIP 数据核字（2021）第 067062 号

沉默的橡树

蒿客 著

出 版 人	章华荣	
责任编辑	蔡央扬	
特约编辑	胡永其	
封面设计	书香力扬	
书籍装帧	兰 芬	
制 作	书香力扬	
出版发行	百花洲文艺出版社	
社 址	南昌市红谷滩区世贸路 898 号博能中心 A 座 20 楼	
邮 编	330038	
经 销	全国新华书店	
印 刷	成都兴怡包装装潢有限公司	
开 本	880×1230 1/32	印张 9.125
版 次	2021 年 6 月第 1 版第 1 次印刷	
字 数	225 千字	
书 号	ISBN 978-7-5500-4229-2	
定 价	52.00 元	

赣版权登字 05-2021-152

版权所有，侵权必究

网址 http://www.bhzwy.com

图书若有印装错误，影响阅读，可向承印厂联系调换。

守其初心，始终不变。

　　　　　——苏轼《杭州召还乞郡状》

奋斗以求改善生活，是可敬的行为。

　　　　　——茅盾

自　序

　　印象里不止一回，当夜深人静、思绪万千的时候，像小鸟在穿过一片风雨后梳理自己的羽毛，我开始梳理自己的经历。

　　好像很遥远，但又好像是眼前。二十世纪八十年代初，我考取了合同民办教师，教中学生英语，在那个英语教师奇缺而英语成绩又被计入中高考总分的年代，我感到非常自豪，同时又忐忑不安——我知道自己坛子里的米太少，米饭难做。后来，调进教办负责小学业务，同样少不了诚惶诚恐，其间到任教所在地的镇里帮忙，算得上工作需要临时"改行"，在政府任了三年小职。再后来重返学校，到一个偏远乡镇从事小学教育管理工作，一口气尽职尽责地干了十年。再再后来……没有了，就是现在回家的状态。

　　可见我的经历很简单，填在履历表上就那么很少几行，而且每行的文字也是寥寥无几。但等仔细瞅了那不起眼的几行文字之后，却又不以为然，原来有太多的情节都掩到了岁月深处，本是很丰富、耐人寻味，还可能值得他人感动的细节也在粗略的故事里丢失。寻找或找回，一时间成了我头脑发昏发涨的诱因。

应当说，这是一次探寻之旅，在对自己的人生进行价值上的审视和定义，但所幸结果并不是特别糟糕——我发现身后拖着的不是没有进化掉的尾巴，而是一路走来带着少许光点的足迹。我不敢说今生因此而无愧无悔，但努力过，奋斗过，灵魂至少能一夕安眠。

李叔同断言：奋斗之心人皆有之。

此言不虚。没有人不珍视这一撇一捺，都想成就一番事业，给生命的底色加釉。当然，要想拥有真正的成就，即便属于异质型，他历经的过程也未必可以轻描淡写，至于芸芸众生，更不用臆想一蹴而就发生奇迹。奋斗，只能有程度的不同，不会有需要的是否。

这时"执念"这个词蹦进我的脑海。我想，一个人有了奋斗的心固然可敬，但如果是一时冲动，只有个开头，或如果仅走到半途，而远未抵达成功，仍然是可敬的吗？

最新版词典对"执着"的解释有两条：一是原为佛教语，指对某一事物坚持不放，不能超脱；二是泛指固执或拘泥，亦指对某种事物追求不舍。我反复比较权衡了它的意义，无论"不能"还是"不舍"，总感觉禅味较浓，尽管它有褒义与贬义之分，我则更倾向于褒的一面——我又查找并分析了有关这个词的各种用法，终于认定这么好的词，有双重涵义真是亵渎！

小说主人公江劲风对执念的诠释刚刚好。

他考大学那会儿正是称作"挤独木桥"时代，他上去挤了，但没挤过去。自然只有回家务农。此时县里开始招聘各方面人才，比如银行、供销社、建筑站、学校等。"工作"这两个字诱人哪，有了工作等于跳出农门，能够扬眉吐气了。江劲风高二毕业时底子好，挑选当时吃香的像银行、供销社这样的单位可说胜券在握。不过他不这样想，他喜欢当个"孩子王"，做个让人羡慕的知识分子。

走上岗位以后才发现，做一个合同民办教师，最难的不是待遇差些，而是心理承受力得过硬。同一个单位，工作积极认真，工作量甚至超过在编教师，但福利待遇截然不同。政策上好理解，心理上难接受，尤其是评先评优，民办教师人数多而给的名额却特别少。手里没有奖状，转正就没有希望。

江劲风常常为此懊恼不已，但他没有陷入绝望。他内心的朴素执着就是坚持，不懈怠，不为恶劣的情绪绑缚。是一次次的挣扎，也是一次次的浴火重生。十年寒窗，十年磨一剑，也许是宿命或巧合，他恰恰也是默默奋斗了十年才转为正式教师，同时迎娶了美丽的心上人。

可能有人会问：这算什么执念呢？民办教师不是大批地、自然地转正了吗？

有疑惑的人可能不明白。首先江劲风有很多更好的机会，可他都放弃了，他要把教书育人进行到底。其次他不是搭政策的顺风车与众人一起集体转正，他早于他们，他是经过考试选拔这一关，需要读两年师范然后再重新分配的在编教师。不错，他的执念或许太朴实，不免流俗，但也许正是在尘埃里滋长的执念，才愈有泥土的气息，才愈加真实地逼近我们变得迟钝了的感官。

今天，年轻人北飘南飞，幸运地享用着社会进步带来的开放式选择。他们好多人没打算在一个单位或在一个岗位上干完一辈子，但并不说明他们厌倦工作，懒于赚钱养家。其实他们是想找到更适合自己的职业，努力赚更多的财富，让家庭生活、孩子成长和自身发展的诸多方面，实现现实意义上的完美结合。这就是他们时代感十分鲜明的执念。

热念成蝶。江劲风的多年梦想可以成真，当下人们的愿望也肯定能破茧而出。不要忘了两千年前圣人的那句话："天行健，君子以自强不息；地势坤，君子以厚德载物。"有执念的人，当属圣人眼里的君子。

我恐怕只能悟这么多了，但对于这么复杂的世界，我似乎已经知足了。

二〇二一年二月四日于徐州城置

目录

目 录　Contents

Chapter　1

不期而遇

　　江劲风完全是在不知不觉间，但好像又是奔着心中目标似的走进了橡树林。其实，他自己也说不清这些年已来过多少回了。

　　在苏北，大到方圆数十里的平原，小到巴掌般的山地丘陵，都随处可见已经存在了成千上万年的各种植物。这些植物中草本的不说了，它们一年年、一茬茬春去秋来，荣荣枯枯。单从木本植物来说，就够扳着手指数上一阵子了——据本地林业人员讲，所属温度带能生长的植物这里一样也不少。由此看出土地瘠薄、人口稠密，并没有怎么影响植物这个物种家族在这儿的繁衍和延续。在这个家族里，引人注目的还是那些高大挺拔的乔木，像桑树、榆树、槐树、桐树、椿树、杨树、柳树和松树等常见树种。因为常见，它们便成了普普通通的存在，似乎已然融入普通人家的日常生活。

　　比如桑树，每年开着带点绿意的白花，那些白花被宽大的桑叶遮掩，隐隐约约，香味也不怎么散开。它们结出的叫作桑葚的果实，男女老少没有一个人不喜欢，虽是黑不溜秋，但吃了口齿留香，还往往把嘴角和手上染出一块一块的蓝紫，要是小孩子，那更是一塌糊涂，上台演丑角也不用打扮了；白桑葚较少，不是那种纯净的白，通体现着淡淡的青，但个个干净透亮，十分吊人的胃口。若从经济实用的角度衡量，桑叶要胜过桑葚。庄户人要想手头活便点，家庭宽裕点，养蚕是最好的办法，于是满树泛着亮光的青翠欲滴的桑叶，就成了蚕宝宝们最爱的美食，从春到夏，从夏到秋，桑叶就像韭菜，摘了老叶子，新叶子又悄无声息发出来。

比如榆树，俗语不好听，叫"榆木疙瘩"，看它长得粗皮糙肉，肤色暗灰，躯体上布满了纵裂的沟纹。但是，像人不可貌相一样，榆树的憨厚和可爱都藏了起来，大巧若拙，大智若愚，大美若丑，榆树仿佛能参透世间万象。春天来了，它先不长带着细细锯齿的绿叶，而是偏把果子先结出来，白里带黄的果子，一堆堆，一簇簇，在春风里的枝上摇摇摆摆。让人开心的是，它的甜美的果实，既能果腹，又可品尝甘味。因它薄得如轻轻的纸，形状像交易的铜钱，人们就叫它榆钱，再亲切一点就叫榆钱儿。榆钱儿的好吃自不必说，嫩嫩的，津津的，爽爽的，甜甜的，春天不吃两把榆钱儿，榆钱余钱，会成为一年的憾事。

比如槐树，又叫国槐，不生虫，少生病，家家户户门前栽上一棵，供夏天遮阳纳凉。"槐"是由"木""鬼"组成，民间以为神树，喻示能带来好运和祥瑞。山西洪洞老鹊窝就垒在一棵大槐树上，槐树逐渐成为人们怀祖的寄托。更多见的刺槐，就是洋槐，漫山遍野的洋槐开花时，未见花在何处，只感觉到槐花特有的清香把人整个包围，人好像置身花香世界，有限的嗅觉也忙不过来。其实，洁白的洋槐花，就像一棵棵倒悬的麦穗挂在枝上，不住地晃晃悠悠。伸手够得着的，小心翼翼地掐下来；高处，就用一根竹竿绑上钩子拧落。趁着有些花还似开未开，鲜嫩得有极妙的手感，就不管还间杂有少许树叶，放到开水里焯一下。再捞出，挤干，然后想怎么吃，变换什么花样，这道槐花菜都会依然香得可口。

还有桐树、椿树……每一种乔木都有其可爱可贵之处，它们择取水分和阳光，以原生态的朴实奉献所有。走进任何一户农家，与人谈起随便一种树，你所感受的都会是息息相关的情意。

可是，在苏北这个小山村的地面上，多数人都因为不认识而忽略了另一种乔木，它就是橡树。在莽莽苍苍的植物世界，橡树是最大的开花植物，是树中的"森林之王"。植物学家把乔木按高度分为伟乔、大乔、中乔和小乔四等，伟岸挺拔的橡树至少应该归作大乔，一些还应称作伟乔。再者，橡树也不是徒然金玉其外，它自身具有的种种价值，其中任何一点，也绝不会输给同类。如此乔木中的"大家闺秀"，怎么竟蛰居在山村一隅而不为外人所知呢？甚至被视作廉价的栎木，劈了当柴填进灶底？

江劲风若不是来象山学校做教师，客观地说，他也不会认识橡树。他当然听说过，也读过舒婷的《致橡树》，就是没见过真正的橡树。及至不仅见了，还为橡树写过《橡树之恋》的组诗并获奖后，他对橡树的喜爱达到了痴迷的程度。他说，这叫投缘。工作上、生活上，不管遇到什么烦心的事、痛苦的事，他都要到橡树林里走一走、转一转，让这儿的风吹一吹、理一理，等愁绪顺了，心情舒展了，才像个没事人一样静静地离开。

此刻，他心里正有一团难以理清的乱麻，乱的缘由是教师节前的优秀人选。他原以为自己埋头奋斗了七年，也耐心等待了七年，这个名额怎么也该轮到他了，况且校长暗示过，同事们也共同看好他。开学时，教办主任在全乡教联会上的表扬言犹在耳：

"象山学校有一位年轻的英语老师，叫江劲风，他到象山学校以后，把全校的英语成绩提了上去，现在学校英语在全乡每次排名不是第一就是第二。他靠的是什么？靠的是勤于学习，善于学习。他天天到后面的山上去读书，整本整本的教材都能背下来。他还自己掏钱买了《英汉大词典》这样的工具书，花二百多块钱买了教学用的录音机。难能可贵啊同志们，他的工资不高，家庭条件也不好，可是他的心里装着学生，装着教育事业，大家说，要是评先进，不给这样的老师给谁？真要投票我第一个给他投赞成票！"

江劲风当时就坐在台下，激动得脸热心跳，但更多的感觉是有愧，他知道这些事都是校长汇报的，他很感激校长。同时在心里谦虚地说自己做的没有主任说的那样好，不过像大家一样上好自己的课罢了。

谁知道，上好课似乎与评上先进没有直接的联系。他们学校能上好课的人数来数去，也数不到项也非，偏偏这个先进就落他头上了。就在刚才的评优会上，校长给"钦定"的。校长说：

"今天这个教学工作先进个人，我们班子研究给了项老师，可能有人不服气，为什么是他项也非，自己哪点做的不好？我承认，在座诸位都在自己的岗位上做出了实实在在的努力，都为象山学校做出了很大贡献，作为一校之长，我得打心里感谢大家对我工作的支持。可是，先进的名额毕竟有限，僧多粥少嘛，我实在没有办法让大家都满意。毛主席他老人家说过，我们都是来自五湖四海，为了一个共同的革命目标走到一起来了。那么，我们就要顾大体，识大局，不能为了一个先进就伤了和气，害了团结。评先进的机会多得是，不要只看到眼前拃把远，要使劲向前看。项老师就是这样的人，多少年了，不乱发牢骚，不搬弄是非，从来都是默默无闻，任劳任怨，确确实实就像一头人民的老黄牛。你们可能不知道，上星期天项老师回家，碰到庄上一户人家失火了，他二话没说就跳进了火海，救了那家的两个孩子，自己差一点……咳，咳，咳，"校长胸腔里的痰正巧翻上来，他只好暂停一下，"项老师是一位救火英雄，树立了我们老师的光辉形象。你们说，先进不给这样的人不是没有天理了吗？那以后谁还会去做好人、做英雄？"

大家心里嘀咕："这奖状可是教学工作先进个人啊？"

但是，校长的一番讲话，毕竟有慷慨陈词，有苦口婆心，就是不能全部算是入情入理，谁也不好直接反驳。于是，在一阵沉默之后，这事就铁板钉钉了。

江劲风又想到一个月前。正是暑假里，夜间突然雷雨大作，江劲风的老娘赶忙起来拾东西，不料在雨水里滑倒，胳膊骨折了。到古庙医院治疗，说来也巧，他老娘的舅舅，也就是他的舅姥爷腿骨摔伤了，和他老娘住到了同一个病房。舅姥爷的孙子宋松来探望，江劲风才知道他这位表哥又提拔了，已是邻边乡石湾乡乡长。

老娘脸上带着谄笑的神情说："表侄，你这高升了，本事是愈来愈大了。俗话说，朝里有人好做官，俺家你表弟你得给拽一把。"

表哥弹了一下手里的烟灰："表姑，该帮的忙我一定会帮，只是现在想改行已经冻结了，不像前些年我那时候，再说表弟还是民办身份，没有编制。"表哥是六年前由教师改行的，说话的语气和态度还没完全被官场的做派同化，依然文绉绉的，言辞很恳切。然后，他把脸转向江劲风，"老表，你看在我能力范围内能给你帮上什么，尽管说。"

江劲风挠了挠头："也没……什么事，我不想改行，就是能改我也不想改。我就是想吧……要能有一张奖状就好了。"他说话有点吞吞吐吐。

表哥宋松踩灭烟头，站起来，看着江劲风说："我还有会，得走了。你说的意思我明白，再要弄不到奖状，就调到石湾中学去评。我会给你想办法，你可以随时来找我。"说话时，他重重地拍了两下江劲风的肩膀。

现在，江劲风一时拿不定主意，他陷入了沉思：要调到石湾中学去，那是表哥一句话的事，可是他又舍不得离开这里，这里有他喜爱的橡树林，有他喜欢的带着松香味的清新空气，当然还有那些他视为弟弟妹妹的学生。如果还留在这儿呢，学校的做法已让他失望，可能再等上三年五载也得不到他需要的奖状，那转正的希望就只能是继续希望。那么，他到底该何去何从呢？

橡树林静静的，连一只鸟的叫声都没有，似乎在配合着江劲风的心境。下午的阳光从树叶间照下来，地面上的影子就显得支离破碎。树荫下没有杂草，一丛丛的都是小橡树。小橡树特别可爱，接近圆形的叶子绿绿的，轻轻触摸很光滑。如果它们不是长在橡树林里，肯定会被误作小槐树。江劲风定定地看了一会，仿佛那些"小槐树"上面写着他正在思考的答案。但是没有，刮来一阵轻微的风，"小槐树"们调皮地对他摇了摇头。他继续在林子里徘徊思索。

快到树林尽头时，他恍惚听见前面传来流水的声音。那里有一条从山上流下来的小溪。循着水声望过去，见是一个身着粉红衣衫的女子在小溪里弯腰洗着什么。他脑袋里霎时冒出"浣溪纱"三个字，"浣纱弄碧水，自与清波闲"，一幅古典的场景跳到了他的眼前。怀着激动、莫名的欣喜和急切的向往，他禁不住走过去，这时头脑里那些乱糟糟的思想一下子遁迹于无形。

也许是流水的声音影响了她的听觉，也许是他放轻了脚步，反正她完全沉醉在清溪的美妙里而不觉。四周寥寥，斜阳脉脉，衬托出画面的安详。这是谁家的女子，在这山野间，在这树林旁，给了他如此美丽的遐想和倩影？

啊，原来是她！是那个新学期刚来报到的"七仙女"！

她叫苏小凡，初二语文老师兼班主任，她是怀着浪漫的雅兴来看橡树林的？

江劲风向溪水里看过去，只见苏小凡把蓝色筒裤卷过了膝盖，粉红长袖衫撸过了臂弯，正站在水里洗着什么。露在外面的腿和胳臂，白皙柔嫩，圆润光鲜，加上束在脑后的长发，使她看上去很像一位俊俏的村姑。看到这里，他立刻热血沸腾，感到心跳加速，有一种"微睡的火山"爆发了一般的冲动。一时间他整个人都进入了燃烧状态。忘记了时间，忘记了身在何处，甚至忘记了自己是谁。他的一切都被烧成了灰烬。

他想象不出，已经见了并且同事了多天的女子，暗地里咬牙看作平常的女子，此刻怎么出落得这般动人？莫非上苍让她，让自己，让这小溪，让这橡树林，在一个美丽的午后，演绎出一个美丽的故事？

但这只能是妄想，一个卑鄙的妄想！他在心里暗骂自己，深深吸口气，装作好意提醒地"咳"了一声。

这声咳嗽，撞飞了苏小凡的专心凝神。她抬起头，见是英语老师江劲风，红着脸，摆弄着手里的东西说："江老师，这么巧，你是来找灵感的吧？"

"不是……哦，是的，下午没事。"他说话语无伦次。

"找到了吗？"她看他显出窘样，故意追问。

"找到了。远在天边……"他不知怎么竟然把这句话脱口而出，说了一半就觉得有点不够庄重，担心苏小凡以为他油腔滑调。但是，覆水难收。

好在苏小凡并没有太介意，她的脸仅仅是忽然间变得绯红，只见她把洗好的东西递给他："这是野山楂，尝尝。"

江劲风平时最不能吃酸东西了，倒牙厉害，沾上一点往往几顿饭都没法吃，但是这是她的好意呀，他怎么能张口拒绝。他只得轻轻咬了一口："咦？一点不酸，要把牙甜掉了！"嘴里还说着违心的话。

苏小凡说："多少有点酸，尽是甜就不好吃了，要不怎么说酸甜嘛。一种理解是又酸又甜，并列式。另一种呢，酸字在前，修饰甜字，偏正式，说明含着酸的甜好吃。我喜欢偏正式。"

"那是你的理解，我认为没有酸，只有甜。"他坚持着自己的说辞。

"行，这不是课堂，你不是学生，理解错了不罚站。"她说着话，想从小溪里上来，偏巧地势有点陡滑，她示意他拉她一把。

他伸过手去。她的手肉嘟嘟的，有点柔滑，还带着溪水的一丝凉意。他把它紧紧地攥住，就像手心里攥了梦，唯恐劲小了，梦乘势滑到水里，然后流走，然后稀释得无影无踪。

"好了。"小凡从他手里抽出自己的手，甩了甩。然后，弯下腰把裤腿放下来。

"听说你为橡树写过诗，是不是叫《橡树之恋》？能否让我拜读拜读？"她直起身来，两手向后拢了一下头发，试图不让它遮住她的脸。她的头发乌黑、浓密、蓬松，但不散乱，散发光泽也不显得油腻。

"谈不上拜读。我回去找给你，别见笑。"其实他心中窃喜。

"我读舒婷那首诗的时候，开始对橡树充满了好奇，后来我上大学时认识了，就一直不能忘怀。没想到，这里居然有这么多，我原以为它只是远在天边……"苏小凡故意不再往下说，而是对着江劲风微微一笑，江劲风明白，这回该他红脸了。

"哎，江老师，我转了半天，也没发现特别的地方，你却能找到灵感，写出那么好的诗，不愧是大诗人啊！"苏小凡换了话题。

江劲风问："苏老师也喜欢诗吗？"

苏小凡说："喜欢。是喜欢读，不会写。"

他们一前一后边走边说着话，林中的小径变得愈来愈短，因为快要走出林子了。为避免冷场，江劲风无话找话："昨天晚上山下放电影你去看了吗？"

走在身后的苏小凡正停住脚步，看一只五彩斑斓的小鸟落在一片空地上："哦，去了。有人考取大学，村里送的。"说着就跟上来，"放的《人生》。我已经看过几遍了，还是看不厌。"听她说话的口吻，这部电影会一直看下去。

"我也看过几遍了。我觉得人生最难的就是选择。高家林选刘巧珍、黄亚萍，都选错了，以后还得选，那是后话。黄亚萍选张克南、高家林也选错了，都不成。他们选来选去，好像都是站在了人生的十字路口，不知道往哪里走了，那到底该怎么走呢？"江劲风谈了自己的看法，又好像在自言自语。

"我看一遍就为巧珍难受一次。我难受的不是高家林与她分手了，那是早晚的事。我是为她生活在那样的环境里，几乎没有选择，跟了马栓，是叫屈服。屈服命运的人，是可悲的人，也是可怜的人。"苏小凡也有自己的见解，"选择难，其实选好的路走下去也不容易。"

苏小凡头也不抬，眼睛看着路面。这时，她走到了另一条小路上，这条小路伸出了林子。

"就跟橡树一样，它选择了这里，就在这里风风雨雨地长了几十年上百年甚至更长。"江劲风用力拍打着身边的一棵橡树说。

苏小凡转过头来，看着江劲风拍打的橡树，又扫了一眼橡树林："不错，这是橡树的选择，也许它别无选择。但不管怎样，它坚定地长成了参天大树。"

江劲风深深折服于苏小凡的理解力和语言表达的艺术魅力，一时间竟无言以对。

"好了，不说了。耽误你找灵感了，我得先走一会。拜拜！"苏小凡突然停下，又是话题一转，人也飘走了。

江劲风站在原地，好一会儿才回过神来。不过，他感觉胸口郁闷的症状明显减轻。"铛铛！铛铛！铛铛！"钢轨发出的声音像中山琴的音色一样清脆响亮，告诉他又一节课开始了。

Chapter　2

蓝色的爱情

　　苏小凡是石湾乡人，石湾中学缺编严重，按照教育局惯常的"哪儿来哪儿去"的分配原则，她该分到她家乡中学去，怎么会分配到编制过剩的古庙乡了呢？而且报到的时候，还是分管教育的颜助理亲自送来？通常这种情况必有隐情，自然就一定会引发众人猜测。

　　"表叔，你看苏小凡长得就像'七仙女'，啧啧，比'七仙女'还有气质。"顾心安附在江劲风的耳边说。

　　江劲风小声地搭话："说不定就是哪个大领导的亲戚，不过，要是真有靠山，干吗还到我们的小地方来呢？"

　　江劲风前面的王实顺和贾兴文也在咬耳朵：

　　"到底女人吃香，哪像我们报到的时候。"

　　"漂亮的女人从来不缺俘虏。你看咱校长那眼神，看颜助理那表情。"

　　他们嘀嘀咕咕的时候，校长正在主持苏小凡到来的欢迎仪式，热情洋溢的开幕词已经说完了，他开始邀请颜助理讲两句，颜助理摆摆手，示意算了，不讲了。其实，会前那最重要又最关键的话私下已给校长说过了："'一把手'专门交代要尽可能照顾好小苏，她在你们学校不会待多长时间，多则一年，少则几个月。"校长于是宣布散会，让花主任带着苏小凡老师到后面的中学组办公室去，自己则陪同颜助理到校园里转了转，快转到午饭时间了，就径直去了山下的小酒馆。

这边，苏小凡老师进了中学组办公室，主任再次隆重地介绍了一番。这时，大多数人的眼睛都长到了苏小凡身上，但是又都装模作样地微笑着表示欢迎。想想，来了一个女孩子，而且长相这么出众，放在基本上是清一色的男人堆里，怎么可能没有反应？若没反应，那才叫不正常了呢。

苏小凡确实很漂亮，她身材高挑，五官精致，皮肤细腻，穿一件小尖领短袖花布衫和一条白底粉色长裙，加上稍稍烫过的乌黑长发，使她看上去既有乡村少女的羞涩与纯朴，也不乏城里知识女性的气质和高雅。说白了，她不仅美丽，而且可爱。几个尚未谈到对象的小青年，纷纷在心底发誓：娶妻当如苏小凡。

早已有个人在狂追苏小凡，扬言非她不娶。此人就是石湾乡畜禽加工有限公司经理兼副乡长章镇海的儿子章亚兵。

有必要先介绍一下老子。章镇海原是乡兽医站站长，人很精明，又有眼光，他发现石湾乡河多沟多，不少人家都牧养着成群的鸭、鹅等水禽，还有家家户户饲养的数量不等的草鸡。他看准了，这些禽类分散在一家一户，效益并不凸显，要是成立一个公司，集中采购、加工，冠上品牌，然后销往全国各大城市，这个企业一定能火起来。于是他就大刀阔斧地干了。没出两年，石湾乡畜禽加工有限公司就成了全县的样板，其创业经验和成就以一篇名为《畜牧战线的一面旗帜》的报道在市、县两级报纸隆重推出。当时地方政府为了选拔、重用致富能人，出台了相关奖励措施，章镇海恰好条条符合，就被安排到领导岗位，担任分管农业的副乡长，因为平时他大多的时间和精力还放在公司的事务上，所以政府的职务便成了事实上的兼任。

再来说一说儿子。章亚兵太幸运了，上面有五个姐姐，家里就他一个男孩子，都叫他"小六"。自然无须想象，他从小肯定调皮捣蛋，学习成绩不会怎么好，这是此类家庭的一般规律，后来证明，这又是绝对真理。章亚兵马马虎虎混到高中毕业，托人进了财政所，几乎在苏小凡分到象山学校的同时，他被提拔为副所长。外面有传言，一把手所长马上要退了，章亚兵将要屁股一歪，顺势坐到正所长的位子上。真可谓少年有成，春风得意啊！如此一来，章亚兵追求苏小凡似乎更有底气和资本了。他们初中、高中一直是同班同学，苏小凡是天生的美人胚子，人见人爱，而章亚兵却是天生长得丑，用章镇海两口子的话说"长得对不起人"。他头小脖子长，在面积不大的脸上，偏偏眼距很宽，两只有神的大眼睛几乎长到了脸外。他长相唯一的优势就是个头高出所有同学，往同学群里一站，用他们取笑他的话说就是"羊群里跑出的一头驴"。但是，章亚兵的命好，谁叫他有一个有本事的爹呢？谁叫苏小凡偏偏又曾有求于他爹的呢？

苏小凡有一个哥哥和一个妹妹。说也奇怪，哥哥不调皮不捣蛋，学习也够努力了，但就是成绩平平，连高中都没考上。因为家境一般，又没有手艺，外面有钱挣不来，只能光靠种几亩农田。尽管哥哥长相不算太差，到了说媳妇年龄，媒婆来了一个又一个，这象还是对不上。苏小凡的爹娘过日子都要过叹气了。那会儿章振海的加工厂已经办得远近闻名，苏小凡高考落榜，爹娘不给再复读，她就去找章亚兵帮忙。章亚兵瞄着她俊美的脸蛋，嘻嘻笑着说："小事一桩！很荣幸为你效劳！"章亚兵生就一张油撇嘴，但是不太能引人发笑。结果苏小凡就这样进了厂，而且还做了会计。她爹娘得知自家女儿和厂长的儿子同学，简直喜出望外，他们两双老眼盯着女儿，嘴皮子哆嗦着："大丫，你哥哥能不能成个家，全指望你了！"以前她老实巴交的爹娘曾算计过用她给她大哥换亲，话到嘴边没敢说出口，这下闺女有本事了，儿媳妇自然也就不愁了。

苏小凡不会想到，她能当上既清闲又实惠的会计，绝不像章乡长（大家都不叫章厂长了）刚开始谈话时说的"根据工作需要，还有你个人的素质和能力"等等一些官话、套话那样，而是因为章亚兵跟他老爸已经把话挑明了，他早早就看上了苏小凡，要借这个机会俘获她的芳心。阅人无数的章乡长，也认定苏小凡不仅模样能让章家"蓬荜生辉"，她为人处世、待人接物的素养也非同一般，将来接手办厂肯定会给章门"光宗耀祖"。爷儿俩一合计，干脆给原来的会计换个工作，腾出位子让苏小凡坐上去。

从那天开始，章亚兵有事无事总往厂里跑，弄得外人以为他们在热恋。终于，一些闲话传到小凡爹娘的耳朵里，老公婆俩非但不生气，女儿来家时，做娘的还讨好般地说："到底俺闺女学问高，有眼光，进了姓章的门那是掉进福窝了。"苏小凡知道她娘说的什么，她顿时阴下脸来，双眼瞪着她娘："我跟你说过我看上姓章的了吗？"她娘不退缩、不让步："你不是我闺女吗？过了这个村可就没有这个店了！"苏小凡心里明白，章亚兵一直在死心塌地地追她，有时候让她心底冒出来一丝感动，但仅仅是一丝，极为细小的一丝，而且倏忽间又飘逝不见了。她非常认真地考虑过和章亚兵的问题，感觉两个人之间，像罩着一层迷雾，即便有阳光穿过，那阳光也消融不了迷雾里固有的尘埃，照样存在着稍许模糊。她不知道这叫不叫爱情，如果这就叫爱情，那爱情真是无趣。她拒绝过这种无趣，但是章亚兵不接受，她目前的环境和待遇不接受，甚至连喜欢捕风捉影的人也不愿接受。

　　一年以后，苏小凡下定决心辞去职务，重新走进学校。这一决定，让她连续复读了两年，就是说马不停蹄地考了两年。最后苍天不负有心人，她考取了本地一所师范院校。上大学期间，章亚兵书信不断，还亲自到学校去过几次。虽然苏小凡每一次都是委婉地拒而不见，章亚兵似乎不为所挫。直到毕业分配了，苏小凡情愿到一个偏远的联中也不想回到本乡条件较好的中心中学，章亚兵依然痴情不改，幻想着苏小凡能够回心转意，所以就有了报到那一幕。原来是章亚兵找到古庙乡党委书记，书记再安排分管助理亲自给送到学校，并做一些必要交代。

　　但是，这些有关苏小凡的故事象山学校的老师们并不知情，几位年轻的男教师人人都还在想入非非呢。不知怎么，江劲风从眼前的苏小凡，一下子联想到他的同学王菊香。她和苏小凡个头差不多，皮肤也同样洁白细腻，从脸上看，更有九分神似，眼睛都是大而水灵，嘴唇厚薄适度，微笑时都是先从好看的嘴角开始。

　　真是巧极了，江劲风和王菊香高中两年都是同桌。王菊香是公认的校花，女孩子一旦称得上校花，那傲劲也就上来了。加上王菊香的爸爸是乡党委书记，又是城市户口，你叫她不傲也不行，时刻摆出一副高傲的样子似乎才说得过去，看上去也就没有什么不顺眼。王菊香就是这样，她给人的表面印象虽然是孤傲、冷艳，但大家依然公推她是校花。从乡下到乡里来读书求学的江劲风，本来有点自惭形秽，和校花同桌共读，更是时时刻刻被弄得紧张兮兮。他们之间很少说话，桌子上、凳子上有一条看不见的分界线，他从来不敢逾越，而且王菊香图自己方便，总是叫他坐着靠墙或靠里的位置，这样过来过去他难免碰到她，又是得小心翼翼。还有，他很小的时候就跟大人玩着玩着学会了抽烟，长大了一直偷偷地抽。上高中以前没觉得怎么，和王菊香同桌以后，他特别担心被她闻到烟味，想来想去想到一个办法，那就是搽雪花膏。他用节省下来的饭钱买了雪花膏，每次抽烟后就搽一遍，王菊香居然就没有闻出来。

平时王菊香学习不努力，考试了就要瞄他的试卷，趁老师不注意，她干脆会一下把试卷拽过去。就是这样抄写，她也很难及格，自己事后解嘲："我就是个大笨蛋，抄也不会抄！"她泼辣的性格可以想见。高二毕业前夕，王菊香塞给江劲风一张纸条，上面写着："让我们通过友谊的大门，进入爱情的花园吧！！"字是一笔一画写的，后面加了两个感叹号。不管是从哪抄来的还是自己想来的，至少是王菊香亲手写在纸上的，而且是特别认真，也特别严肃，绝不像她平日里玩世不恭的样子。江劲风心里怦怦跳，不相信这是真的，再看她，脸颊绯红，蒙着一种重重的羞色。他的心跳动得快要蹦出来了。但是，就要高考了，一个农家子弟可能跳出龙门的机会万不可错失。于是，他把所有的时间都用来备战了。结果"独木桥"太窄，他力气先天不足，没有挤过去。他选择了复读。她没有等到他热烈的响应，连招呼都没打，就到县城做了缫丝女工。

　　江劲风是喜欢王菊香的。喜欢王菊香外向的性格、美丽的面庞、令人羡慕的家庭。但是，他的未来要配得上这一切，只有努力了再努力。爱一个人，就要给予，而他目前一无所有。他怎么好让自己轻易享有美好的爱情呢？电影《爱情啊你姓什么》对问题有不同的回答，现实当然也允许他江劲风有自己的答案。

　　他给王菊香写了一封信，把自己的想法和盘托出，最后写道：

　　"菊香，你的表白是我最大的幸福，是上天对我的恩赐，我一定要考取学校。等着我！"

　　又一次名落孙山之后，江劲风陷入了深深的痛苦和自责之中。他恨自己的智商，恨自己的运气，再也没有勇气给王菊香写信。直到他考取了民办教师，才试探性地往缫丝厂寄去一封信。不久，王菊香的来信到了。看见信封上那熟悉的字体他就知道了是她的。他私下轻轻地撕开封口，心里一阵不安。他抖抖地展开信纸，上面写着：

老同学：

　　你好！

　　听说你当了老师，很为你高兴，我真心地祝贺你！你是个有知识、有能力、有抱负的人，你的前程一定光辉灿烂，一定会有一个又漂亮又优秀的女孩爱上你，到时候你别忘了接我喝喜酒。我现在缫丝厂上班，效益不好也不坏，谢谢你还不忘关心挂念。欢迎你有空的时候来我们家做客。

　　祝你工作顺利，生活幸福。

　　　　　　　　　　　　　　　　　　你的同学王菊香

　　　　　　　　　　　　　　　　　　9 月 10 日

　　王菊香用了一连串的"你"，又用了一个"我们"，这让他特别难受。转念一想这样也好，至少他终于知道她有了自己幸福的归宿。但是，他的心底却翻上来失去初恋的涩苦。那一刻，他发现注定得不到的，也不想看着它失去，这是爱情诸多法则中的一条。

　　出于礼貌，也是出于释怀思念和感激，他也同样简单地回了一封信，然后在心底默默立下誓言："王菊香是我心中最美丽的女子，我将来的爱人一定要是像她那样的，否则终身不娶！"

　　结果一晃就是几年，他的心没为任何人所动。老娘在一旁干着急，她还以为是自己的儿子眼光高、要求高，才一直没找到合适的。强扭的瓜不甜，老娘是过来人，她知道自己儿子的婚姻大事不能凑合。但她哪里知道，其实不完全是她想的那回事。

Chapter　3

虚惊一场

晨读课，江劲风正在初三班教学生读句型，顾心安来喊他："江老师，开会了。"当着学生的面顾心安都这样叫。

江劲风跟在顾心安身后问道："又开什么会，昨天晚上不刚开过吗？"

顾心安回过头来："不清楚。好像是迎接什么检查。"顾心安说话时的样子很严肃，这不像是他一贯的风格。

路上碰到贾兴文，他正提着膀子快步走，那情形就像一只好斗的小公鸡架着翅膀准备发起攻击。当年在学校跑操时班主任看着就笑，说贾兴文活像小公鸡。江劲风看惯了这种姿势，但还是忍不住想笑，他说："一块走，会议还没开始呢。"

全部人员陆陆续续到齐了。

校长咳了两声，说："咱二十三个人都来了，大家不要说话，不要交头接耳，要保持安静。今天的会议特别重要，不能说关系谁谁的前途命运，起码说关系到你的名声、你的荣誉。等到时间长了，次数多了，那也说不定就能影响你的前途。我们学校青年老师多，民办老师多，都需要评先评优，要是坏了名声，先进谁给你？奖状谁给你？要是评不上先进，拿不到奖状，你积分就积不上去，你想转正就到咱象山山顶等着吧！"

校长张嘴就是老一套，总是讲不烦，讲不够。只见他咽了口唾沫，向西南位置瞪了一眼："你别笑！我不是说说玩的。现在，当然也不是我们一个学校、一个老师，有很多老师坐不住了。干吗坐不住了，因为屁股下面生了个小虫子。什么小虫子？钱，就是大家离不了的钱。认为自己拿的钱是小钱，不够享受生活的，你看张三，他干了什么，瞎混的，就是有钱，想买什么买什么。你看李四，李四就是开了个小卖部，一天挣了十来块，来来去去进货都坐小车。"

校长习惯性地拍了下桌子，提高了嗓门："我就看不起张三李四那号人，过得有什么意义？我们是什么人，我们是光荣的人民教师，你看当工人的叫人民工人吗？当工程师的叫人民工程师吗？做会计的叫人民会计吗？只有非常重要的人前面才有'人民'两字，你像人民解放军。同志们，我们需要钱，但是不能眼里只有钱，好好干，总有一天你的工资你的钱花不出去，把你愁得直跺脚！你信不信？"

有人在下面嘀咕了一声："愁死了也高兴。"校长听见了，接着说："别忙愁死，还有那么多的事没干。今天把大家召来，有一个非常紧急的通知要告诉大家。半小时以前，中心校电话通知，说今天上午或下午来听课，小学中学都听，按课程表来。具体事情花主任说，大家注意听。"

花主任挺了挺身板，声音有点沙哑地说："重要性刚才校长讲了，我不再重复了，我只说关于领导来听课的事。有两点大家要清楚，一是我们平时重视不够，落实不够。我们天天强调这个原因那个原因，把自身原因忽略了。这一点我负主要责任。我平时没有听过任何人的课，我都不知道你的课上得怎么样了，我也没有组织开展互听互评活动，致使大家对听课抱无所谓的态度，时间一长，还滋生了骄傲情绪，认为别人的课就那回事，不如自己讲得好，误产生了一种可怕的意识，就是只要考试能考好，课堂上上得差一点也无可厚非。第二点我要给大家讲清楚，中心校新调来的一把手校长是教学行家，也是管理行家，他善于抓业务，而且抓得狠，抓住了你的小辫子，你就别想着你的面子了，你就等着大会小会点你的名吧。那才叫丢人！这一次听课就是新来的校长安排的，下面注意记一下。"

花主任顿了顿，从裤兜里掏出手帕，擦去嘴角的白沫："注意记一下，这一次来听课，听的都是主课，副课不听。虽然小学中学都听，但重点还是初中，所以初中的老师得人人做好准备。听课的人一共来了四位校长，刘校长大家都认识，教语文出身，优秀课都上到了省里，难不了他吧？盖校长是位女校长，化学教得棒，还伶牙俐齿地会批评人。李校长是从小学提拔的，他听不懂语文和政治？最后这个吴校长，中学小学数学都代过，人称'吴不能'。我这样一细说，大家都明白了，我希望每个人都把自己的课上好，个人不丢人，我们大家的脸上才会都有光。散会吧。"

校长和主任虽然就领导来听课的事，拉拉杂杂讲了半天，很有些婆婆妈妈，但对于所有任课教师，尤其是对于那些青年民办教师来说，他们的话无异于一声炸雷。

在回去的路上，大家都闷声不语，保持着表面的沉静，显示着一副无所谓的姿态，其实内心里都起了波澜，都在盘算着自己怎么应对这件事。毕竟，他们平素自在惯了。有的人仗着教学时间长，有经验，不备详案，只备简案，讲起课来"哪儿黑哪儿住"；有的人平时懒散，钻研教学业务浮在表面，缺乏真刀真枪的功夫。不管怎么着，从来少有领导来听课，他们自己也很少听过别人的课，听课这个环节在整个教学过程中因为认识不到位，因为课务太过繁重，有意无意地被淡化了，被忽略了。江劲风知道，满校园就自己一人代英语，领导又不懂，怎么听？怎么评价？领导干脆借口不听了，连备课、作业也不查了。现在突然说要来听课，谁不惊惊慌慌的才叫怪呢。

今天该贾兴文值班，马上就要下课了，打铃的小锤却怎么也找不到，急得他团团转。

"他奶奶的，小锤跑哪儿去了？谁看见了？"他的嘴里第一次爆出粗话。

"兴文，时间过了！"丁厚丰是今天的值班组长，他提醒贾兴文。

"这个不是吗？开会前不是你放在自己桌上的吗？"顾心安看见了对他说。要是在平时，非把贾兴文拾掇一番不可。但是今天，大家没心情。

"哎哎，别忙打铃，这事怎么办？"王准亮环视一下大家，希求得到答案。

"能怎么办？'人为刀俎，我为鱼肉'，听命呗。"丁厚丰狡黠地笑了笑，第一节是他的语文课，听课的人没见影儿，他是万事大吉了。

项也非有课，但他是山崩于前不变色那般镇静，你不得不佩服，此刻他正潇洒地试图掐灭手里的烟头。

苏小凡有课，不过她没有表现出先是惊慌，接着如释重负，现在又是幸灾乐祸那样复杂变换的一系列神情。她一如往常地捧着教本、粉笔等准备离开。

铃响之后，三个语文老师走了。他们没有课的几个人也没有心思干别的。大家还在继续刚才的话题。

"来了四个人，会分开听还是集体听?"王准亮希望他们集体听，这样被听到的几率可能会小一点。

"憨子也知道，肯定是分开听。"顾心安在一旁接话。

"你说对了，你就是憨子了?"王准亮气哼哼地反问，然后又说，"一边去! 谁有闲心跟你瞎扯。好歹就听你的课，看你往哪儿跑。"他吓唬心安。

"你吓唬不倒我。我今天没有课。"顾心安一阵坏笑。

"说正经的。估计会听什么课呢?"王准亮回归一本正经。

"语文没有了，人家三个人心放肚里了。剩下的还有什么课?"江劲风想来个全面了解。

"我来看一下课表。中午前有英语——初二……初三，有数学——初一……初二……初三，有物理——初二的。我再看看下午。下午有……初三的政治。"袁可东老师也参加了进来，用左手一边在课表上慢慢移动，一边报着有关课程。

"没有化学?"王准亮一惊。

"没有。该喊'乌拉'了。"袁老师看着心安，也俏皮了一下。

"英语也不怕。他们听不懂。真要来听，江老师就净说英语，一个汉字都不说，叫他们像听天书一样，难受!"袁老师那么憨厚的人，也想逗一逗江劲风。

"想都不要想，英语不会听的，刚才主任没分析吗？提到英语一个字吗？没有吧？"顾心安也帮着，为他表叔壮着胆。

"江老师命好，教的课都没人敢听。"贾兴文在一边感叹自己的命运，整个下午就他一节主课啊！

旁边的李珍珍老师始终没说一句话，江劲风不明白，也没好意思问，大概与世无争的人都是这样的吧。王实顺呢，可以理解，人家是公办，先进奖状无所谓，上好上不好照样是公办，所以看他们几个人那么认真严肃在谈论，总是时不时地投以微笑。钟险胜看上去好像不知道有听课这回事，或说是与他无关，他准备考农校，始终在埋头看他的复习资料，眼镜都累得离开了鼻梁，眼看要掉下来。

不知不觉，又该打铃了。这一次，贾兴文没乱找，因为小锤被他一直攥在手里。

吃早饭时间，上完课的几个人有说有笑，还有课的几位想笑却笑不起来。丁厚丰说："准亮，要是上午来，我估计你的课必听。"

王准亮停住正在下咽的米饭，看了丁厚丰一下，赶忙咽下去，问："何以见得？"

"这还不明摆着吗？语文上过了，英语听不懂，物理没有，化学没有，政治那是下午的事。"丁厚丰有板有眼地分析。

"初一初二呢？"王准亮咧着嘴，露出发黄的门牙，似笑非笑地问。

"也得听。初二那是必须听，是有代表性的。"丁厚丰进一步分析，接着用眼扫一圈，"兴文怎么没来吃饭，哪去了？"

"在备课了。"王准亮说,"他说不饿,不吃了。"

"说来说去就这几人了,我,袁老师,兴文。实顺不怕听;李老师是老教师,又是女同志,不可能;险胜那是胸有成竹;劲风十拿九稳也不会听的。唉,苦命!"王准亮一摔筷子,"不吃了,备课去!"

江劲风急急忙忙把碗里的饭扒拉完,起身去喊贾兴文来吃饭。谁都看得出,贾兴文的胆子比针眼儿还小,肚子里装不下事。江劲风比他还高出一席,尽量装得别叫人家看出来,免得惹人笑话,尤其不能叫苏小凡看出来。但贾兴文控制不住自己的惶恐,江劲风找到他的时候,他正在办公室里乱转。江劲风说:

"饭凉了,快去吃饭!"

贾兴文嘴里说"好好好"的时候好像嘴唇不听话,明显带着发抖的语调。江劲风劝慰他几句,发现他的腿也在哆嗦。但江劲风装作没看见,说:"是不是他们有事不来了?怎么到现在还没个动静?"

贾兴文使劲屏住呼吸,半天才呼出气说:"好歹别来了!"

江劲风故意问:"兴文你怕不怕?"

贾兴文憋住气,半天才说:"有点打怵。怕也怕不了,不如不怕。"

"就是,"江劲风像是给自己壮胆,有点自言自语地说,"怕什么?不就是上个课吗?"

这样一说,江劲风发现,贾兴文的腿不仅没有停止抖动,反而比之前更加厉害了。

就在他们如此这般地谈论时,苏小凡进来了,她的办公桌在江劲风的右边,中间隔个走道。她站在他们中间的走道上,看着江劲风说：

"他们不来了，说得到局里开会。"

"消息哪来的？是否可靠？"江劲风和贾兴文以为她在开玩笑，双双把眼睛睁得溜圆。

"骗你们干吗？你们什么时候被人骗怕了？"苏小凡黑睫毛下的一对黑眼珠似乎在骨碌碌闪亮，"我刚刚去前面办公室想打个电话，突然铃声响了，我拿起来接，他说他是咱乡中心校的，姓刘，找花校长有事。我说花校长回家吃饭了。他说'你告诉他吧，我得到局里开会，听课取消'。我问他是不是中心校刘校长，他说是的，叫我别忘了转告。你看，我骗你们了吗？我看你们在办公室，电话也没打，就赶忙过来说一声。"

江劲风忙不迭地说："谢谢你！谢谢你！"

一直在全神贯注地听、这会儿才缓过神来的贾兴文，立马双手合十、双目紧闭："谢天谢地！谢天谢地！"

这次听课"危机"过去以后，学校领导意识到教学管理的短板。丁厚丰是象山学校的教导副主任，分管中学业务，实际上他成了中学的主要业务领导。他是青年教师，同时也是民办教师。换个角度，他既是业务领导，也是被听课对象。他全程参与了准备活动，知道大家包括他自己的焦虑、担心，甚至惊惶在什么地方，深深地体悟到该做些什么以及努力的方向在哪里。于是，他先是和中学组老师严肃地进行交流讨论，感觉到有了一定的群众基础后，才向校长汇报。校长认为十分有必要，就要厚丰制定了《象山学校初中部关于广泛开展听课评课活动的实施方案》。

分组时，丁厚丰把苏小凡和江劲风编在一组，理由是别人不懂英语，而苏小凡懂，惹得顾心安他们几个人直提意见。

江劲风说："你们是嫉妒!"

顾心安辩解说："不，我们是羡慕!"

江劲风又来一句："你知道'envy'这个单词是什么意思吗？在英文里既是羡慕也是嫉妒的意思。"

顾心安他们似乎处于下风了，一边的苏小凡笑着打圆场说："英语、语文这类文科我还行，数学、物理还有化学我听不懂，找机会我会虚心向各位学习，到时候你们不要拒绝哦!"

王实顺发话了："你看人家苏老师，哪像你们做点事就爱横挑鼻子竖挑眼!"他一向好说酸话，是酸式幽默，每个人都爱听，苏小凡乍听也不觉得刺耳。

"对对，机会多得是，以后再合作!"大家哄笑着散了。

江劲风和苏小凡配合得很好，两个人都极为热情、好学、要求上进，他们重新编排自己的课表，尽可能不漏听一节课。在评讲的时候，推心置腹，不回避不足，不刻意奉承，一切以教学效果为前提。两相比较，江劲风的收获似乎更大，他练出了胆量不说，苏小凡高中阶段英语基础扎实，又受过两年师范教育，在她的影响、带动下，江劲风的知识水平和上课技能也明显大幅度提高。他每天的日记里，几乎都会写上同样一句话："我觉得自己又长进了许多……"

苏小凡呢？她感到有好长好长时间，自己都没有这么真正开心过了，仿佛原本属于她的学习和工作的快乐终于回来了。她在心底大喊一声："青春万岁!"

Chapter　4

因为有了你

江劲风家离学校二十里路，他骑车到村口时，太阳还没有落山。

他的村子叫江棠村，江姓是绝对的大户，全村三百多口人，大约有二百八十口人姓江。姓江没有江，只有河。村庄被一条无名的小河包围，曾有路过的风水先生说，因为这个，他们村里走不出大人物，不过也不会有大灾大难。村里人听到这话着实高兴，他们不稀罕当大人物，也不图大富大贵，当时蹲在墙角晒太阳的几个老辈，拍打着腿说："平安就好，平安是福啊!"

进入村子必须从南边走，因为只有这里的小河上建了一座水泥拱桥。

江劲风的阿黑早在桥这边等他了。每次回家都这样，莫非人狗之间有灵犀? 他弄不明白。阿黑可能明白，可惜它说不出来。它等他的姿势很好看，后腿跪着，屁股着地，前腿提起来，小狗脸高高扬起，一副神情专注、翘首以盼的样子。看到他，还离得很远就摇着尾巴、扭着腰身快速地跑过来。江劲风下车，阿黑到他身后高高跳起，准确地将两只前腿分别搭上他左右肩膀。江劲风就顺势把两手向后反转，拉住阿黑的前爪，然后再腾出一只手来推车，继续向前走。阿黑只得用两条后腿走路，陪他过了桥，五十米处的路口左拐，再路过六家门口。放下来，阿黑立马嗷嗷地撒欢去了。

江劲风的二婶住他家隔壁，她正蹲在门楼下剥毛豆，见他回来了，就喊："二桶，回来啦？"

他大哥乳名叫小桶，他自然就叫二桶，老三不用猜就叫三桶。农村爹娘给孩子起名字，没什么大讲究，叫阿猫阿狗之类，重名字的多得是。为了省事，从老二开始一般顺着叫。至于用"桶"作为名字，一定是穷怕了，巴望家里有桶能多盛东西。但这个字太微妙，江劲风有一次跟同学开玩笑说："怕就怕人家会叫我们饭桶，那就太难为情了。"

"回来了，二婶，您剥毛豆啊？"他走过去，二婶擦擦手，移过来一只矮凳子。

二婶看着他在眼前长大，心里特别疼爱。他刚考取民师那年，二婶曾说："老天早晚会睁眼的，学得那么好，大学就是不给上，这不考上教书先生了吗？"其实是他没能耐，二婶还以为是他蒙了冤。"一大家子人，就你吃了公家饭，这是姓江的老祖林冒烟了。看地先生不说俺庄上不能出大人物吗，二桶，咱就不信了，咱就出给他看看！"说完，二婶自个儿笑起来。

现在，二婶又要说些什么，江劲风猜想肯定是说对象的事，老娘三番五次叫他回来不就是相亲的吗？老娘受不住了，她想抱孙子，也想了却做娘的心事。

"哎，你听我说，你娘一放出风去，这几天给你提亲的涌破了门，咱可不能就瞎眼随便摸一个。咱得找那俊的，认得字又知老知少的，能把庄上都盖喽。"

"行，二婶，我听你的。"落得二婶高兴，江劲风的心里也美滋滋的。

二婶家过得比他们好。二叔六十多岁，身体好，什么活都能干，二叔家的两个哥哥长年在外搞翻砂，就是村里人说的倒犁铧，他俩每年都挣不少钱。

江劲风家呢？他爷早已经不在了；他哥劲力在新疆当兵，复员后不想回来过穷日子，就留在那边做了民办教师，已结婚并生了一个女儿，他们也没有余钱，还种了几十亩地。说起来，江劲风家的不幸主要就因为三桶。三桶小时候长得胖墩墩的，尤其是他的肚子，吃饱了就像青蛙生气了鼓起的肚子，当地人叫"大肚蛙子"。这"大肚蛙子"，脑瓜子聪明，五官长得好，脸型也好，是他们村男孩子群里长得最帅的一个。村上的几个叔叔婶婶的，一看到、一说到三桶的可爱，就开玩笑说这是"梢头结大瓜"。谁知三桶七岁那年，他爷去世了。咽气的头天晚上，他爷把一家人都喊到床前，里外交代一番，而且专门说到三桶，说他找大先生算过，三桶是一万个人里才会出一个的大富大贵命，要好好护着他。第二年，三桶八岁去上了一年级，老师说："三桶是我从没教过的聪明孩子，前途不可限量。"星期天，娘带三桶去生产队里干活，她只顾去打玉米叶子，把三桶的事忘了，想起来的时候去找，三桶已摔在了地头的大柳树下，不省人事。娘当时就晕了过去，是一块干活的社员七手八脚地把三桶送去了医院。医院诊断说是颅脑摔伤了，非常严重，就是看好了也一定会留下后遗症。果然，住了半年医院，回家来就变傻了，更要命的是，还得了癫痫病，精神受到刺激，或者遇到突然热、突然冷的天气就会发病。一年里不知要有几次，每次犯病都会把人吓得半死。

所以，二婶家住的是大瓦房，劲风家还是茅草屋。

在过道屋里，三桶正和阿黑玩耍，看劲风来了，跟他打招呼："嘻嘻，二哥。"

劲风问："吃饭吗？"

"吃过了。俺跟娘一块吃的。"三桶快要二十岁了，因为这病，他说的话听起来总是憨腔憨调。只有阿黑是他好朋友，不是别人怕他，就是他怕别人。世界对他来说，说不上好也说不上坏。

娘见劲风已到家里了，"噔噔噔"地迈着小脚进了锅屋，几分钟之后端着热好的菜，又"噔噔噔"地来到堂屋。娘把这些摆好，又拿来倒满酒的酒壶，带着很满足的神情，看着他说：

"先喝两盅吧，累了，解解乏。"

他开始喝酒，娘在一边看。

"学校怎么样？能吃饱睡好吧？千里做官为的吃穿，甭舍不得吃，我看你这些天又瘦了。"他每次回家娘都这样说。

"没的事。我们想吃什么就买什么。就是工资太低了。"他想宽慰娘，又觉太惭愧。

"不少了，差不多要买上百斤大米了。再说钱是年年要涨的，难一点只是眼前。"娘对什么难处都能看得开。

"我就看教书好，风不打头雨不打脸，人家还高看你。"娘把桌上的炒小鸡推到他跟前，"我以前给你算过命，那卦上说'隔河一锭金，十人见了九动心'，我问先生是什么意思，他说我'不要急不要躁，背个包袱就来到'，说你不愁找媳妇。你二婶更会说笑话，她说'咱二桶的媳妇多得从阴沟里面往家爬'，那不是癞蛤蟆吗？"娘自己都忍不住地笑出了眼泪。

"我原来吧，就当都是宽慰我的话……"娘见他喝好了，赶忙把酒壶和酒盅拿到一边去，递上煎饼，"你不好喝稀饭，没准备，喝点开水吧。"又端过来一碗水。

"这几天我犯愁了，这家没走，那家又来了，你大妗子，你大姨姐，海楼子你爷的哪个老表的孙子，我都不认识，还有后宅的你二嫂，西院的小来良家的你侄媳妇。还有……看我这脑子好忘事。老了，不中用了，该有儿媳妇来问事了。"娘说是犯愁，却藏不住脸上的欢喜。

江劲风说："那好办，一概回绝不就行了吗？到时候怨就怨我。"

"说得轻巧，那人都得罪了，以后还过吧，还来往吧？除非你明天带一个来家，不然还就得见见面。"娘说的不无道理。

见他迟疑了一下，娘说："前些年听你的，你说要等你的同学，我托你表哥宋松去打听，那个女孩早就成家了。没有缘分，咱就不去攀那高枝了。这回你得听我的，娘不会误了你。"接着她把大妗子介绍的女孩夸赞了一番。尽管江劲风仍然不乐意，但找不出说服娘的理由，那就去见见吧。

第二天江劲风早早起来，见阿黑已站在门口，阿黑比他起得还早呢。江劲风用外面的手压井打了水拎进家来，把院子打扫了一遍，推出他的万里牌旧自行车擦擦洗洗，到门前菜园子里摘几根黄瓜、一大把尖辣椒。做这些事的时候，阿黑都是寸步不离，他说："阿黑，你累不累？你要是能做这些活该有多好，我就不用操那么多心了。"阿黑看着他，摇了摇尾巴，仿佛心领神会。

他又说："我一会去买农药，你在家里等着我。"它又摇了摇尾巴，像是表示知道了。可是，当他推着车子准备出门的时候，阿黑已跑到了门口等着他。

阿黑齐着他的车子跑。田野里清新的气息给了他使不完的力气，他把车子蹬得飞快，阿黑跑起来轻松自如。一人一狗，相处得多么和谐与美好！

从集上回来，匆匆忙忙吃好饭，江劲风让三桶把阿黑带走，然后换了一身旧衣服，戴一顶破草帽，背上药筒，拎着药粉水盆之类，向东湖的稻田地走去。

家家户户的稻子几乎一样好，都一般高，都在抽穗，都是青青绿绿的叶子在风里摆动，放眼看去就是一个大整体，是没有区别的一大片。但是，每家每户只要到地里来劳作，自然就能分清楚。不像他，前年来打药，地界没找准，打到邻边地里了，搭了钱不说，邻居的地里已经打过了，又给人家打了一通，差点把人家的稻子打死了。这且不说，整个江塘村的人都说他思想好，境界高，是为人民服务，他知道这是在笑话他；还有人说他上学上迂了，脑子进水了，眼睛走神了。弄得他一段时间都不敢去地里干活，去了怕遇见人。

现在湖里一个人没有，他们前些天都打完了。

江劲风一下子看准了自家的地块，那稻棵子比两边的矮，稻穗子比两边的小，稻叶子没有两边的青，稗草比两边多的地块就是，再查一下地界和田头参照物，果然没有错。

江劲风突然觉着胸口堵得难受，想蹲下来喘口气。他想自己是不是亏待了这块土地，慢待了这块稻子，让它们长成了这样。土地无言。稻子无声。他的心不能无动啊！于是，他带着自责和决心，怀着激动与希望，一口气把五亩水稻打完。

江劲风到家里洗好澡，随便吃了点东西，然后穿上那件灰色的涤纶上衣，套上发白的劳动布喇叭裤，脚穿一双旧的黄球鞋。正准备出门，娘叫他带上她买的二斤角蜜，一边说："你看你这身穿戴，太老土了，我到来良那给你借去。"

他说："没事。是相人的又不是相衣服的。"

"那也得差不多啊，人是衣马是鞍，好衣服能抬人的。"娘找理由。

"无所谓。看上就看上，看不上就算。"他的态度很明确，娘也看出来他不是很热心。但是，她也没办法，只好说："唉，随你吧。"

一路上他胡思乱想，不知道见到的是个什么样的女子。家里没人干活，庄稼长不好，会招人说闲话，要是一个腰杆粗、腿脚壮、能吃苦又勤快的女子就好了……这样的女子好像也不好，一定没有文化，不能知书达理，或者一定是不善打扮，长相一般的人……最好是有文化，个头一米六以上，身材好看，模样俏丽又会赶时髦，就像苏小凡一样。

大妗子家离他们家五六里路，叫范棠村，半小时就赶到了。

几年没来，看样子大妗子过得更富足了。他们家盖了小楼，垒了气派的围墙，过道屋是三间平房，安着紫红色的大门，外墙都贴着小瓷砖（后来知道叫马赛克），门楣上也是小瓷砖拼成的"福门宝地"四个金光闪闪的大字，而且是繁体。相比之下，大妗子家如果叫金窝银窝，那江劲风的家只能叫狗窝。

好在江劲风多少知道一些他们的钱是怎么来的。他不好说大舅孬到了七国，起码说他带人出去翻砂，不能把该给人家的钱一年又一年地攥在自己手里，以至于连家都不敢回。所以说，大妗子住在这样的金窝银窝里，未必就比他和娘住的狗窝舒坦。

江劲风把自行车扎在门口，提上二斤角蜜就进了大门。大妗子老远就喊：

"快，二桶来了，让到屋里坐！"

过来一个妇女，粉红短衫，青色喇叭裤，还烫着爆炸头。他一看是大表嫂，就说："表嫂，你好！"

表嫂打扮得像个小姑娘，加上一双会说话的凤眼，叫你在她面前连说话都不好意思大声，他知道他喊她的声音就很小。

"表弟，听说你当老师了，以后再也穷不着饿不着，大姑就不用操心了。"她说着话又顺手把他拎的东西接了过去。

他坐在她们为他指定的凳子上。里面还坐着两个女人，他不看也知道是一老一少，但是他没有细看。

大家装作没事人一样，东拉西扯的，都是一些家长里短。

大妗子首先说："俺大姐身体还好吧，我几年没见了，等种完麦子过去。"

大表嫂接着说："俺表弟就是有本事，说当老师就考上了。俺大姑有福气。"

大妗子又来一段："你二姨，今年天好，不旱不涝，你家十亩大豆，收成定下来比往年好。"原来那"一老"是大妗子的妹妹。

大妗子的妹妹说："看来是了。七月十五定旱涝，八月十五定收成。今年收下了新豆子，我晒干扬净叫丽颖给你送过来。"

"丽颖听见吗？到时候别忘了给我送过来。"大妗子说话时眼睛向里面看。

"我不会忘的，大姨。"原来"一少"名叫丽颖。

大表嫂跟着说："姨妹不蹲级啦？也好，蹲级太受罪了，干脆学咱表弟，也考个老师，干吗非考大学不行。"

"说过不蹲了，找好人了，今年先代课，明年招人时就考。"丽颖回应着表嫂的话。

她说话有点怯生生的，像学生回答问题时的那种。不过她声音很好听，透出一种女孩子天生的纯净和清亮。江劲风趁机偷偷瞄一眼，心里顿时很失望：她不是他在心里描摹了千遍的女孩。她是俗称红面子脸的那样人，而且脸上还有那么多的青春痘。他不喜欢。他喜欢白净、细腻的苏小凡那样的脸。

"喀，喀喀，"这是大表嫂清嗓子的声音，估计该言归正传了。果然，她站起来说："就这个事，也不要多说了。妈，二姨，我们出去吧，叫表弟和姨妹他们拉拉呱。"

屋里就剩下他和她了。怎么张口呢？谁先张口呢？张了口又说什么呢？这些问题半天没有答案。其实不过就一分钟，他头上开始冒汗了。他想还是自己先来吧，这样的场合他得绅士一点：

"你是哪个村的？"

"马棠村。"

"姓马吗？"

"嗯。"

"叫马丽颖吗？"

"嗯。"

"也准备考老师？"

"嗯。"

问完了，他得等一等，等她来问他。他都准备好答案了：

"江塘村的，姓江。"

"我叫江劲风。"

"教过七年了，是合同制民办教师。"

可是，他瞟了她一眼，见她低着头在摆弄衣服上的纽扣，根本没有问他话的意思。他又坐了半分钟，实在忍不住，就走出了屋子。表嫂没有走远，一定是在旁边偷听，她过来问他："怎么样？看中吗？"

他不好意思直接说，表嫂又一遍遍追问，他只得嗫嗫嚅嚅："还好。就是脸有点红，还有粉刺。"

"嗐！这你就不懂了，小女孩第一次跟一个男的见面，能不害羞吗？害羞就会红脸。你——呀！"表嫂捶了一下他的胳膊，"你说人家脸上有粉刺，那是青春痘，谁没长过，慢慢就没有了，不影响好看。别多想了。我再问问姨妹去。"

表嫂在屋里叽咕了一会，出来对他说："姨妹没意见，进屋里再拉拉吧。"一边说一边把他向屋里推。

他只好回到原来的凳子上坐好。还好，她终于说话了：

"不好意思，你叫什么？"

"我叫江劲风。"

"你高中时学文科还是理科？"

"文科。"

"你教什么？"

"初中英语。"

"真不简单。你喜欢读书吗？"

"喜欢。"

"是文学书吗？"

"是。"

"那你一定读了不少书。你看上去很有气质。"

"谢谢。书是读了一些，气质谈不上。"

"将来有什么打算？"

"也算没有打算。好好教书，瞅机会转正。"

就这样跟答记者问似的，问的人小心翼翼，答的人直截了当。最后，觉得无话可说了，他说："如果有机会，我们下次再聊吧，"接着抬起左手腕看了看他的中山表，"已经五点了，七点还要开周前会。"

大妗子和大表嫂送他出来，大妗子说："我看都合适，丽颖庄户人家出身，能吃苦，会干活，脾气也好，跟你娘能处好。再说了，人长得不丑，学问又高，早晚也能找个好工作。你呢，我就不说了，不要这山望着那山高，你得考虑考虑你娘，这么大岁数了，没享过一天福，你赶紧成个家，甭让她再干什么了。这事你们回家商量商量，明天回个话。"

回家的路上，江劲风把车子蹬得飞快，感觉像完成了一个任务，又像是身上卸去了重负，总之浑身说不出的轻松，其中有两里路，他不由哼唱起了歌曲《年轻的朋友来相会》。

到了家，车子还没扎稳，老娘就"噔噔噔"地过来问："二桶，相上没？"

他说："没相上。"

娘问："再见见旁人？我先去跟来良家说说？"

他赶忙拦住娘："不急不急，等一下吧。"

老娘说："你不急我可要急死了！"

他想好了，今后谁也不见，除非……

Chapter　5

诗歌的光环

在学校伙房一起吃饭的，简单说，就是中学组那几个人，他们都家住外地，而小学组教师全都是本地人。靠山吃山，炒菜做饭不用烧烟炭，也不要买柴草，乡里特批，可以上山砍松树枝或死掉的树木。所以，学校每学期都要安排某个初中班去完成这项任务。每次去之前，各种注意事项都讲了一大堆，最后还是会多少出现一些问题。

这次任务给了初二。苏小凡跟江劲风以商量的口吻说：

"江老师，我知道你下午没有课，能不能给我帮帮忙，管理一下学生？"

江劲风忙说："怎么不能？你太客气了。"接着又补一句，"只要你放心。"

江劲风代她班的英语，前一段听课又配合得很好，加上江劲风诗人的名声，苏小凡首先邀他，别人不会乱猜测。毕竟，她对砍柴情形不了解，非常需要有个人来帮一把。

下午第二节，学生们手拿锯子、斧头、砍刀，拉着板车，个个摩拳擦掌，准备到后山上大干一番。苏小凡给他们分了这样几个小组：个头高、力气大的十三人为砍柴组；二十人为搬运组，把砍下的树枝运到山下的板车跟前；剩下的十五人用板车装树枝并送到学校，叫转运组。

江劲风负责砍柴组。男学生有李宇恒、宋报国、花秀峰、花亚伟等九人，女学生有花叶红、李桂香等四人。他对他们说：

"你们都很勤劳，都爱劳动，这还不行，要能劳动，会劳动。劳动不是有力气就行，还要讲究技能技巧，讲求效率。我们这个组是今天整个劳动意义、劳动环节、劳动收获大小的关键，我们必须尽可能快、尽可能多地砍下树枝，让搬运小组的同学能源源不断地把树枝运下山。但是，我们还不能单纯为了快就不问三七二十一地砍这个锯那个，还要爱惜树木，保护树林，需要砍的才去砍，需要锯的再去锯，不然我们今天的劳动不仅没有了意义，反而是犯罪了。大家明白吗？"

学生们一起回答："明白！"

江劲风说："Well，let's start now！（好，现在开始！）"

他让每人承包一棵树，当场说明这棵树要处理掉哪些枝杈，怎么处理。完了他检查，然后再安排下一棵。

大家都干得很开心，气喘吁吁、一头水珠也不计较。他们你赶我，我赶你，开展起了劳动竞赛。江劲风也不自觉地加入到他们的行列中，感到筋骨舒坦，浑身有使不完的劲。女孩子中个子最高，梳着齐耳短发，说话腼腆的花叶红，干起这活来就像个男孩子，有力，利索，她的葱白色衬衫上抹上了铁锈也没有大惊小怪地咋呼。

她突然问江劲风："江老师，'松树'英语怎么说？"

他反问："'树'的英语单词是什么?"

她说："是 tree。"

他说："正确。"发现其他几个学生也在侧耳谛听，便提高声音，"松树的英文叫 pine，p—i—n—e。"

他问他们："为什么叫松树呢?"

"不知道。"

"你们看树冠像什么?"他引导。

学生一时猜不出来，他便说："人们说像蓬松的头发，于是称松树。"接着他展开一点，"你们算是山乡人，对松树是低头不见抬头见，你们说，松树有什么特性?"

几个学生你一句我半句地议论开了，最后他给归纳：

"你们说的都对，松树这种植物不怕干旱，不怕土壤贫瘠，不怕严寒，一年四季常青，象征坚强、不朽的精神。"

他觉得有必要说说柏树，不然今天的知识就有点残缺了，所以他又问：

"什么树常和松树相提并论?"

学生们马上回答："柏树。松柏。"

江劲风说："对，松柏，松树和柏树。顺便告诉你，柏树的英文名叫 cypress，c—y—p—r—e—s—s。为什么叫柏树呢? '柏''贝'读音相近，原叫贝树，因为柏树的树冠像贝壳，后来才改叫柏树。松树和柏树的特性一样、品格一样，所以一般都说松柏常青。不过，既然是两种植物，分别有自己的名字，一定有不一样的地方，那么在哪里呢?"他放下手里的锯子，掏出手帕擦了一把汗，"我们这山上既有松树也有柏树，单看树冠不好区分，看树皮更不好区分，简单有效的方法就是看树叶子。松树的叶子像硬硬的、尖锐的针，叫松针；柏树的叶子像鱼鳞，柔软、不尖锐。干活的时候注意看看，比较比较。"

　　眼看着砍下来的树枝很多还没有运走，他提议休息一会。这时小组学生的兴致更高了，宋报国说："听说以前象山上有狼，有野猪，有狐狸，现在没有了，只有野兔、野鸡了，上次我还看到了一只小松鼠在树上蹦蹦跳跳。老师，是不是小松鼠在松树上活动才叫松鼠？"

　　江劲风说："松鼠不只喜欢在松树上活动，柏树上他们也喜欢去，橡树上也喜欢去，他们喜欢吃坚果，这些树上都有。松鼠不叫地鼠，不叫田鼠，不叫袋鼠，是因为它们的尾巴上面有蓬松的长毛，所以才叫松鼠。松鼠的英文名字叫 squirrel，s—q—u—i—r—r—e—l。"

　　"江老师，您的知识太渊博了，您看了好多好多的书吧？"李宇恒瞪大了眼睛看他。

　　"也不是很多。你们将来一定要多读书，学到更多的知识，要超过老师，比老师更有出息。"江劲风时刻不忘教育他们，真的是职业使然。

　　他来到象山学校以后，看到这个地方松柏树多，专门查找了有关这方面的资料，连橡树他也查阅了许多书籍，知道了橡树的英文名叫 oak，以及它的生长习性、用途等。虽然老师不可能是一部百科全书，但掌握尽可能多的知识却是必须做的。不能成为海洋，也不能只做一个小汪塘。

　　不知道什么时候，苏小凡站在了离他不远的地方，眼里流露出的是赞许的神色。

　　接下来，他们组的同学好像经过短暂的休息干劲又回来了，他们一个个爬起来，在江劲风的指挥下干得更猛更欢。直到其他两个小组的人齐喊："够了！够了！不要再砍了！"他们才说说笑笑地走下山去。

江劲风回到学校，本来想先洗洗一身的臭汗，心安推门进了宿舍：

"表叔，我代你签收了一封挂号信，这里面一定是好事，你买喜糖来我才给你。"他晃了晃手里的那封信。

"我得看看是不是好事，"他看见了信封上的编辑部是《山月》，正是他投寄的杂志，"好吧。"

不知怎么地，他有一种直觉，信封里装着的一定是获奖通知。

他有点颤抖地撕开封口，见里面只有一张信纸，抽出一看，果然是获奖通知。

江劲风先生：

你的大作《悠悠寸草心》，被大赛组委会评为"黑釉杯"全国新诗大赛二等奖。请于十二月十日上午十点前来市青少年宫参加颁奖仪式。

"黑釉杯"全国新诗大赛组委会

心安突然惊叫一声："不就是明天吗？"

江劲风愣了愣神，一想对呀，信怎么来得这么晚？但是埋怨已经没用，当务之急是向校长请假。

看校长吃完晚饭走进办公室，江劲风就跟进去。他先把获奖通知递给校长看看。

"哦，好呀，恭喜恭喜！"校长一脸的笑意，和蔼可亲。

"校长，我想请个假去参加颁奖活动，你看行不行？"江劲风试探着问。

"哎呀，怎么还行不行？你一定要去！我同意！咱象山学校出了你这样的大作家，我姓花的也脸上有光！你放心去你的，给你调好课。到那以后，多学习，注意休息！"校长也是很激动的样子，接着关怀一番。

江劲风站起来要走，校长说："稍等一下。我正要找你正好你来了，有点事得跟你拉拉。"

"坐吧。"校长指了指对面主任的椅子。

"江老师，你觉得我们学校怎么样？"校长突然问。

"很好呀！"江劲风有点莫名其妙。

"你觉得我这个当校长的对你怎么样？"江劲风更是摸不着头脑了。

"非常好！"江劲风只能如此回答。

校长正了正身子："上天乡里的武乡长——哎，就是刚调来的副乡长，代替闫助理分管教育——他想找一个能写会画的人去乡里帮忙，还说要是干得好以后就留在乡里了。你是大作家，他们都知道，点名要你去。"校长露出为难的神情，"你走了，我们这英语课怎么办？但要是不给你去，你是不是失去一个好机会了？"校长恳切地看着江劲风，等着他表态。说实话，这一瞬间，他的头脑里是一片空白。

校长接着说："上午教办主任打来电话又问我这事，我没法再拖了，只好找你来谈谈，看看你的态度。"

"谢谢你，校长，你这样高看我。我一个民办老师到乡里能干什么呢?"江劲风问校长。

"那就不好说了,好多的乡长、局长什么的都是老师改行的。说不定几年以后你就成我们的领导了。"校长笑了笑。

"要是提拔不了,又转不了正,不是一点意思也没有了吗?"江劲风提出这样的结果。

"是的,这种可能性也不能说一点没有。"校长还是笑了笑。

"听人说,机关很复杂,像我这样心眼实、脑子笨的根本吃不开。"江劲风再次提出看法。

校长仍然笑着,说:"江老师,你太谦虚了,你说你心眼实我信,说脑子笨,谁会信? 脑子笨能连外国话都会说? 脑子笨会写文章? 要我说你是我们学校最聪明的老师!"

江劲风也对校长笑了:"校长你这么夸我,我还怎么好意思走,只要你不撵我,我就在这里跟你干吧。"

校长有点激动地站起来,不住地搓着自己的手:

"江老师,你说这话我得感谢你,我代表学生谢谢你! 你是个好老师,将来你一定能成大器!"

江劲风说"谢谢校长了"后就要走,花校长忙不迭地说:"好,好,我不送了,我这就给主任打电话。"

新诗大赛颁奖活动如期举行。

市里分管领导、宣传部主要领导,各县区宣传部领导、各级文联负责人,《山月》杂志社,获奖者等三百多人参加了活动。

江劲风是第一次荣幸地走进这样的会场。主席台放了两张桌子,没有台布,没有鲜花。主席台上方拉了一条横幅,写的是"'黑釉杯'全国新诗大赛颁奖典礼",台下面也只是几排普通的桌子。可以说,会场没怎么精心装扮,就像诗歌本身崇尚的

"真"。但是，他按捺不住激动的心情，非常想找个熟人能说上一句半句；但又不好意思老是东张西望，怕人家用诧异的眼光看他。

颁奖过程一共鼓了六次掌。第一次是宣读完获奖名单，第二、三、四、五次，分别是获奖人或获奖代表领取一、二、三等奖和优秀奖，第六次是颁奖完毕后主持人提出"再一次热烈鼓掌"。每次鼓掌江劲风都很用力，都是发自内心，因为他不仅是为别人鼓掌还在给他自己。那一刻，他好像不再懵懂，明白了人生为什么需要鲜花和掌声。

活动结束后，县委宣传部的姚部长和文联的朱主席找到他。

姚部长四十岁上下，个头超过一米八，微胖，戴副变色眼镜，显得精气神十足。他右手握着江劲风的右手，左手又压在右手上，面带微笑：

"你是江劲风老师吧？"他用力握了一下江劲风的手，"感谢你为我们县争了光，你是我们县唯一的获奖者。有时间把你的大作送到县里来，让我拜读拜读。回去以后，你要借这次获奖的东风，多写东西，多出精品，多获奖，早日走出我县，走向全国！"

"朱主席，"姚部长松开江劲风的手，把脸转向朱主席，"小江老师是我们县的文坛新秀，你要好好培养，同时多去发现人才，建立一支文学队伍，繁荣和发展我县的文学事业，为'四个现代化'建设添砖加瓦！"

朱主席三十多岁，中等个，体形保养得恰到好处，但是不怎么追求打扮，发式和穿着都很传统、很普通。见部长说完话，她伸过手来与江劲风握手，笑容可掬地说：

"江老师，恭喜恭喜！我们县又出了一位大诗人，你是我们的骄傲呀! 刚才姚部长给了我一个光荣又艰巨的任务, 要我尽最大努力建立一支文学队伍, 你现在就是这支队伍前面的旗手。我相信有姚部长的大力支持, 这个蓝图一定能实现。"江劲风还没和女同志握过手, 何况是女领导, 有些拘谨。朱主席看出来了, 只象征性地碰了一下, 转而和蔼可亲地问他: "你是哪个乡的? 哪个学校?"

"古庙乡。象山学校。"他说。

"象山学校我知道, 是个建在山顶的学校。我记得那个学校环境很好, 印象特别深的是学校后面有一片橡树林。"朱主席脱口说道, 又问, "你在学校代什么课?"

"英语。"他答。

"英语老师尊贵。我想调你出来有点不忍心了。"朱主席半开玩笑半认真地说。

"谢谢领导! 我喜欢和学生们在一起, 不给您添麻烦了。"他说得非常诚恳。

"也好。不过, 山区的写作条件毕竟赶不上县城, 如果将来你有什么想法, 或者有什么事要我帮忙, 你就到文联来找我, 我要是办不到, 就去找姚部长帮忙。"朱主席言语间满是关切。

他感动得泪水在眼眶里打转, 声音也有点颤抖:

"谢谢朱主席! 我会记住您和姚部长的话, 除了做好本职工作, 我一定会认真读书, 勤奋写作!"

从这一天开始, 江劲风觉得自己的前方, 仿佛有一片异常动人的风景, 在等着他挥汗而至。

Chapter 6

另一种甘味

江劲风回到学校后，厚丰几人起哄，实顺充好人说："你们以为老江心里没数？同喜同喜嘛，晚上早安排好了，对不对老江？"不知从哪天开始，他们之间的称谓里有个"老"字了。

这已成了惯例，谁遇到好事喜事，都要请酒。说是请酒，就是买两瓶沛公、大曲之类往伙房一拎，杨师傅自然再比平时多加两个菜，酒席就成了。江劲风经常发表作品，他高兴，别人也跟着开心。几年相处，彼此都像兄弟姐妹。

晚上吃饭时没见苏小凡。江劲风问李珍珍："表姐，你怎么没喊苏老师一块来？"

"她回家了。跟你一前一后请的假，不知道咋回事。她当时收到一封信，看完后脸色也变了，看样子肯定有事，还不是一般的事。我也没好问。"李珍珍仍然是一脸的疑惑。

"可惜了，一朵透鲜的花插在了牛粪上。"顾心安冷不丁来这么一句。

大家心知肚明心安在说谁，但不知道为什么这样说。

"不知道吧？"顾心安故作神秘地压低声音，"那个男的叫章亚兵，在石湾乡财政所混事，丑得没法形容。苏小凡是图他的爹有本事又有钱。势利眼！"说完还不屑地朝地上吐了一口，不知道吐出的是唾液还是扎了他舌头的鱼刺。

王实顺翻了一下眼珠："不可能吧？感觉苏小凡不是那样的人。"

"感觉有什么用？这是事实。事实你懂吗，兄弟？"顾心安一副不容任何人质疑的神态，"我同学跟那个章亚兵是同事，这些是他告诉我的！"

顾心安不是那种喜欢捕风捉影的人，他的话可信度很高。大家不再说了，尤其是议论一个年轻的女同事，还是少说为好。但是，江劲风的心里却有说不出的失落感和挫败感。

还是李珍珍打破僵局，她说："劲风是我表弟，四年前叙亲时说好请他的，再不请表弟要高升了。今天定好，就明天晚上。"

众人一齐喊"好"，贾兴文用右肘捣捣心安："那李老师你得喊表姨了？"

李珍珍忙说："各亲各叫吧。我们还是同事，我姐他弟。"

顾心安借着酒劲，连忙摆手："那怎么行？就从现在开始，我们是娘儿俩了。改口费不要了。"

大家好一阵子嘻嘻哈哈。

直到又过了两天，苏小凡才回到学校。众人不约而同地瞅她的脸，看她脸上的表情，看她"心灵的窗户"——眼睛里面的神情，除了有一点点倦态之外，总体结论高度一致：没发现任何异常。再仔细端详她的言行举止，更是找不出什么端倪，依然是脚步落地有力，讲课声情并茂，跟人打招呼面带春风。难道什么都没有发生过？或者发生的是一些鸡毛蒜皮的不值一提的小事？反正，谁心里都有一个小疑团，但谁也解不开。

苏小凡好像没注意大家的好奇，见到江劲风的第一眼，她就说："恭喜你江老师！"

等上完了课，苏小凡专门向江劲风要去了《橡树之恋》和刚刚获奖的《悠悠寸草心》。

回到宿舍，她先看了写母亲的《悠悠寸草心》，诗行里满是对母亲的深情诉说和眷恋，看得出写诗人的高贵的感恩，还有诗中圣洁的感天动地的母爱。苏小凡流着泪一连读了三遍。平稳一下情绪，她开始读《橡树之恋》。也许她读舒婷《致橡树》的时候还情窦未开，那时只感到诗写得很美，没触动她少女敏感的神经。这次她的感觉完全不一样，她甚至幻想着自己就是橡树，羞涩而执着、骄傲地站在心上人面前，由他品头论足，任他目光火辣辣地欣赏。她被诗境融化了。干脆，她把这首诗认认真真地、用她娟秀的字迹抄在了日记本上。她一边默念一边写：

橡树之恋

我从山那边抖落风尘
靠近你只为倾诉

仰望你的是云
穿越你的是风
我向你张开怀抱
却不知道
它够不够宽广

小鸟亲你
扑扇着向上飞翔
野香绕你
在林荫下织成花环
我对你送去目光
却不知道
从哪一个角度仰视

于是
我只能愕然失语

其实我知道
你的挺拔是你的方向
向寒而立
则是你生来的峥骨

其实我也知道
寂静是自然的天籁
而沉默
决然是灵魂轻柔的呼吸

当然我比谁还知道
因为无法拒绝
一枚图腾的印章

已经压疼了我的姓名
几近夜不能眠

但是那三个字翻来覆去
在我的嘴里成了誓言
别无选择　我愿意
结成你高枝上的那枚艰涩

除非像花朵和果实
我们未曾在轮回里遇见

停下笔，苏小凡自言自语道："听说他的女朋友就是他的同学，是校花，这诗该是为她写的吧。她真幸福！"

这边江劲风把诗歌拿给苏小凡看，心里没有一点莫名的激动和一点小小的自豪，差不多就是给一个熟悉的人看看，末了听人家说一句"写得不错"的夸赞吧。没意思，没意义，几乎相当于真无聊。他原来还幻想过能有朝一日……算了，不想了！他哪里知道，苏小凡这几天来经受的情感煎熬！

在江劲风收到颁奖通知的同一时间，苏小凡收到章亚兵的来信。信上说要到学校来看她，然后正式到她家里提亲。她恐怕他说来就来，就赶紧向校长请假，说她父亲突然发病。

回到家里，她把信上的话向她大和娘讲了。他们齐声说："那是好事啊，就叫他来呗！"

她立马板了脸："好什么好？我没看中他！"

她娘不解："没看中怎么还叫他给你哥找事干？"

"两码事!"她有点不耐烦。

她大接话:"那你哥的饭碗要撅喽?再上哪挣钱去?"

她强制自己冷静下来:"我从一开始就没看上章亚兵,是他自作多情、死皮赖脸地追求我。我原没当回事,心想他自己总有一天会知趣,没想到他还真把自己当根葱了。我来家就是对他把话挑明,这事根本不可能!想也不要想!"

她娘战战兢兢地说:"他要是来硬的怎么办?"

苏小凡摸一把她娘的手:"哼!想逼婚,这都什么年代了,谅他也不敢!"又安慰她娘说,"哥哥工作的事,你们放心,我来慢慢想办法。"

还是爱女心切,老两口听从了女儿的话。然后,去厂里把儿子叫回家,一家四口慎重地商量了一番对策。

第二天下午,苏小凡来到财政所。院子不大,两排破旧房屋。正好是章亚兵在头一间的值班室里看电话,隔着玻璃窗看见她来了,电话机"丁零零"地响起来他也不顾,三步并作两步地跑出来问:"你怎么来了?收到信了?"

对他的喜出望外,她表现为无动于衷。

章亚兵侧过身子:"来,屋里坐。"就把他刚坐的椅子拉过来,又找毛巾抽了抽。

"一直想去看你,就是太忙没时间。"他一改往日的嬉皮笑脸,可能感觉气氛有点不对劲。

"我呢,作为老同学来你这儿,一是感谢你为我哥帮的忙,二是想告诉你,我们是同学,永远只能是同学关系。"椅子她连看也不看,冷冷地说。

"我哪点配不上你?"章亚兵压抑住愤怒,低声质问。

"与配上配不上无关。"苏小凡尽量平心静气。

"就没有可能了吗?"他追问,"我要到你学校去,把我们的关系公开呢?"他语气里突然出现要挟的火药味。

"公开什么?你公开我们是同学,不公开也还是。有什么怕见人的吗?我不相信你会编造什么不堪的谎言。"她也不卑不亢。

"有时候我也不是好人。我管不住自己,什么事都会做!"他威吓道。

"你不想当好人,想去做坏事,我管不了,可是法律不会睁只眼闭只眼!"苏小凡对他的无耻简直要气炸了肺。

"你哥哥是我给安排的吧?你要是拒绝我就让他滚回你家里去!"章亚兵使出了孩子气的杀手锏。

"谢谢你,不用操心!他已经结清工资回家了。"苏小凡为自己的先见之明有一种兴奋。

接下来,他们唇枪舌剑、你来我往又战了不知多少回合,最终也没看见谁赢谁输。苏小凡不放心,章亚兵不敢到她单位去胡闹,他得有所顾忌,他还要升官发财呢!但很可能会去吓唬她父母,父母胆小怕事,容易屈服。于是她在家里陪他们。她又偷偷去探风,发现章亚兵没有异样举动,天天照样又说又笑又去酒店喝得东倒西歪,她才返回学校。

江劲风正躺在床上两眼瞪着屋顶想心事,心安来了:"表叔,实顺说昨夜大风听见了橡子啪啪落地的声音,看看去?"

江劲风头也没动:"不想动,我想静一静。"

"诗人也不好,多愁善感,容易害相思病。"顾心安咕咕哝哝,激他。

"滚蛋!"他大叫一声,像是对顾心安的话激烈响应,又像把脑袋里乱七八糟的想法都抛开。

远看上去,橡树的叶子一部分开始变黄干枯,还有一些依然固守青绿,两种色彩杂处在同一棵树上,恍惚削弱了橡树的气势,但是集体挺立的橡树,又使得橡树林壮阔无比。江劲风、顾心安和王实顺他们几个像孩子一样兴奋地跑过去,跑进了橡树林。

谁也没有想到,林子里边还有一个人,这个人是苏小凡。她手上的纸包里已经装满橡子,看来她到了有一会儿了。

"苏老师,你也喜欢橡子啊?"王实顺问。快嘴快舌的顾心安主动慢半拍,江劲风还没有完全从情绪里走出来,也懒得先说话。

苏小凡笑意盈盈地看着他们说:"喜欢。上大学的时候操场边有一棵特别高大的橡树,年年橡子落地时我们都会捡起好多收起来,觉得好玩,一收就是一年。"

"看,一窝一窝的都是橡子!"王实顺指着地上说。大风把橡子给归拢到了大大小小的凹坑里。

他们眼盯着地面,挑着捡自己认为满意的橡子。平时,这些橡子都藏在茂密的枝叶里而且身在高处,根本难以见到,而今现身眼前,给人的真是满满的惊喜。

这些橡子长得确实有意思,小半截坐在一个硬壳里,露在外面的大半截则光滑滑地发亮。等到剥掉硬壳,橡子的形状完全显现出来,江劲风心血来潮,问顾心安:

"我打个谜语给你猜:一头戴帽,一头长尖,浑身光滑,肚子溜圆。这是什么果实?"

顾心安撇了撇嘴："哄小孩的玩意。远在天边，近在眼前。"心想根本不用猜。

"那，你看像什么?"江劲风继续问。

顾心安一时想不起来。

"橡子还有个名字叫栗茧，就是说像蚕茧。你看像不像?"实顺说，并放一颗橡子在手掌心晃了晃。

"大的像，小的不像，小的像花生米，像子弹，又像熏瓜。"顾心安端详了半天，终于发表意见。

不管像什么，橡子真的很好玩。他们在地上挑挑拣拣，仿佛捡到的就是最好的，感觉特别开心。

橡子属于坚果类，外面有一层硬壳。小的橡子壳上有隐隐的绿色条纹，大的呢，是通体的褐色。江劲风剥开一枚小橡子，里面的肉鲜嫩饱满，似要破壳而出。他轻轻地咬上一点，在嘴里慢慢咀嚼，顿时感觉苦涩异常。满嘴里尤其是舌头上，好像都长满了倒刺，任凭你怎么努力，咀嚼的东西都咽不下去。于是就想吐出来，可是往外吐的时候，倒刺就又换了方向。

"噗噗!"他终于吐出了嘴里的东西，感到橡子的味道真真不可思议。

"味道怎么样?"顾心安和王实顺齐声问道。

"毛主席他老人家说:'要想知道梨子的味道，就要亲口尝一尝。'"江劲风这样回答他们。

"尝就尝，反正药不死人。"他们捏开一颗橡果，分别尝了尝。结果都是紧皱眉头，现出一副痛苦状。

"你不是说橡子能吃吗? 这怎么咽下去呀?"顾心安对着王实顺喊，当初王实顺说过橡子面能吃的话。

　　"书里面是这样写的。是不是那里面的橡子和咱们的橡子不一样?"王实顺巧辩。

　　"橡子确实可以吃,史书上有这样的话'冬日则食橡栗''粮绝饥甚,拾橡实而食之''五苑之草者,蔬菜、橡实、枣栗足以活民,请发之',据说大多的吃法都是磨成橡子面。"苏小凡给解释说。顾心安听愣了,不再说话。

　　"我们形容生活艰难时常用'吃糠咽菜'这样的词语,要么说'过着牛马不如的生活',其实橡子的难吃胜过糠、菜,它主要是太苦。唐朝有两位诗人写过以橡子为题材的诗,一首是张籍的《野老歌》,是这样写的:'老农家贫在山住,耕种山田三四亩。苗疏税多不得食,输入官仓化为土。岁暮锄犁倚空室,呼儿登山收橡实。西江贾客珠百斛,船中养犬长食肉。'"苏小凡停下来,周围静得有一丝风都能听见,再看顾心安,眼睛本来就大,这时远胜过最大的橡子。

　　好像是进入了状态的苏小凡,旁若无人地继续说:

　　"再一首是皮日休写的《橡媪叹》,全诗是这样写的:'秋深橡子熟,散落榛芜冈。伛偻黄发媪,拾之践晨霜。移时始盈掬,尽日方满筐。几曝复几蒸,用作三冬粮。山前有熟稻,紫穗袭人香。细获又精舂,粒粒如玉珰。持之纳于官,私室无仓箱。如何一石余,只作五斗量!狡吏不畏刑,贪官不避赃。农时作私债,农毕归官仓。自冬及于春,橡实诳饥肠。吾闻田成子,诈仁犹自王。吁嗟逢橡媪,不觉泪沾裳。'"

　　她一口气背下来,而且是那么流利,让顾心安连嘴巴也用上了,不过不是用来说话,而是大张着定格在那里。江劲风呢,哪还有诗人的那份矜持?王实顺倒还沉得住气,但也只是呆呆地看着苏小凡。

"'朝三暮四'这个成语大家都会说，都知道是什么意思，可是'三'与'四'后面指的是什么东西呢?"苏小凡一张脸一张脸看过去，"不是别的，就是橡子。猴子也喜欢吃橡子。"

苏小凡像在唱独角戏，半天没有人搭配。到底还是顾心安脑子转得快，他啪啪鼓掌："苏老师，你太厉害了!"

"献丑了，顾老师。"苏小凡反倒腼腆起来。

"铛——铛——铛——"，挂在办公室门前松树上的半米长钢轨被重重地砸响了，这是放学的铃声。

他们每个人都在兜里装了几十颗橡子，顾心安做了个鬼脸说:

"回去就说太好吃了，也让他们尝尝苦头!"

Chapter　7

人往高处走

对于钟险胜来说，他尝到的却是幸福的甜头。

他比江劲风、贾兴文、顾心安他们还早到象山学校一年，雷打不动，一直教初二物理。初一没有这门课，初三他不干，怕耽误自学。单看个头，他过不了一米七，有点单薄，给人病恹恹的印象。平时不好言语，所以也就不合群。他的表情永远比较单一，是愁眉苦脸的那种，算命的说这叫苦相，生就的是受罪命。总之，把他放到人堆里，可有可无，谁也说不出好，同时谁也说不出坏。不过，他工作非常认真，从不发牢骚，兢兢业业地完成自己分内的事。工作之外，他没有什么爱好，一门心思就是复习高中知识，应战农校考试。前面已经失利过两次，这次终于如愿以偿。

学校领导已经给他举行过送行仪式了。

全体初中组教师，由袁老师牵头，凑钱为他办了一场送行酒。

正好下午下了一场雨，校长已经通知灯课不上了。钟老师很感动，只说"不好意思。别花钱了"。钱未果老师刚从小学过来顶钟老师的窝，这场送行酒，对他来说是接风酒，大家也没叫他凑钱。而他，装作生气的样子说：

"钟老师，大家在一起都是兄弟，我比你们多糟蹋几年粮食，权当是大哥，怎么不该请你？你今天能给我们民办老师争这个气，我们不也跟着沾点喜气吗？日后发财了，别忘了咱们就行。"

"你开玩笑了，我哪有那个本事。"钟险胜难得一见地笑着说。

"哎，话不能这样说，人不可貌相，海水不可斗量，何况你钟险胜长得是一表人才。"钱未果又转过脸，对着李珍珍、苏小凡那边问了一句，"我说的没错吧？"

她们两人点了点头。

大家互相之间你让我敬，喝得不亦乐乎。几个青年教师有酒蒙脸，顾忌就少了许多，袁老师和钱老师，尤其是钱老师喝得有点高，情绪亢奋，说话时愈加随意。席间有谁提到"我们老师被人瞧不起"的话题，钱老师立刻神情激动：

"社会上很多人瞧不起老师，说咱老师好转文，是酸字行的，我听了就来气。转文怎么啦，说明咱肚子里有墨水。说咱是酸字行，哪点酸的？不就是教小孩时间长了，脾气叫磨耐了，说话语气变得慢腾腾的了？有时候吧，也怨咱老师自个，谁不知你底细没文化，偏偏说话还酸不拉几，难怪叫他们说闲话。"说着话突然停下来，夹一块牛肉送嘴里。

钱老师这人的故事早就尽人皆知，他有时候说话是为了酒，有时却是为了菜。如果酒很充足，他喝着喝着就会时不时地捂住酒盅，说："不喝了不喝了，让我吃筷子菜。"要是明显酒少，他就会先端起酒盅，"这酒怎么样啊？"喝一口，咂咂嘴，"没尝出来，再尝一口试试。"今天，估计他不好办了，因为酒是丰裕的，菜是丰盛的。

"还有人说老师是馊先生，是老抠。"袁老师接过话来，"有人编了个故事，说两个老师配钱喝酒，就跟咱们今天一样。酒喝好了，菜没吃完，两个人就把菜一分为二。炒菜的油没用完，就把油瓶里的油倒出来平均。倒到最后实在没法再倒了，等半天只有一滴了，怎么平均？结果想了一个办法，把这一滴油放到水里去，平均分油花。你说这不是糟蹋老师吗？"袁老师讲得心平气和，根本没把这无稽之谈当回事。

"还有人问我，说'你老师吃豆芽都是查根吃的，是真的吗？'我就回答他'是真的，你不就是想说老师抠，舍不得吃？他抠还能去买豆芽吃，你怎么连豆芽都不买呢？'"

"不吭气啦？"

"不吭气了。给问住了。"

袁老师接着说："老师不是抠，他要靠这俩死钱养活一家人，不会过日子怎么行。说咱老师抠的人，其实他过得不如老师，是嫉妒，你根本不要跟他一般见识。"说完，左手从眼前向外一划，表示不屑的样子。

大家都注意到了袁老师使用左手，说明这样做很重要。

丁厚丰就势问："袁老师，听说你'文化大革命'串联的时候，在天安门广场跟周总理握过手？"

"这还有假？"袁老师登时来了神，端起盅一口喝干，"当时广场上人山人海，口号声那是一浪一浪的。我们没有赶上毛主席的接见，是周总理来的。就跟电影里看到的一样，周总理微笑着跟我们问好，还跟他眼前的红卫兵一一握手。我当时前面隔着三个人，我使劲挤过去，右手被人卡住了，只能把左手向前面伸。敬爱的周总理终于过来了，他握住了我的左手，我的眼泪一下子流出来，我真想喊一声'周总理万岁！'五秒钟，我感觉有五秒钟，我也握着周总理的手。"

"什么感觉呢？"大家很好奇。

"当时哪有时间去感觉，就两个字：激动。不过回来以后有感觉了。"袁老师故意卖个关子。

"那是什么感觉呢？"大家还是好奇。

"冬天呢，左手不冷；到了夏天，左手不热。一般来说，只要我认为是重要的事我就用左手，像写字、拿镰刀割麦子一般都用左手。古人能反弹琵琶，我用左手反弹中山琴。是不是这回事啊？"他看向江劲风，江劲风跟他学过琴，连忙说："有这回事。"

袁老师继续说："跟人家握手前那要看是什么人。周总理影响了我，我不再怨天怨地，我干个民办老师就得好好干，少给我一张奖状，我也不计较。我一看到我的左手，想到周总理，我就想人干点实事最重要。"

"袁老师，你说得对，我敬你一杯！"准亮站起来一饮而尽，然后瞟了一眼李珍珍、苏小凡的座位，见她们两个去厨房帮忙炒菜了，口头随便地说，"不过，像我们这些民办蛋子，谁会把咱放在眼里呢？我们讲良心，好好干，说不定他还笑话你是个憨蛋笨蛋咮！"

"腿裆不利索。"钱老师用打诨的"英语"说。

王准亮嘻嘻着坐下了。大家都知道是英语"请坐下"的带点荤味的音译。

　　钱老师正想再讲一遍"骚瑞"（sorry 的莘味音译）的故事，李老师和苏老师端菜进来了，只得就此打住，随机改口说：

　　"刚才你们两位老师去忙了，现在我提议，共同跟钟老师喝两杯！"

　　众人说"干！"大家又都学着他的样子，满屋子都是"滋啦"声。

　　看看都喝得差不多了，袁老师说："咱诸位各扫门前盅，喝了吃饭。"

　　"好！"大家齐声响应。

　　吃过饭，钟险胜要跟大家说再见了。江劲风和顾心安平素也算对钟险胜最有好感，离别之际，自然有点难舍难分，所以想多送两步。钟险胜一半是因为酒，一半是因为确实兴奋，他右手揽着江劲风的脖子，左手钩着顾心安的肩膀，说：

　　"兄弟，我也是大笨蛋一个，高中蹲了两年，农校又考了三年。跟你们说实话，原来我是打算好好干，弄一张奖状，瞅机会考试转正，然后就做一辈子老师了。你知道，"他转向江劲风，"就我这个性子，教书很适合我，我不该有别的选择。要不是那次评优，今天我们还会是同事。"

　　江劲风不明白。

　　顾心安没听懂。

　　"你们来的那年，校长评上先进的事忘了吗？"钟险胜问。

　　江劲风没有忘。那是一次没有风波的评优事件，是他来到象山学校后的第一次，永远也忘不了。

　　晚自习一开始，大家赶往校长所在的办公室。

校长用左手支撑着左脸，看着一个个走进办公室的人。瞧他的样子一定是喝了酒，眼睛瞪着，嘴唇紧抿，没有了平素的和善。他上次喝了酒也是这个神态，所以这次也肯定没错。

校长拿开左手，对主任说："花主任，点名！"

花主任摊开点名簿："好，下面点名。"

依然是按照惯例，先小学，后中学。

"花树仁！"通常都是这样，主任点名先点校长，校长点名则先点主任。

"到了！"

"钱未果！"主任第二点他，因为他兼任会计，算是中层干部。

"来了！"

"夏天忠！"少先大队辅导员，算是班子成员。

"来了！"

"夏天义！"

"来了！"

…………

主任暂停，来个小结："十一个人全部到齐。下面是中学组。"

"袁可东！"

"来了！"

"丁厚丰！"

"到！"

"王准亮！"

"到！"

"江劲风!"

"到!"

"项也非!"无人应答,又点一次,"项也非!"还是无人应答。

"王实顺!"

…………

点完了,主任再次小结:"中学组十一个人到了十个,项也非老师没到。"他转过脸来,"他是不是在看班,把开会的事忘了?"

"今晚初二是我值班,他没在。"王实顺对主任说。

"无组织!无纪律!"校长重重地拍了下办公桌,差点没有站起来。"再上几天就放暑假了,怎么不想来?不想来不说,连假都不请,这不是无组织、无纪律吗?大家如果都这样,我们还办什么学校?我还当什么校长?"

大家心知肚明校长的火是冲项也非来的,但谁也不明白校长今天的火为什么要发这么大。莫非项也非真有什么事惹恼了校长?还是校长在借题发挥吐一吐心里的不快?

谁也猜不透。只听校长继续说:"今天的会议很重要,有两件事。第一件,上星期五我到中心校开会,哦习惯了,现在改叫教办了,就是古庙乡教育委员会办公室的意思。我到教办开会,领导非常重视教学质量,总结了前一阶段的听课情况。我们学校没来,看来是幸运。那些被听过的学校,一个一个都叫点了名,谁还敢抬头?都低着头大气不敢出。同志们哪,课上不成块,字写得歪七扭八,这怎么了啊?你说!不要老想着自家那二亩地,你也得想着人家的孩子,孩子比地重要。是的,有谁说了,你校长家里没有地,你当然站着说话不腰疼了。错！我傻呀我愣呀，要不是为了孩子们，为了学校，我不知道喝酒去？打牌去？玩去?!"校长停了一下，"我刚才说第一件重要的事，就是关于下周抽考的事。听课躲过去了，抽考躲不掉。全乡抽考同一个年级，所有学生，不光是小学，还有中学。去年抽考，我们垫了底，为这事，先进也泡汤了。今年要是再考个老末，我的脸没法搁，恐怕诸位也没脸再在象山待了。我们都回家算了！"校长说到这里，转头并抬了一下，表示"回家"。然后，从跟前抽屉里抽出一支烟，点上。

"第二件事是评选先进。先进年年选年年评，条件我不细说了，只要不违反《四项基本原则》，认真教书，尊重领导，团结同志，不违反计划生育，就够条件。教办只给了我们一个先进名额，是县级的。我知道我们在座的有很多人都需要，都需要这张纸，可是那得看谁工作干得好，看谁表现好，你如果假也不请，想来就来，想走就走，那怎么可能给你呢？群众的眼睛是雪亮的，谁好谁差都能看得清。下面开始评选。"

校长跟主任叽咕了一会，主任说话了："根据校委会研究和平时综合考核，下面三位同志是这次的候选人，他们是花树仁校长、袁可东老师、钟险胜老师。三人当中选一人，大家同意谁就打个勾。王实顺、顾心安两位老师负责计票。"

主任说完，王实顺和顾心安就下发纸条，纸条上有三位候选人的名字。

像答卷一样，大家既不去左看右瞧，也不去交头接耳，默默地打好勾，折起来，从后面传到前面。

很快，王实顺报票："花校长六票，袁老师八票，钟老师七票。"

　　报完了各自票数，主任正想说话，只见校长猛地拍了一下桌子："胡闹！简直是胡闹！眼睛是干什么吃的？难道说看不见吗？谁天天来得最早，从来都不计较，每次考试都是全乡前三名？我们评选先进，就是评选那些真正能给大家带头、能给学校争荣誉的人，不是说谁的人缘好就能当先进。这个结果我不同意！重新评！"

　　下面开始了纷纷议论：

　　"这又不是儿戏，说不算数就不算数了？"

　　"看样子是校长想当没评上，恼了。"

　　"前年乡里抽考，校长带的三年级语文考了全乡第三名。"

　　"校长没评上小高，听说就因为少一张奖状。"

　　"那干脆把这张奖状给他不就完了吗？何必评来评去？"

　　"他怎么好意思说呢？"

　　"假正经！"

　　坐在江劲风身边的是钱未果老师，他反而是"嘻嘻"地笑，对着江劲风的耳朵小声说："看着吧，再评要是评不上，还得重来。"

　　江劲风以为袁老师会拍案而起的，没想到他稳稳地坐在位子上，声音从他坐的地方传过来："我的奖状够用的了，谁想要，拿去！"

　　校长依然绷着脸，一言不发。主任说："不然，大家就重来一次？"扫了众人一眼，"那就重来吧。"

　　重新投票的结果是：钟险胜还是原来的票数，而校长和袁老师的正好倒了过来。

　　自然，校长的先进是选上了，但在大家心里，总感觉他在别的某个方面落选了。

至于多才多艺的袁老师，大家都认为他是好人，也是老实人。他是工作多年的老民办，虽说得过奖状，还有谁怕奖状多了扎手的？他完全可以不答应。这个结果，使非常需要奖状的人尤其是青年民师们心里酸酸的。县里文件上一条条的量标积分内容，以几个硬性标准为例：一是学历。人人基本上都是中函、高函毕业，分值相差五分，甚至等于没差；二是教龄。教龄愈长积分愈多，最长到二十年，每年积五分，这就存在差距了，但是这种差距你没办法改变；三是荣誉。国家级单项表彰积二十五分，逐级以五分下调，到县级是十五分。当然县级以上的就能直转了，能拥有这个荣誉的是凤毛麟角，可遇不可求。他们中的绝大多数人都只能把眼睛盯在县级奖状上。

像他们这些脸上贴着"合同民办教师"标签的人，靠积分直接转正几乎不可能，光一个教龄就被甩下了。他们转正的路径最有希望的就是有一张县级以上的奖状，先具备考试资格，然后再通过积分，符合入围指标，最后参加考试被择优录取读师范。

可是，奖状，奖状在哪里呢？

"我们还在努力，在等待，可是钟险胜因为赌气而改变了自己的命运。心里真是不情愿，可是不说恭喜又说什么呢？"江劲风想。

黑夜里，江劲风、顾心安他们借着酒兴拥抱了一下钟险胜，然后又紧紧地握了握手。

Chapter 8

机会， OK

理想不会改变，当初选择的路必须好好走下去。这不，县里要通过考试，选拔一批英语教师到外地培训，江劲风积极报了名。

他是一个肯学习的人。

起步低，基础差，要改变现状只有学习一条路。有些条件制约他进步的想法，那就想办法克服。比如买那台春雷牌录音机，二百三十块钱得花去几个月的工资，他只得向哥哥伸手，另外还得地里凑。当初有好多人认为他是不正干，玩物丧志，所以冷嘲热讽的话没少说。只有他自己清楚，自己的英语口语可以说一点没有，不能这样误人子弟。他同时开始参加许国璋广播英语函授，配备的一盒盒磁带也需要使用录音机。

他把录音机用在课堂上，让它"读"出标准的发音，"读"出规范的句型，真正还原这门语言的本质和魅力。每次学习完课堂内容，总要放一支英文歌曲，有时词是英语，而曲子则是来自他们喜欢的歌曲，如《妈妈的吻》，每一位学生都学会了用英语演唱。

每天早晨到后面的橡树林去，他都要朗读和背诵教材。背会教材便于融会贯通，便于旁征博引，还可以节省时间，扩大课堂容量。给初三上复习课，大多情况下不用带教本，需要时他就说：

"这样的不定式短语，可以到第五册第二课的最后一段里找。"

"on 用作介词，意思是'从事某工作'，请查第三册第六课课文。"

"would 是 will 的过去式，还可以用作情态动词，谈看法、想法，语气委婉，这种用法第一次出现是在第四册第二课。"

…………

可以想见，结果他考得很顺利。不久就收到了录取通知书，培训时间为半年。这下他又犯难了：工作多年，一直期望着外出学习，现在机会终于来了。可是，三个年级的英语怎么办？初三的中考怎么办？

江劲风去找校长想办法。校长愁眉紧锁，说话有气无力：

"唉，我实在想不出有什么办法，但凡有一点法子，我也得支持你去进修学习。这是个好机会呀，说不定还能高升。要真是那样，不给你去不等于害了你吗？"校长抬起眼皮，"为这事我去找了主任，主任说他不当家，得找分管的武乡长，我怎么越级去找？"

江劲风不理解，问校长："主任不是直接领导吗？怎么还要找乡长？"

校长稍微直了直腰："你不知道，分管教育的领导换成武乡长了。你想，请人来代课得乡里拿钱，武乡长不点头能行吗?"

江劲风说："花校长，我不能难为你，你看这个问题到底怎么办才好呢?"

"要我说，非武乡长不治!"校长的意思干脆又明确。

分管乡长叫武大洲，快要五十的样子，瘦巴巴的，走起路来打飘。一天到晚，在任何地方见到他，都会见他嘴里叼根烟，好像他时刻在考虑国家大事。有人就联想，说怪不得取名叫"大洲"，想必有胸怀天下的抱负。没多久大家就见识了，武乡长在分管工作上果然举措不俗。他是一管到底，中学的校长和教办的主任，大事小事都得向他汇报，就连在发票上签字，只有他签过了才能报销。江劲风这事也铁定了没有他的同意，想去进修学习，没门!

有人给江劲风出主意，说武乡长好吸烟，送一条烟或许能行。江劲风就咬牙买了一条大前门。趁早晨乡里刚点完名，他把用报纸裹着的香烟，夹在胳肢窝下，做贼似的溜进了武乡长的办公室。一开始，武乡长很是和蔼可亲，指把椅子让他坐下。

"你是哪个单位的? 找我有事吗?"乡长一边弹着手里的烟灰，一边问江劲风。

江劲风慌慌地把胳肢窝下的烟拿出来，放在身边的桌子上。

"武乡长，我是象山学校的江劲风，这次教育局选拔一批英语教师到外地培训，我也被选上了，想请您批准!"他把背熟的话还算流利地说了出来。

武乡长扔掉烟蒂，掸掸手，好像沾了刚才的烟灰，然后慢条斯理地说:

"你这事原则上是不能同意的，你想，你走了，课怎么办?

孩子们怎么办？作为领导，按理我该支持你去进修学习，年轻人嘛，不学习怎么进步？我一向是支持老师们参加各类学习培训的，尤其是你们小青年。可是，眼下上课的问题没法解决，你总不能把课扔在一边不理吧。还有，初三过几个月就要考试了，马上进入复习阶段，没有老师怎么行？所以说，你的事我不能同意。"他站起来，表明向江劲风下逐客令了，"好吧，这事就这样说，回去安心工作。我下面得去县里开会。"他随手指着桌上的烟，"把这东西也带走。"

"武乡长，您肯定有办法。我明天再来找您。"江劲风站起来边说话，边赶忙跨出门外。

回到学校，江劲风连续上了三节课。课堂上他依然意气风发，那学习的事忘到了脑后。下了课想起这事还没有着落，他顿时就闷闷不乐。午休时间表姐李珍珍在办公室，她小声问他："那事办得怎么样了？"

"没有头绪。我正在发愁。"他对她苦笑。

"正常。我要是领导也不会爽快答应你。你看，初三临阵换将不利于考试，那两个年级又没人上课，这是一。二呢，调人过来得安排，嫌麻烦，要是找一个临时代课，乡里得拿钱，所以反正不合适。"表姐又帮他分析一遍。"不过事在人为。一次不行两次，两次不行三次，领导总会有办法解决。实在不行，你也得为初三学生考虑，你跟领导提，星期天回来给补课。那你就得辛苦点了，每星期都得打来回。"

江劲风说："表姐，这是个好办法。两全其美，我累点苦点没事！"

第二天下午上班，江劲风又赶到了乡里。

　　碰巧武乡长下乡去了。他等到八点，还没来。再询问人，说，大概九十点吧。他就再等。等到夜里十一点了，还没见乡长踪影，他只好返回学校。

　　在返回的路上，孤单，饥饿，黑夜的恐惧，还有莫名的委屈都向他袭来。那一刻，他真想放弃，真想就这样安安分分地顺其自然往前混吧。但是，一忽儿这种想法又不见了，代之而来的是一百个不情愿和一万个不甘心。

　　上午上完课，下午他又去了。这次武乡长正在办公室里和什么人谈事，等那人走了江劲风赶紧进去。乡长一点不惊讶，好像料定他要来，就在屋里等着他。乡长指着他上天坐过的椅子，说："坐吧。"

　　他不想坐，心里感觉又郁闷又委屈，就站着面向乡长，脸上赔着小心和谄笑："武乡长，我那事怎么样了？"

　　武乡长点上一根烟，吐了口烟圈，慢腾腾地说：

　　"这事不好办。我叫中学过去一个老师代你的课，人家只愿意代初一初二，说什么不代初三的课。我也不能不来理呀，这本来是人家分外的工作。我看你还是没法去。"

　　江劲风把表姐给他想的办法搬了出来："武乡长，您看这样行不行？初三的课还由我代，我星期天回来上课。"

　　武乡长有点担心："行是行，我怕你能不能及时赶过来。"

　　江劲风顿时来了精神："这不是小事，我向您保证绝不会耽误上课！"

　　武乡长说："你稍等一下，我打个电话。"他随手拿起桌上的电话，嘟嘟两声后，"喂，宋乡长吗？我是古庙的武大洲，我们象山学校的江劲风老师你认识吗？噢……噢……好……好，我就安排他去学习了。上次我表弟调动的事，给你添麻烦了。什么？明天过去办？好，好，那太谢谢你了。再见，好，再见！"

半天，江劲风才回过味儿来，原来武乡长在和石湾乡的表哥通电话。这时，武乡长掉过脸来，带着春风般的表情说："就这样定了。回去跟你校长汇报一下。"

江劲风感谢的话还没说，乡长又指了指两天前的那条烟，"喏，把它拿走。"见江劲风犹疑，"不拿走的话，你也就不要去了。"

江劲风回到学校，别人都上灯课去了，只有李珍珍在办公室里埋头备课。他看着表姐娴静又认真工作的样子，不觉鼻孔发酸。这个可怜的女子！她平日少言寡语，穿得又极为朴素，一米五几的个子，显得毫不出众。但是若前推二十年，她那时二十多岁，肯定是小巧玲珑的大美人，不然那个江南过来的小子也不会看上她。谁知那小子原说在这边扎根的，可过了七八年硬要回老家。她只好跟过去，而苛刻挑剔的婆婆对她连眼皮都不翻。当初信誓旦旦的丈夫也好像变了个人，没有安慰，没有爱抚，只有冷漠。这样的日子怎么过呢？只有离婚。离婚以后，她就抑郁了。如今已经几年过去，才开始慢慢好起来。对一般的女人来说，离婚是离开了一个阴影，接着又走进了另一个阴影，好在李珍珍后面的阴影出现在早晨，太阳出来以后现在逐渐消失了。

"表弟，你脸上藏不住，我知道乡长同意了。"李珍珍抬头看见江劲风进来，高兴地说。

"表姐，亏你给我想办法，不然乡长不会那么爽快答应。改天请你吃饭！"江劲风喜滋滋地说。

李珍珍提议："吃饭时把苏小凡一块叫上？"

　　江劲风回应："我看还是算了吧。叫她男朋友知道了不太好。"自从听顾心安说过那话，他的心里就老是拧不过来。

　　李珍珍放下手中的钢笔："你不知道吧？"然后把苏小凡告诉她的跟章亚兵闹分手的事说了一遍，"小凡是个好姑娘，她都是因为你，哥哥的工作丢了，同学的面子也撕破了。"

　　"你说的我怎么感觉像是讲笑话呢？这怎么可能呢？"江劲风似信非信，脸上露出不自然的笑。

　　"我能哄你吗，表弟？小凡把你写的诗都抄在日记上了，她一边读给我听，一边夸你写得好。女孩子这样夸人，就等于对你有意了，你可得抓住机会呀！"李珍珍的一番话，让江劲风对苏小凡的一点小成见一扫而空。

　　"哎，我忘了问你，听说你喜欢你的一个女同学，还经常给她写诗，写《橡树之恋》，有这事吗？"表姐突然问他。

　　江劲风很诧异："你听谁说的？"

　　李珍珍说："我这才突然想起来。小凡老师那天问我，我说不知道。"

　　江劲风像被马蜂蜇了一下，顿时不自然起来："是有这回事，不过那是几年前的事了。她早已嫁人了。"

　　李珍珍又问："现在订了吗？"

　　江劲风说："没碰到合适的。"

　　李珍珍追问："你觉得苏小凡老师怎么样？"

　　江劲风笑了笑："那还用说吗？无可挑剔！"

　　李珍珍也笑了："郎有情，妾有意。我看这事能成。"

　　江劲风没想到表姐人变了，变得开朗又幽默。受她情绪感染，江劲风的胆子也大起来，说话自然也少有了顾忌，于是自我调侃："我这不是癞蛤蟆想吃天鹅肉吗？"

李珍珍忽然一本正经地说："癞蛤蟆怎么啦？癞蛤蟆就低人一等？只要敢想、敢去吃就一定能吃到。这就看你的胆量和本事了。"说着看一眼前墙上的挂钟，"下课时间了，我得去打铃了。你就等着请我喜酒吧！"

饭还没有请，苏小凡就来请他了。她在他办公桌对面落落大方地坐了下来。

"江老师，我想请你教我弹弹中山琴。可以吗？"苏小凡语调很柔婉。

"我也只是蜻蜓点水，真要学还得找袁老师。"江劲风说了实话。

"我找过袁老师了，他说最近没时间。"她说的是谎话。再者，袁老师正好请假了。

江劲风只能应承下来，其实他的心里正巴不得呢。他把一个琴盒拿出来，对苏小凡说："就用它学。学完这把琴送你了。"

苏小凡感激地看了他一眼，清澈的眼睛里掠过天边的云霞。

他说："袁老师多才多艺，他会吹笛子和口琴，会拉二胡，会弹风琴，常见常用的乐器他几乎都会，最为重要的一点，他能识谱。学校的音乐课都是他一个人上的。我拜他为师，充实业余生活是一方面，另外我也想成为一个多才多艺的人。"

说着打开硬纸盒，里头就是他的中山琴。琴不大，长方形，四五十厘米长，宽十五厘米左右，鲜亮的天蓝色，看上去非常漂亮。

他先开始讲一些关于中山琴的知识："中山琴是我们的叫法，还有人叫它凤凰琴、大众琴、和平琴、胜利琴等等。其实它的本名叫大正琴，是日本人发明的。这个琴传到我们中国以后，改造出了多种样式，有大的有小的，有高的有矮的，有高档的，有低廉的，但有一点不变，所有琴的音色都是清脆明亮。咱这把琴就是最简单易弹的。说它简单，指结构简单，你看，"他用手指点着所介绍的部件，"这是琴弦，这是拉紧琴弦的弦轴，这是弹奏时候用的琴键，这是键板，这个叫切音板。这些都是装在一个琴身上的，就这几样，所以说中山琴结构简单。"说完叫苏小凡重新认识一遍，直到基本上能说出名称，知道用途。

接下来，他又讲解了中山琴的弹奏技法："了解了中山琴的结构和每一个部件的用途，就要进入弹奏程序了。首先试一试琴弦松没松，是不是紧绷绷的那种感觉，如果不是，就要用琴匙——相当于琴的钥匙——拧转弦轴，直到绷紧，但要防止崩断。然后把左右手分放左右两边，左手用来按琴键，右手拿拨片。"他拿起一个薄铁片，"就是这个，用它划拨琴弦。琴弦一拨起来，把琴键找准，就成了，所以说中山琴易弹易学。"等苏小凡温习了一遍之后，他开始做示范。

等到技术要领大致掌握了，江劲风说："就从我们都会唱的《妈妈的吻》开始。"边说边从抽屉里拿出一本手抄的曲谱来，弹一句让苏小凡练习一句。

"师傅领进门，修行在个人。我是借这个意思用的，我可不是师傅。别说什么悟性，也别说什么天分，只要认真练，就能弹好。"江劲风说这话时仿若师傅，这可能是老师的角色定位使然。

江劲风的教法就是先把简谱记住，背下来，再唱出来，然后去弹。真的，调子有了，味道有了，还像那么回事。于是一句句唱出来，又一个个音符弹下去，直到稍微连贯了，慢慢地感觉旋律也跟着出来了。

　　这个方法可能很笨，但是笨方法它也是方法，说不定还是有效的方法。这方面江劲风有学英语的体会。他发现学弹琴也一样，先会唱再学弹，比直接学弹效果似乎要好得多。

　　但苏小凡总是弹得要么跑调，要么乱了节奏，惹得江劲风在一旁干着急。苏小凡不好意思地说："我太笨。你别笑话啊。"

　　江劲风只好从头再来一遍。趁他不注意，苏小凡扭过脸去偷偷地莞尔一笑。

Chapter　9

在奖状面前

　　培训的地方在邻边县进修学校，单程一百二十里。为了方便，也为了省钱，江劲风来去都是骑他的万里牌自行车。

　　第一个星期六晚上，他赶回学校的时候天已经完全黑下来。到处都是黑森森的，白天好看的松柏树此刻都变成了狰狞的面目。他平生第一次感到那么孤寂，那么无助，最受不了的是那么恐惧。但也只能硬着头皮，壮着胆子，摸摸索索找到宿舍。打开门，拉亮电灯，怦怦跳的心才安静下来。

　　突然，又有"嘭嘭"的敲门声传来，再次惊得他心尖发颤。他问："谁?"

　　门外答："是我，钱未果。"

　　他拉开门："钱老师，你没在家休息啊?"

　　"没有，今天我值班。上天夜里办公室进小偷了，把夏天忠老师的作业和备课都给偷去了。"钱未果跨进门来，随手掩上门，神秘兮兮地说，"你猜偷这些东西干什么? 你根本猜不到，全被送到咱教育局局长的办公桌上了。"

江劲风听愣了："这不会是你编的故事吧？"

钱未果眨巴眨巴机灵的小眼睛："为这事校长被通报批评，差点连职务都给撤了。为慎重起见，现在开始通宵轮流巡查。"

江劲风更急于知道原委："这到底是怎么一回事？"

钱未果坐到床沿上，开始慢慢地、一五一十地细说起来。

星期二，呼啦啦开了一下午的会，人人都有点不悦。这才几个小时，又通知开会了，大家心里烦。

钱未果因为出去买点感冒药晚了几分钟，到的时候校长正在说："就是这个事。急等报上去。"

他问身边的王实顺"这个事"是什么事。王实顺小声一说，他才知道要评选优秀教育工作者。乡里分配来一个名额，校长说上级领导明确要求只能选一名小学教师。

"怎么选法呢？"钱未果问。

"投票。"王实顺说。

钱未果开始把小学老师在头脑里过一遍。他和他们在一起磨耳边子时间长，谁不熟悉？他最后投了夏天忠一票。夏天忠工作二十好几年了，算得上老民办，虽然是通过函授才好不容易拿到了中师毕业证，但工作很勤奋。这样一个老同志还是少先队辅导员，人家别的学校没谁把这块工作当作一回事，甚至连摆设也算不上，只有他夏天忠还做得有滋有味。这位同志在为人处事上，可以说非常厚道，可一到评先评优时就常被人忽略。他同情这样的人，感觉就像同情自己一样。于是他毅然决然地把这一票投给了夏天忠。

最后，计票结果如他所愿，夏天忠以微弱优势胜出。

但事情并没有结束。散会后，夏家的老二夏天义跟校长说：

"这个先进不称职，要给也只能给我。"

校长觉得可笑："夏天忠的先进是民主评议产生的，怎么能随便换给你呢?"

夏天义一头青筋："那也不能给他夏天忠。要是报他，出了事你怨不了别人!"说完气哼哼地走了。

校长苦笑一声。他知道这两兄弟一向不和，两人的老婆见面就吵，都吵成了仇人，兄弟俩在学校也互相不搭理。具体原因谁也说不准，清官难断家务事，都是公说公有理，婆说婆有理。比较来说，夏天义精明，他头脑活络，见人说话都是脸上带着笑，但私下里大家都喊他"老假"，意思说他不实在，善于伪装，所以他的人缘赶不上老大。他干什么都好和老大较劲，他本来在大队当会计，看老大进学校了，他就辞了会计，托人也来当老师。表面上看不出来，兄弟俩你干你的，我干我的，从不搭班，多年来一直相安无事。这次老大评上了优秀，打破了夏天义的心理平衡，他难以接受。"那也没有办法呀!"校长眼盯着申报表自言自语。

晚上就出事了，就是夏天忠的东西被偷了，第二天不知怎么就被放到局长的办公桌上了。据说还附了一封信，说夏天忠工作不认真、弄虚作假，说学校领导有意包庇、欺上瞒下。

局长安排人一本一本查了，发现学生的大小作文共写了十五篇，六篇未改，备课该备九十节，实际备了七十三节，而且还是简案。昨天局里来人宣布处理结果：取消夏天忠的优秀资格，名额作废；给校长记过处分，并全县通报批评。

讲完了，钱未果狡黠地笑了笑："你估计这事能是谁干的?"

江劲风说："没有根据，不好瞎猜，不过好像也不用猜。哎，报案查一查不就清楚了吗？"

"校长嫌丢人，骂一通就算了。"钱未果站起来，"优秀优秀，为了优秀连亲情都不要了，实在不该。"

到了门口，钱未果又扭回头："夜里怕不怕？要不要我来跟你做伴？"

江劲风硬着头皮说："不怕，谢谢你了。"

钱老师瞅了瞅自己手腕上的夜光表："时间不早了，你还得备课。注意把办公室门锁好，睡觉时把门插好。"

离凌晨还差五分钟的时候，江劲风终于把上课的一切资料准备就绪。

睡了一个囫囵觉，起来照例去后山跑上两圈。小鸟在树上叽喳，露珠在林间滴答，太阳在遥远的地平线那里送来霞光。从梦境里走出来的山乡，多么清新怡人、美丽曼妙啊！

他也重新找回了神采奕奕、精神焕发、信心满怀的感觉。

当他走进课堂时，看着学生们那么认真、投入地复习功课，他顿时大受感动。他觉得自己亏欠了他们，他必须好好偿还他们一个星期的期待。

他打算和平时一样作息，不能让学生有疲劳感。第一节课，以他对英语学习的总结和中考动员为主。他说：

"离中考还有两个月时间，不巧这段时间我在参加培训学习，又请不到别的老师来上课，我只能利用星期天。至于平时的复习，全靠你们自己了。六册英语要复习，听起来吓人，实际上并没有什么，要掌握一些方法和技巧，比如记单词，不要再去孤立地记，要学会比较着记，前后联系起来记，这样你会发现单词很好记。比如记住语法常识，也要与我们的汉语语法做对比，语言大体是相通的，不同的只是小部分，而那小部分也会有自身的特点，能够帮助你记忆。然后从教材的编写来看，在语法的学习和运用上可能一步步变得复杂，增加了难度，但是记忆的难度并没有加大，理由是你在渐渐习惯这种语言的使用规律，会逐渐欣赏到此种语言的独特魅力，你会提升自己学习它并掌握它的兴趣。语言学科的学习不同于其他学科，既然称之为语言，就得学会怎样说，起码要知道怎么去说。我们现阶段的学习，就是要弄明白、要懂得、要知道英语怎么表达，怎么说话。"

这些话以前肯定讲过，但再说一遍似乎仍有必要。

"三年六册的英语教材我们已经学完了，"他习惯性地走到讲台一侧，"可能对一部分同学来说，算是懵懵懂懂地过来了，很多东西并没在头脑里刻下多深的印记，但是当你今天回过头来，你会发现其实英语是很有美感的一门语言。首先作为语言文字，我们常常称之单词而不叫文字，但它同样有书法之美。四线格用来规范我们的书写，离开了四线格，写得好看有艺术，那就成了书法。我们中国的书法是艺术瑰宝，是皇冠上的明珠，英语的书法至少称得上是皇冠。其次，从朗读的抑扬顿挫上看，英语讲究音韵美。哪个地方读升调，什么地方读降调，升降调如何错落交替，英语语言都有非常明显和严格的规定，这就产生了悦耳的节奏。我们的普通话有四个声调，即阴平、阳平、上声、去声，目的也是听起来朗朗上口。语言都是智慧的产物，时时处处体现出创造之美。如英语名词的单复数，副词和形容词的比较级和最高级，现在分词和过去分词，一般现在时、现在进行时和现在完成时，一般将来时和过去将来时，等等，看上去呈现了许多规律性的东西，但实际上就是造词者或叫造字者的伟大创造，就像我们汉字的造字方法一样，大家知道是哪几种？"

学生们齐声回答："象形、指事、会意、形声和假借。"

江劲风继续说："当然，英语的审美远远不止这些，大家去认真学习，认真领悟，一定会有更多的发现。如果发现了这些存在的美，你的兴趣就会大幅提起来，赢得中考的胜利自然就不在话下了。"

接下来他把每周要做的事情，每个星期天将要集体掌握的内容，按步骤、按节点都做了详细的安排和说明，并且制定了督促和检查措施。

上完上午四节课，他并没感觉到怎么疲累。回到办公室，脑袋里突然空空的，什么也不愿去想，就想着该凑合凑合填饱肚子。杨师傅退休了，伙房没人做饭，再说星期天上课是他自愿的，别人都是正常休息。但是他无怨，走到黑板前，他龙飞凤舞地在上面写了两句话：

成败只凭心论，甘苦自有天知。

"江劲风，吃饭了！"突然身后有人喊他。

他猛地一回头，头差点扭不回来了。不是别人，是苏小凡！

"吓我一跳，你什么时候来的？"一星期不见，他感觉苏小凡比之前更漂亮了：天蓝色上衣，碎花布长裙，衬着隆起的胸脯，苗条的身材，微烫的长发，还有浓眉下一双闪亮的眼睛。

苏小凡面带微笑，说："快有一个小时了。你在上课，我没打扰你。"

他问她："我好像听你喊我吃饭，你做饭了？"

苏小凡明显带着嗔怪的语气说："怎么，不相信？还是嫌我做的饭不好吃？"

他连忙摆手："不敢不敢！打死我也不敢！"

苏小凡装出生气的样子："那我成老虎了？"

他说："听说你属虎，书上说属虎的女士迷人不吃人。"

苏小凡装出生气的样子：　"知道你会写诗，不知道你会贫嘴。"

他们边吃边聊，好像是老朋友，又像是甜蜜的情侣，总是有好多的话题从哪里钻出来。但又觉得什么都不像，老朋友可以推心置腹，情侣常会欲说还休，而他们仅仅是聊了一些所谓的话题。

"你来学校干吗呢？"

"只许你上课，不许我来备课啊。"

"你早晨怎么吃的？"

"随便啃了一个馒头。"

"这星期里有什么大事吗？"

"少了一个人。"

"谁？怎么回事？"

"问问你自己不就知道了？"

"嘿嘿……"

"你在那里学习辛苦吧？"

"不辛苦。学习很轻松，没有压力。每天还有五块钱生活补贴，吃得比在这里好。"

"梁园虽好不是久恋之地。学习期满有什么说法？"

"听说分配到英语教师缺编的高中或者中心中学。"

"你希望是哪里呢？"

"无所谓。不过我们学校是个好地方，不是梁园，胜过梁园，这里山清水秀。"

就这些话题。正聊着，有两个脑袋偷偷探进来，见江劲风抬头向那边看，急忙缩回去，紧接着掩不住的一阵"嘻嘻嘻"声，随着"咚咚咚"的脚步声远去了。

苏小凡一边收拾碗筷一边说：

"你去忙吧，我来刷洗。下星期天我过来办点事，你要刻印什么讲义，我可以给你帮忙。"

下午他再次走进教室的时候，前排正中的花小梅和李婉君在窃笑，抬头看他一眼索性笑出了声，他扫视一下全班同学，发现所有的人都像遇到了什么开心事，都是禁不住地想笑。他装傻充愣，一本正经地问：

"怎么回事，谁遇到喜事了？说出来大家分享分享。"

"要说也得你说！"学生们齐声喊。

"我没遇到什么喜事呀。上午跟你们在一起，中午跟苏老师在食堂吃饭，你们说，何喜之有？"江劲风继续装。

"江老师，我们知道你跟苏老师在一起吃饭就是喜事，我们等着吃你的喜糖呢。"后排一个男生喊。

又一个男生接过话："江老师，我们快要毕业了，能在离校之前吃到你的喜糖，那就是对我们最大的鼓励。"

江劲风又听见一个女生也来了一句："江老师，别让我们遗憾！"

"同学们，我今天真的无法满足你们的愿望。爱情是美好的，是神圣的，是两情相悦，是心心相印，是水到渠成。我和苏老师目前只是同事关系，是相处很融洽的同事，我们两个是否有缘分，我现在不能单方面告诉你，甚至我怕唐突了会亵渎苏老师的纯洁。我倒真有一个想法，就是用你们中考的好成绩来祝愿我的幸福，好不好？"

"好！"学生们一齐大声喊道。

下面两节课，学生的情绪非常好，学习效率也非常高。第三册英语三百三十六个单词和短语能读会写，八条语法基本掌握并且能够运用，全部句型和课文不仅会读，还可以记诵。完成了这些，江劲风又给他们布置了第四册的学习任务。

然后再不敢耽搁，因为晚上无论如何还得赶到临县的培训地点。但是，当他把要带的东西拾掇好去跟苏小凡告别时，却发现她不在寝室，也不在办公室。

她去哪儿了呢？他正为此沮丧，却发现在他办公桌的玻璃板下压了一张字条，上面写着："我有事出去了。路上注意安全！"虽然没有署名，但那娟秀而笔画圆润的字体，他知道是苏小凡写的。

他把纸条小心翼翼地取出来，叠好，放进贴着胸口的上衣口袋里……

Chapter　10

毕业歌

再有几天学生们就要走进考场了。江劲风专门请假赶回学校。

所有原因当中有个最重要的原因，就是暑假开始"戴帽班"将不复存在。不管于教师的职责和身份而言，还是于纪念的意义而言，于他跟学生们三年时间里亦父亦友亦兄弟姐妹的情谊而言，他都必须回来。回来参加学生们的毕业典礼，然后以老师的名义，陪送他们参加人生的第一次大考。

典礼安排在下午进行。上午所有任课老师被要求送学生临别赠言，以前没这样搞过，突然加了这一项，弄得大家有点小紧张，但是内心却十分乐意。

预备铃响了，他们各人都郑重其事临时准备一番：丁厚丰抬起右手捋一捋头发，作为班主任，他昂首挺胸走在前面。数学老师王准亮，平时好掸了衣服的前襟又掸后背，然后再扯扯衣角，可是这次他的手不听使唤，怎么也够不到后面去。他最近脸色发黄，四肢乏力，课堂上不住地冒虚汗，大家劝他请假去看医生，他就一句话："没事，我的身体我知道，等送走了学生再说。"他走在丁厚丰身后，步态有些不稳，但他在极力保持平衡。接着是物理老师袁可东，他习惯于把左手背在腰后，像是要把它藏起来，而右手前后不停地摆动。他迈开步子的时候，显得非常沉稳，这个时候有点像思考问题的朱老总。江劲风排在第四，平时本来没有属于他的标志性动作，这次仍然没有，因为他什么动作也没做，只是机械地向教室走，在心里默念要讲的句子。排在他后面的是贾兴文和顾心安，这两人还你推我揉地向前走，逗得大家忍不住想笑。

他们鱼贯而入，按事先安排好的座次依次面向学生坐好。讲台已经撤出去，学生的座位向后靠紧，前面有一间屋大小的地面空了出来。就这么一点小小的变化，竟然让人感觉环境一下子变得陌生而肃穆。

五分钟后花校长、花主任和苏小凡走进来，全场鼓掌。花校长的平头刚理过，白色的衬衫被风纪扣扣得严实庄重。花主任头发花白，穿着灰色长袖衫，一脸的慈祥和微笑。苏小凡则是穿着一件淡淡的粉红色短袖衫和蓝底的碎花裙，与两位老领导形成鲜明对比。校长、主任向学生们挥挥手致意，然后坐到中间位置。

当大家都坐定，并且连轻微的说话声也没有的时候，站在黑板前也可以说站在老师们身后的苏小凡，在嗓子眼里极细微地咳了一下。她是今天毕业典礼的主持人。

各位领导，老师们，同学们：

今天，我们在初三教室举行象山学校1988届毕业典礼，这是象山学校的一件大事，它虽然说不上隆重，但在我们大家的心里永远难忘，值得珍藏。三年了，我们走过了多少坎坷的山路，经历过多少次风吹雨淋；三年了，有多少困难让我们伤心流泪，一次次想放弃，但是终究挺了过来；三年了，我们在爸妈期望的眼神和老师的殷切教诲里成长，虽然不能说成才，但至少已经成人。所以，在这样一个特殊的日子里，学校的校长、主任，还有培育我们的初三全体任课老师，都来到我们中间，与我们共享幸福、快乐和永远放出光彩的师生情谊。大家一起鼓掌！

苏小凡的开场白饱含激情，富有感染力。她的普通话也非常标准，不是本乡方言和普通话结合后形成的"古普"。稍作停顿，她清亮悦耳的嗓音又飘荡在室内。

"下面，我宣布象山学校 1988 届初中毕业生毕业典礼现在开始！第一项，奏国歌。请全体起立！"

江劲风的录音机被派上了用场。国歌播放结束，苏小凡说："请坐下。下面进行第二项，请花校长讲话，大家欢迎！"

在掌声里，花校长从座位上站起身，目光炯炯，神色庄重。他没拿稿子，扫视了一圈众人后开始讲话。他说：

"说心里话，我每一年最怕的就是参加初三年级的毕业典礼，三年相处人长大了感情变深了，可是一个个就像硬了翅膀的小鸟都飞远了，飞到我们看不见的大树林里去了。明年我就不怕了，因为你们是象山学校'戴帽班'的最后一届。说又怪了，我又多么希望能年年参加一次这样重大的典礼，那样我就能年年看到你们从我们身边高高地飞起来。不管怎么说，我再怕也希望你们赶紧飞出山乡，飞出象山学校，去寻找属于你们的幸福，你们的理想，你们的未来。我今天很激动，很欣慰，在象山学校这样艰苦的条件下，你们五十位同学都能不怕吃苦，起五更睡半夜，圆满完成了三年的学习任务。这是了不起的第一步。我为你们感到骄傲！象山学校为你们感到自豪！"热烈的掌声响起，校长稍停。

"今后你们还要走很长很长的路，请你们记住，你们是从象山学校走出去的，要认真走好每一步。我相信，山乡的孩子将来都会有大出息。大后天你们就考试了，我在这里提前祝愿你们个个都考个好成绩。最后送给你们一句话，叫临别赠言：象山学校的孩子们，努力吧，奋斗吧，你们一定会成为建设祖国的栋梁！谢谢！"

掌声停息后，苏小凡宣布第三项请教导主任发放毕业证书。学生每十人为一个组，共五十名学生，分五组轮番上台领取证书。

领完证等于毕业了，苏小凡宣布进行第四项：任课老师临别赠言。

丁厚丰首先站起来，他右手捋着头发：

"亲爱的同学们，日月如梭，光阴似箭，不知不觉与你们相处的一年就要结束了，作为班主任，我发自内心感谢你们对我工作的理解和支持，也非常高兴看到你们每一天都在进步，都在成长。今日分别，我难免有一丝伤感，但一想到迎接你们的是灿烂的未来时，我又为你们感到满心喜悦。郑板桥有一首诗叫《竹石》，我特别喜欢，现在我再诵读一遍，权作赠言吧：'咬定青山不放松，立根原在破岩中。千磨万击还坚劲，任尔东西南北风！'"全场热烈鼓掌，男生们激动地撅起了屁股。

王准亮接着站起来，细心的人会看见他的腿抖了一下：

"同学们，我拙口笨腮，不会讲话，给你们上课也就那干巴巴的几句，好在我教的是数学。作为数学老师，我只能把你们送到这儿了，下面会有更好的老师来教你们。但是要分手了，总得说上一两句话，说什么呢？我想大家不是喜欢张海迪并且以她为学习榜样的吗，那我就用张海迪的一句话来勉励你们：'活着就要做个对社会有益的人。'谢谢！"坐下时，他的腿又软了一下。这时有几个女生的眼里渗出了泪花。

第三个上场的是袁可东，他非常自然地把两只手交叠下垂，面带微笑：

"本来没打算说话，该说的平时上课都说过了。可一想到以后不会再有这样的机会了，师生一场，那就说两句吧。第一句是学习方面的：兴趣是最好的老师，你要找到这样的老师，就成功一半了。第二句是做人方面的：本分的人会专心做事，不管大事小事，能做成就是天大的事。这些是我个人的体会认识，不知对你们有没有用处。"学生们把双手举起来鼓掌。

轮到江劲风时，他两手相握背在身后，就像上课时在班里走来走去那样，平心静气地说：

"'多情自古伤离别'，这是古人写的，但古今相通，今人分别也是恋恋难舍。我和同学们相处了几年，今天无疑会有这种感觉。不过时代不同了，情境也不同了，我们之间的分别是学习的需要，是成长的需要，是国家发展的需要，一句话，是为了将来更好见面的需要，让我们把暂时的伤感化作前行的动力。分别在即，就赠给同学们几句话：明天属于谁的，你不努力不好说，别以为你还很年轻，还机会多多。未来将会拥抱哪个，你不奋斗也难说，现有的资本可能是一张逾期的门票，拒绝入场。"学生们送上更加热烈的掌声。

　　顾心安推一把贾兴文，贾兴文就扭了下身子站起来，有点女孩子那样的羞羞答答。他向来说话语调低，语速慢，他读着写好的稿子：

　　"同学们下午好，请允许我在这里最后一次向全班同学问候。你们在初中阶段进一步学会了怎样求知，怎样做人，怎样投身社会，为你们迈入高一级的学校或跨入社会大课堂打下了良好而坚实的基础。你们无愧于中学生的称号，你们比我们的时代成熟和聪明许多，你们是进步的一代。在你们即将走出象山学校大门的时候，我没有物质的东西相送，只给你们一句话：要想走路轻松，就要学会扔掉多余的杂念。"又是一阵掌声。

　　顾心安是最后一人，他站起来挠了挠头，然后跟讲课似的用右手随意点着说：

　　"今天是你们的幸福时刻，是你们人生路上的一个里程碑，我恭喜你们！三年时间虽然不算太长，但是对于一个人的生命长度来说，很珍贵，不能随便虚度了。你们没有虚度，你们收获了沉甸甸的果实，这些果实都很香很脆。你们要再接再厉，高中、大学还有那么许多的三年，都要过得有意义，有价值。我给你们的临别赠言是：理想是奋斗的风帆，梦想是成功的翅膀。扯起风帆去远航，张开翅膀好飞翔！"顾心安的激情演讲也把掌声推向了高潮。

　　第五项是学生代表发言。代表是班长李默成，他站在学生堆里，捧着稿子，说话瓮声瓮气：

　　"敬爱的老师，是您用您辛勤的汗水、无私的奉献，换来了我们的收获和成长。班主任丁老师为了全身心地备战中考，把婚期一推再推。数学老师王老师，怕请假影响我们成绩，一直是带病坚持上课。英语老师江老师，本来是上级安排进修学习，但他放心不下我们最后的冲刺，放弃了休息无偿给我们补课。当然还有物理老师袁老师、化学老师顾老师、政治老师贾老师，还有花校长、花主任和初一初二教过我们的老师，他们一样把麻烦留给了自己，把时间、精力和爱都给了我们。此时再华丽的辞藻也无法表达我们对你们的尊敬和爱戴，我们想对丁老师说：'老师，到时候别忘了请我们吃您的喜糖！'我们想对王老师说：'老师，送考的时候您别去了，您只管去医院看病，考完试我们大家去看您！'我们还想对江老师说：'老师，以后的星期天你要好好休息。'一句话，请允许我们对所有老师再深情地道一声：'老师，您辛苦了！'"

这一段表白，所有的老师都听得热泪盈眶！

第六项，也是最后一项，苏小凡说："请大家齐唱《我的未来不是梦》。"小凡领头并打起了拍子。歌毕，苏小凡开始她主持人的结束语：

"离情依依诉千言，别意殷殷说万语。一场毕业典礼，既是临别的嘱托和叮咛，也是真情的感动和留恋。我想同学们一定会记住这个铭心的日子，将来不管走到何方，不论取得多大成就，你们的母校，和你们母校的老师，都会为你们激动而自豪。同学们，典礼就要结束了，而中考还得在两天以后进行，希望你们吃好休息好，以旺盛的精力，以最佳的思维状态，赢得中考的圆满胜利。毕业典礼到此结束。谢谢大家！"

晚上，初三班灯课正常。初一、初二麦忙假还没结束，不见往日通明的灯火和热闹。暑假里已经定下来要撤销"戴帽班"了，江劲风想：以后这里的晚上还会有灯课吗？还会有这么多人陪伴山乡的梦境吗？明年的今晚我会在哪个校园里散步、思考，憧憬着未来呢？

"谁？"他转到初二班附近的时候，看见前面有个人影一闪。

"我。老杨。"从低沉又沙哑的回答里江劲风猜出来了是谁。

"哦，杨师傅，这么晚了你有事吗？"

杨师傅是伙房师傅，身份是民办工人，五短身材，好发牢骚，是炮筒脾气，大家都叫他"杨大炮"。江劲风刚才就差一点喊出了口。至于杨师傅的名字是"杨"字后面配什么字，真是罪过，到如今他也不知道。这个人很有意思，他江劲风怎么连人名字都不知道呢？

江劲风又向前走了两步，杨师傅身上的酒气很强烈地向他扑过来。杨师傅说："小江，这些天你没在这，上天教办会计说我到站了，手续都办好了。前天花校长几个领导给我喝了送行酒，还给我买了一些东西。"

江劲风愣了几秒钟，忽然想起来杨师傅退休了。

"走时没见到你，听说你今天来了，我过来看看你，也算是道个别。"杨师傅说这话时江劲风鼻子一酸。他们就坐在教室门前的踏步上。六月的天气，到了晚上依然留有余热。

江劲风说："杨师傅，我下星期回来请你喝酒。我把几个人都喊上。"平时吃食堂的无非也就中学这边几个人，说到底，杨师傅虽说不是御厨，却也是只为他们区区几人做饭的大厨师。丁厚丰古文功底好，他曾经感慨说："幸哉！甚哉！"

只是没想到，这么快就退了，那转正的事……

江劲风用力握住了杨师傅的手，看不清他一向黑里透红的脸此刻是什么表情："杨师傅，看开点，转不了正又能怎么样呢？

大家不还是过得好好的?"

"唉,到底没能等到那天,你们就好好熬吧。我原指望能多拿点钱,让俩儿子好给我养老。这下真的没指望了。"杨师傅竟然难受得一下子哭出声来。

这个老头以前脾气火暴得根本不听劝,有时甚至让你认为他蛮不讲理。莫非在事实面前他认命了?真是匪夷所思。

"不去想它了。将就过吧。"但是杨师傅曾经想过当县长,他说:"县长有什么当头?叫我当,我也会,不就是念念稿子吗?秘书怎么写就怎么念呗。"他不识字居然还说念稿子。大家都知道他在说气话,有一次谈到民办教师的转正问题,他说这个县长不办事,除了在大会小会上念稿子。

县长当不成就拉倒了,可干了一辈子工友到头来还是一个民办的,这让杨老头心里确实多了一道坎。什么时候能跨过去谁也不知道,大概只有时间能知道吧。

杨师傅站起来,习惯性地拍打拍打屁股,说:"咱就这样定了。你还有事,不耽误你了。"说完就消失在了房屋与树木遮挡出的阴影里。

江劲风也往回走,在宿舍门口遇到丁厚丰。丁厚丰正在四处找他:"哎,你跑哪儿去了?问谁谁都说不知道。"

江劲风说:"碰到杨师傅了,跟他聊了一会。"

丁厚丰捋着他很熨帖的头发:"我找你就想说他的事。就等你的,你看咱几个人什么时候给他送行,不叫领导,也不叫其他人。"

"正好,我刚才跟杨师傅定在下星期天的。"江劲风边说边走进宿舍。

　　丁厚丰听了立刻表示赞成："那就下星期天中午。"说完转身走了。

　　江劲风想去看一眼苏小凡，和她说说话。她今天主持的毕业典礼实在太精彩了，她的气质、她的装扮也是光彩照人。但是他又不好意思直接去，怎么办呢？他四处乱看，希望能想到一个好的点子。"有了！"他看到了墙根的暖水壶，拎起来晃晃，里面的水是满的，心安打来还没动过。他把壶盖子拿掉，"咕嘟嘟"，一壶热水都给倒到了洗脸盆里，然后提着水壶大摇大摆地向伙房走过去。路过苏小凡和李珍珍老师宿舍的时候，他看见里面亮着灯。表姐有事请假了，里面的人只能是苏小凡！他的心跳开始加速。

　　这时的伙房里根本没有热水。江劲风磨蹭了几分钟，原路返回。到了苏小凡宿舍门口，他停下来并上前敲门："屋里有人吗？"

　　"哪位？"苏小凡在屋里问。江劲风听见屋里有推开椅子的声音，"你等一下。"

　　门开了，江劲风故意大声说："苏老师，你屋里有开水吗？"

　　苏小凡忙说："有。进来坐。"

　　江劲风站在门边，伸手把水壶递给她："不了，你给我灌一点就行。"

　　苏小凡大大方方地笑着说："进来坐一会。我还想听你对我主持的评价呢？"

　　江劲风找把椅子坐下来："Very，very good！（非常好！）"看着苏小凡在灯光下妩媚的样子，他不知道自己是在评价她现在的人呢还是在指她典礼上的主持。也许，都有吧。

"你明天有时间吗?"苏小凡把灌好水的水壶递了过来,"我正在写一篇散文,想请你给我指教指教。"

江劲风接了过来:"要说指教我真的没时间,要说共同学习、一起欣赏,我估计明天不止二十四小时。"

苏小凡一脸的灿烂,装作很疑惑的样子问:"怎么还有更多的时间?"

江劲风郑重其事:"这是语法里的一种修辞,一般人不懂。"

苏小凡面带微笑:"那我就做'二般人'。可以了吧?"

"好了。走了。谢谢你!"江劲风一脸满足的神情。

回来时路过办公室,顾心安突然开门出来,他见江劲风拎着水壶,惊讶地问:"表叔,你拎它干吗呢?"

江劲风早已想好了对答的词:"到伙房灌点水。"

"我不是灌过了吗?"

"被我喝完了。"

顾心安信以为真,没再多说。江劲风心里很得意,为喜欢一个人对别人撒点谎,原来并不是多大的难事呢。

Chapter　11

命运有约

　　暑假开始没多久，培训就结束了。江劲风他们参培的十个人回到教育局，管人事的杜副局长给开了个小会。

　　杜副局长说："首先祝贺你们圆满完成学习任务，对你们参培期间的出色表现提出表扬。今天局长委托我把你们召集来，目的是听听你们的想法。当初局里的意见是培训结束重新分配去向，但也不反对重回原单位。你们考虑考虑。考虑好以后把这份个人去留申请表填上，交给人事科王先飞科长，然后回家等候通知。休息休息，养精蓄锐，好以崭新的精神面貌投入新学年的工作。"

　　拿到表格，不管其他人还在嘀嘀咕咕地谈论，甚而还有两个一时拿不定主意，到办公室找电话打给什么人，江劲风却毫不犹豫地在"是否留在原单位"一栏内写了一个"是"。他原来想到石湾中学去，表哥在那边当乡长，弄张奖状绝对没问题。他打听过了，石湾中学只有三四位民办教师，不像这里排队的人那么多。可是，他第一就想到苏小凡，她是那么纯洁美丽，那么开朗善良，那么聪明能干，是完美无瑕的爱的化身，他不能离开她，拥有了她，他才算拥有了这个世界，他才有开心快乐、圆满幸福可言。然后他又想到橡树，想到那里的橡树林，想到那里一颗颗可爱的橡果。橡树已经成了他精神的召唤，成了他生命追求的象征。他靠在橡树身边，汲取的是力量，感受的是黑夜里的星光。所以，这时候他已经不用再想，直接把申请表交给王科长了事。

他决定不忙回家，先到学校去看看。

他骑车来到学校大门时，只见满院子都是工人，他们正忙着维修校舍。有几间教室揭掉了屋顶，看样子准备换笆换瓦，或者换梁换棒。这边几个人在拆卸小学教室已经破烂不堪的门窗。院墙那边人数较多，正在给墙头加高加固。他想进去，堆成山的建筑材料和建筑垃圾挡住了去路。

认识他的一个学生家长过来说："江老师，中学撤掉了你不知道吗？听说并到古庙中学去了。"

他说了声"谢谢"，心想居然真的撤掉了。

这时他突然感觉有点累，想歇一歇，就推上自行车走进了橡树林。他找了一块干净的树荫坐下，一会儿就迷迷糊糊地睡着了……

太阳在头顶滚动，像个大火球，烤得人睁不开眼睛。

这时，在通往山区的主干道上，有三个年轻人正挥汗如雨地走着。他们全然不顾汗水从身上的毛孔里钻出来，先是凝成汗珠，然后汇成汗流，把他们的衣衫都湿了个净透。他们三个一字排开，旁若无人，显出无比兴奋的神情和有违常态的举止。亏得路上车辆稀少，也几乎不见行人。只有路两边杨树、柳树的枝叶上趴卧的少许知了，在高一阵低一阵地聒噪，但这也丝毫干扰不了他们的兴致。

他们脚下的路，宽阔倒是很宽阔，东西走向，有七八米宽，只是路况会惹人生气。他们从东向西走，先前的四五里路，虽然都是沙石垫在上面，毕竟还算平整。接下来径直往西，离目的地还有一半的路面上，就不是那么可以兀自抬头走路的了。现在，他们正在走的路段通常叫作山路。顾名思义，山路虽是路，但路上少不了泥泞或坎坷，较之平原的路绝对难行。而放在不同的环境下难行的定义又有所不同，比如现在这段山路，过往的各种车辆多，遇到雨天，固有的黏土被车轮碾压、挤对，待风吹日晒之后，就变成了长条状的硬邦邦的小山脊，乍碰上去还会带着闷响，这些条状的像小山脊一样的硬土，当地人形象地称之为"鱼脊骨"，可见这种路难行的程度。恰巧这里昨天下了一场很大的雷阵雨，今天天气又如此燥热，于是就自然出现了鱼脊骨。但他们却不怕崴了脚，也不担心跌跟斗，因为走得快又得不断地躲闪，所以远远看上去他们像是在扭着腰跳舞。

这三个年轻人里面，那位肩上搭件海魂衫、腿上套条灰色小口喇叭裤的就是江劲风。在他后面上身穿着白色圆口汗衫，下面穿同样白色喇叭裤的是贾兴文。蹦蹦跳跳在江劲风左前方的那位，留着小平头，穿着蓝色运动衫，叫顾心安。他们刚从县里参加完民师培训回来。江劲风是中学英语教师，那两个是小学教师，他们一起被分配到本乡象山学校任教。没有人也没有车子送他们，他们一路结伴走过来。每个人没有多少行李，包裹里除了几件换洗衣服就是几本书。他们感觉不到包裹带来的不便，有的只是内心的轻松与欢快。

"听说象山学校是'戴帽学校'，我要是带初中多好！"脸庞长得棱角分明的贾兴文，羡慕地看向江劲风。

"为什么你不报英语呢？"江劲风有点扬扬自得，暗含一点幸灾乐祸。

"我太想报了，但我成绩不行，担心考不取。"贾兴文把脸转向顾心安，"心安，你不也想教中学的吗？我们一块找校长。"

顾心安个子不太高，却显得精明。他见贾兴文问他，语气淡定地说："无所谓。中学小学都是教。咱如果有表叔的本事不就行了吗？"

从老亲戚那边叙过来，心安该叫江劲风表叔。江劲风跟顾心安说："我能有多大本事？咱都一样。有工作干，将来有一天能转正就行了。"

"表叔，你说什么时候能转正？"顾心安两眼顿时放光。

"谁知道呢？我想反正不会要多少年，只管好好干。"江劲风送了一颗定心丸给心安吃。

他们是从那个年代走过来的，考不取大学几乎相当于找不到工作。"工作"这个词多么有诱惑力啊，充满光芒，充满荣耀！可是，他们高考落榜，只能回家务农，他们的饭碗只能是泥饭碗。想穿得干干净净，西装革履，扬眉吐气，那是工作人的装扮。过着日出而作，日落而息的庄稼人的日子，谈工作，那是痴人说梦！但是，他们偏偏是做着美梦的痴人，无时无刻不在梦想能有一份属于自己的工作。不管它多么苦，多么累，只要叫工作就行。一时间，他们在工作的外围彷徨、奔突、碰壁，人生的方向和目标变得迷茫而虚无。这时，社会迎来了如火如荼发展的大好机遇，各行各业人才匮乏。于是，他们很幸运地被社会定位为人才。当然得通过考试录用，可以考建筑师，可以当棉检员，可以做经管站会计，可以到银行成为放贷员，总之只要你有足够的实力，你就可以选择你喜欢的工作。江劲风知道哪个职业工资待遇都要高于教师，社会地位也要优越于教师。但他还是选择了做教师。他觉得教师的职业不同于其他，向远看，民办教师可能转正，能捧上"铁饭碗"。如果你愿意，还可以作为事业来追求，实现人生更大的价值。

如今，他终于如愿以偿，他想贾兴文他们两个也是。他们能不激动得跳着舞走路吗？

右前方一大块凸起的满是黑绿树木的地方，应该就是象山学校了。他们都不再说话，朝圣一般屏住呼吸。在那里等待他们的将是什么样的未来、什么样的故事、什么样的命运呢？

及至走到近前，他们的眼睛不由自主地瞪大了。

学校实在破败简陋，典型的贫困山区的学校！大门朝南，门楼就是用几块砖头砌成的门垛，在门垛之间架着一块水泥板。门垛被涂成黄色，斑斑驳驳的快要看不清颜色了，黄色上面压着几个宋体的大字，左边是"千秋伟业"，右边是"教书育人"，但那字的红色也褪得模糊了。眼前所见的围墙，都是用碎砖头和石块垒成，看上去摇摇欲坠，有些吓人。向院内扫一眼，是几排又矮又灰的青瓦屋。

正巧下课铃响了，学生们涌向院子的西南角，后来知道厕所在那儿。学生们挡住了他们的路。这时过来一位四十多岁的人，自称是这学校的一位小学老师，名叫钱未果。钱老师把他们领进二排左侧在路边的办公室。

"花校长，这几位是来我们学校报到的老师。"钱老师又指着坐在后面西北角的那个人，"他是花校长。"

花校长站了起来，其他人也都相继站起来。

花校长说："坐。"大家都坐下了，他们往哪儿坐呢？

"你看你看，我一激动给忘了。花主任，赶紧找座叫三位坐下来。"花校长向坐在他对面的那个人说。被称作花主任的那个人连忙又站起来，把他们安顿在暂时空着的椅子上。

"你几位自我介绍一下好吧，咱先认识，好说话。"他们各自简单说了几句。

"请大家鼓掌欢迎！"待掌声停下来，花校长快速地瞅了他们一眼，"今天其他老师不再给你们介绍了，人多，一下子记不住，咱慢慢熟悉，好吧？"

铃声再次响了。花校长大声说："各位该上课的上课，该入班的入班！"

江劲风心里嘀咕："上课和入班不是一回事吗？"

看老师们都走了，花校长留下花主任，并招呼三人靠他跟前坐下。

"我们学校可以说是乡里又破烂又偏远的学校，在这里工作、生活条件很艰苦，以后你们可能得受点委屈了。不过呢，年轻人嘛，吃点苦受点委屈也不一定是坏事，山窝里能飞出金凤凰。"个子偏矮的花校长看不出有什么威严，他说话时面带微笑，脸上的两个酒窝轻轻颤动。

"论条件，我们这里是差了点，要是讲环境，谁也盖不过咱们。"校长把脸转向窗外，"我们这里到处都是松柏，一年四季常青，那松香味比什么雪花膏都好闻。学校后面，西北角那地方，有几十亩大的一片橡树林，别说我们乡里独有，你就是全县全市全省，都能数得着。我不会写文章，你们当中要是谁会写，这里有写不完的景。"校长又把脸转回来，"你们来了，我特别高兴，欢迎。今后我就做好你们的后勤。下边呢，就由花主任把有些事安排一下。"

花主任称得上老主任了，他大概得在五十岁左右，要比校长大一点。他的脸黑瘦又布满灰白的短须，上门牙少了一颗，银灰色的短衫领子向外翻卷。足可看出主任是个不修边幅的人，但也一定是个随和的人。

"三位老师，"花主任看着别处用漏风的嘴说，"你们来之前校长就喊我们开会商量，一定要把你们的生活问题解决好。俗话说，在家千日好，出门一时难，那是说的过去，今天你们到象山学校来工作了，象山学校就是你们的家，不要有顾虑，不要见外，大家都是一个锅里抹勺的兄弟姐妹。这些我就不多说了。我要说的是，我们学校有'戴帽班'，三个年级，单轨，上面一直说撤销就是没有撤，估计也要不了多少年。我们就这样好赖撑着，校长天天为这事愁死了。今天你们三位来，在我们心里不光是三位来代课的老师，而是我们象山学校的救星。"

花校长插话说："花主任说的是大实话，因为没有人能上课，特别是那外语又没有人会叽里呱啦地说，那些孩子的家长就差没把我给生吃喽。"

"形势确实就这么严峻。"花主任继续说，"所以经过校委会商量，把你们三位都安排到初中去，不知你们有意见没有？当然江老师本来就是初中外语老师，我问的主要是顾老师和贾老师。"

顾心安连连点头，心里高兴嘴上还卖乖："听从领导安排。"

贾兴文持重一点："既然领导这样决定了，就到初中去呗。"

花主任顿时很感动："你们真是顾大体识大局的好同志，我代表花校长代表学校谢谢你们!"

"校长,咱是不是今晚就给他们接个风,明天就使劲干起来?"花主任问花校长。

"好,就这样定!"花校长拍了下办公桌,相当于一锤定音。

"那我就把他们带到后面办公室去,具体再给安排安排。"花主任请示。

"去吧。我下边还有课,就不过去了。"花校长欠了欠屁股。

"我们眼前这排房子,从东向西依次是初三教室、两间男教工宿舍、中学组办公室、一间女教工宿舍、食堂和厨房。"花主任边走边介绍,然后走进中间的办公室。

办公室里的摆设和刚才见到的基本一样,都是深紫色的桌子和椅子,而且都磨损得很厉害,露出了变得暗黄的木质。前头进门处放一个木制的盆架,本色的,盆架上有一只掉了釉的花瓷盆。盆架往里的位置是一块大黑板,因为年久的缘故,黑板上的漆差一点就要磨完了,以致用粉笔写的"作息时间表"和"课程表"十分模糊。办公室的另一头则是一排作业架,上面除了学生的作业本还堆放着报纸、杂志等。两个办公室的区别就是小学组人多,桌椅拥挤,而中学组人员少,活动空间相应大一点。

办公室里只有四个人。

坐在东北角的丁厚丰,带初三语文,班主任,是江劲风高中同学,早一年考取的民师。丁厚丰站在座位旁嘻嘻地笑,一边用右手捋着头发:"欢迎到象山来,我们一起干。"

坐在北面窗口的叫项也非,教初二语文,班主任,三十多岁,他慢腾腾地站起来,左手指上的香烟也正慢腾腾地升着烟缕。"欢迎欢迎。"像是从牙缝里挤出来的两个词。

南边窗口下，那位年龄与他们相仿的，名叫花小雨，后来知道他蹲了六年也没考取，托人来代的课。难怪直觉上他就是跟正常人有哪点不一样，比如呆乎乎的。他是初一班主任，教语文。

坐在花小雨后边的是一位女教师，名字很好记，李珍珍，是初一的数学老师。她四十多岁，剪着齐耳短发，身着褪色的葱白色西装。稍微注意看，就会发现她面色带着苍白，透着一丝病态。

其他的老师要么上课去了，要么在做别的事，他们暂时与这几位认识了。

"丁主任，课务的事就按我们商量好的，你等一会给说一下。教本、簿记什么的你负责落实。休息的房间腾好了是吧，那他们三位就住一块，你给带过去。还有什么要做的，我没有想到的，你都给办好。哦，下午放学后不要哪去，学校给三位老师接风。"认真而慈祥的花主任唯恐在安排上有遗漏，给丁厚丰交代了再交代。

吃好中午饭，他们备齐一切教学所需，就在丁厚丰的陪伴下到处转了转。

象山说是山，其实是一片丘陵。学校就坐落在象山山顶，占地十亩。校园内的地面、地形和栽植的树木都有山区特色。树木品种很单一，就是松柏，都有碗口粗细，据说树龄都在五十年以上，他们办公室跟前的那棵最粗，一根横生的树枝就径如握拳。房屋共有三排，都是老房子，既低矮又显得灰头灰脑。第一排是一至四年级，第二排东侧是初一初二，西侧是小学五六年级和小学组办公室。后排江劲风已经知道了。校园四周像前面院墙一样，用砖头石块垒成围墙，厕所就依西南角围墙建成，男生与男教师、女生与女教师分别共用一个厕所。丁厚丰还给江劲风讲了一个笑话，说一年级有个小男孩看老师小解，很好奇，放学后就跟他妈妈说："妈妈，我告诉你一个秘密。"他妈妈问是什么秘密，这个小男孩就说："老师也尿尿。"

……江劲风一下子醒了，他正憋得难受，想放松放松。

"恍然如昨。"完事之后，他对着空无一人的橡树林感叹说，"我决定不走了，难道与命运早有约定吗？但假如学校撤并了，我将随着学生走，还能和苏小凡在一起吗？那片橡树林我怎么才能常来看看？"想到这些，心底突然涌上来少许伤感。

他抬腕看一眼手表，已过十二点，干活的工人应当休息了。他决定到院子里面转一转，说不定以后就很少有这样的机会了。

江劲风把自行车靠在大门边，一个人步行向里走。

"劲风，你怎么来了？学习结束了吗？"丁厚丰不知从哪里钻了出来，灰头灰脸的。

"你怎么回事？"江劲风反问他。

"噢，我是在教室里给他们帮忙弄的。"丁厚丰说话时习惯性地又去捋头发，右手刚举到一半停在那里了——他突然意识到手上沾染了太多的灰尘。

江劲风说："学习结束了。哪也不给去，回到原单位。"自愿回来的事、填表的事他只字未提。

丁厚丰一边在盆里洗手，一边跟江劲风说话："原单位不知道还有没有。有人说并到'古中'去，有人说在这里建一所新联中，还有人说改成了象山小学。都是传言。领导不知怎么想到我了，叫我临时负责学校维修。"说到这里，他话题一转，"你见到苏小凡了吗？"

　　"什么意思?"江劲风对丁厚丰的问话一下子摸不着头脑。

　　"她刚离开。我以为你们是一起来的。进展得怎么样了,伙计?"丁厚丰直起腰来,在擦手的同时对江劲风笑着问。

　　"没怎么样。大家还是好同事。"江劲风敷衍着回答,心里十分懊悔刚才没有直接到校园里来。

　　"小样!还哄我?你当我是谁,我早就看出来你们不一般了。"丁厚丰不依不饶。

　　"不哄你。我们现在正往那方面发展。"江劲风只得如实招来。

　　"赶紧追到手,可别错过了。"丁厚丰对江劲风的爱情观很赞赏,但他认为不管从哪方面衡量,苏小凡绝对算得上出类拔萃的人,所以他又来一句,"能娶到苏小凡当老婆,是你江劲风的福分呀!"

　　"你吃饭了吗?"丁厚丰这才想到该吃午饭了。

　　江劲风说:"没有。怎么,你请我?"

　　丁厚丰嘿嘿笑着说:"多大的事。权当我给你接风洗尘了。"

　　伙房里没法吃,他们去了山下不远的那家小酒馆。

Chapter　12

新的起点

离开学还有十来天，顾心安就来找江劲风去学校。

"去哪个学校？"江劲风正在家里等通知呢，不知道丁厚丰说的哪一样才不是谣传。

看着他一脸疑惑，顾心安大笑："俺表叔，你老人家是真不知道还是假不知道？你是不是写诗入迷了？"

江劲风正色道："滚蛋！我不是跟你开玩笑。"

顾心安止住笑："还是象山学校。"

"不是说那里给小学了，中学并到'古中'去了吗？"江劲风问。

"这我就不知道了。到了自然就知道了，赶紧准备。"江劲风刚从稻地回来，早饭还没吃。

两个人累得一身汗赶到学校时，眼前的情景把他们惊呆了："咦，个把月没见，学校变得这么漂亮了！"水泥瓦换成了烧制的红瓦，墙面刷上的是白涂料，门楼也用油漆重新做了喷刷。可以说，学校整体面貌焕然一新，就像从象山底下冒出来的一所新学校。

　　他们心情愉悦，步态欢快，顾不得脸上汗水流淌，就直奔原来的办公室。

　　里面没什么变化，一如往常。如果说有变化，那就是少了几张熟面孔，多了几张生面孔。大家都在等他们。

　　丁厚丰开始介绍："这位是我们学校新调来的蒋业勤校长。"

　　大家自发鼓掌，蒋校长站起来微微笑着点头示意。他年龄四十岁左右，矮墩墩的，配上那种赤红面子脸，给人和善忠厚的感觉。

　　他接着介绍了新来的蒋守成、冯之典、白洁三位老师，然后又把原校苏小凡、王实顺、江劲风、顾心安等人做了介绍。

　　介绍完之后，蒋业勤校长咳嗽两声，告诉大家他要开始讲话了。

　　他说道："各位同人，我叫蒋业勤，受组织安排，我到新组建的这所联中负责全面工作。非常荣幸，能与各位共事。大家都是兄弟姐妹，有缘走到一起，工作的事情咱齐心干，遇到难题咱商量着办，在行政职权和工作责任上，我是校长，但是在日常工作方面，我就是一个普通老师，我和大家一样，要遵章守纪，教书育人。丁厚丰是教导主任，负责教学业务。冯之典任后勤主任兼会计。大家可以监督我们。今天，召集诸位提前来上班，主要是我们学校也算新建，各项工作千头万绪，我们必须要保证正常开学，这既是我们的工作职责，也是政治需要。"

　　在座的人不知有没有注意听，蒋业勤校长提到学校时说的是"这所联中"，而不是直接说它具体的名字，说明其中可能有隐情。事实上学校暂时真的还没有名字。为什么呢？原来有"戴帽班"那些年，学生大多是象山村一个村的，周围村的学生都被安排去了"古中"。联中一建立，这附近所有村的学生不再允许到"古中"，全部集中到这里。这样一来，猪山村的人想叫猪山联中，羊山村的人想叫羊山联中，当然象山村的百姓还想叫象山联中。争执不下，按理乡里领导拍板就行了，可是这个板不好拍。看上去叫象山联中顺理成章，但猪山村有个人在省里当领导，据说职务还很高。羊山村呢，恰巧也有一个在本地算是响当当的头面人物。三方的说辞和态度连县长都知道了，他指示说：搞好调查研究，务要让人民群众满意。为此，乡里成立了以武乡长为组长的学校取名小组，结果取来取去，仍然未能使各方满意。蒋校长来上任时，武乡长交给他的第一个任务，就是广集智慧取好名。

接着蒋校长讲到，为迎接开学，环境卫生是个大问题，仅凭学校老师难以做好，他本人将就这事与村里协调，寻求支持，后勤的同志要把伙房恢复起来，开学第一天老师就得有饭吃。关于学生报到、老师上课、制订各类计划，丁主任另外再召开专题会议。

蒋校长最后说："王准亮老师也是我校编制，他现在因为身体原因不能到岗。就是说编制上十人，实际上只有九人。我们每人的工作量偏大，任务偏重，但是领导说了，不管什么情况，人不会再给了，肚子疼自己揉，而且要揉出效果揉出名堂。"

江劲风的注意力，一多半都在新来的几个人身上。

冯之典老师块头很大，他坐在原先钱未果老师的座位上，个头高出了办公桌一大截。他和校长差不多岁数，在宽阔的脸膛上，横着两道浓眉，眉下双眼炯炯有神，加上高挺的鼻梁，两片薄唇的嘴巴，不折不扣就是一个美男子。

　　蒋守成老师要比冯老师大几岁，中等个头，皮肤粗黑，鼻子眼睛虽然长得还是那个地方，但给人感觉不够周正，然而又肯定不是爹娘的原因，一定是江老师性情方面肝火太盛导致的扭曲移位。

　　坐在原来江劲风表姐李珍珍位子上的白洁老师，她的名字听上去清纯可爱、不可冒犯，她本身也确是玲珑清秀、面相甜美，不太高的身材，打扮得一身学生气，显然是刚走出大学校门。江劲风一下子联想到《林海雪原》里的白茹，心想以后干脆叫她"小白鸽"。

　　轮到丁厚丰讲话了，他说："我就不用介绍了。领导看重我，给我这个担子，我感到荣幸，更感到压力。不过我有做好工作的决心和信心，诚恳希望大家多帮助我、支持我，我将不胜感谢。下面就人事问题给诸位通报一下：袁可东老师家在本地，年龄偏大，调到象山小学；李珍珍老师身体不好，领导考虑她具体困难，调到了乡中心小学；钱未果老师本是小学岗位，重新回到象山小学；项也非老师被借调到乡政府，听说做了人大秘书；贾兴文老师调入古庙中学。在座的就是我们联中的老师了。关于任教学科情况，我们将根据各位平时的任教学科，结合学校的实际需要，兼顾要求，合理安排。散会后，我就会找小部分老师谈话，明天公布任教结果。"

　　这时校长说："冯主任，把你那块事说说。"

　　冯主任把燃了很长的烟灰弹掉，清了清嗓子，说："我知道自己不是干后勤的料，领导硬赶鸭子上架，我只能尽力而为之，要是哪点没做到，还请各位同人原谅。我们现在清理垃圾、打扫环境的任务确实很重，当务之急是划分责任区，明确到每一个人，散会后我要着手拿方案，然后交由校长定夺。环境是脸面，咱这第一次洗脸不仅要洗干净，还要涂上粉，让学校变得漂漂亮亮。开学前要准备的洒扫用具、办公用品、课本教参等，各位尽管放心，我冯之典不能叫诸位说半个'啊'字。我没想到的、真正需要的尽管跟我说，一切为教学服务，为各位服务，这是我的职责。"

见面会之后，丁厚丰找的第一个人就是江劲风。

丁厚丰捋着油亮亮的头发，笑着说："老同学，跟你商量个事。"

江劲风说："你现在是我的领导了，尽管指示。"

丁厚丰问："见外了？"

江劲风说："没有啊。"

丁厚丰扔给江劲风一支烟："这才叫老同学。我想跟你说，咱今年缺个语文老师，我没点子了。"

江劲风知道丁厚丰葫芦里卖的什么药，但不好买啊："你想我又能有什么好点子？你又不是不知道，我属牛不属猴，笨力有的是，就是没有鬼点子。"

丁厚丰"嘿嘿"两声："明说了吧，今年你得改行，教语文！"后三个字他在语气上加了着重号，表现出不同一般的自信。

这是江劲风意料之中的，但是现在来了，他觉着还是太突然。

丁厚丰发现江劲风默默不语，带着歉意的语调说："我理解你。刚算把英语教学拼出了头绪，省点劲了，又得从头开始了。"他反复解释说，白洁是大学政教系毕业，语文基础不太好，但她的高中英语成绩比较棒，征询意见时，她说喜欢教英语。因受编制所限不可能有两位英语教师，于是才提出来与江劲风商量。

　　放在五年前，可能不需要商量，爱好文学的人还有不喜欢教语文的？尽管有时候爱好和从事是两回事，但至少对于江劲风来说，从事可以与爱好画等号。不过，这个说法适宜于以前，现在的江劲风更倾向于工作上的得心应手。

　　江劲风的头脑里有两种想法在斗争着。胜利的一方终于带着疲劳的神情宣布说："就让我来教语文吧。"这时他正在读函授中文本科。

　　顾心安的情况与江劲风类似。新来的蒋校长已教了十多年化学，并且还要抓管理，自然课务要轻些，那就只能是化学。而原先一直教化学的顾心安就被动员代物理。

　　这时肚子饿得前墙要贴后墙了，江劲风喊上顾心安准备找个地方先吃点饭，然后回家拿行李。他看见小凡在宿舍，就想一块叫上她。

　　在路过办公室的时候，发现校长和蒋守成两人正在激烈地争论。他掩身到墙角听了一下，蒋守成说："别给我讲那些大道理，都是哄小孩的玩意，我只想问你蒋业勤，这事行不行？"

　　校长非常干脆："不行！这事没得商量！"

　　"你一天校长还没当到底，就耍起官腔不认人了？"

　　"我就是当半分钟校长，也不能同意你的要求！"

　　"我不干了行不行？看你这个熊样子我就烦！"

　　"你骂谁？你认为我喊你个叔就可以随便骂我？这里是学校，你在跟我谈工作。也不想想，我要是不要你，你还有地方去吗？你知道丢人的'丢'字是怎么写的？你不是不想干吗，你把辞职信写好交给我！"

"写就写！我瞎眼挣的钱也比这民办薪水多！"屋里传出来蒋守成气哼哼地踢椅子的声音，接着见他甩着胳膊从里面出来，嘴里还一直是不干不净。

校长在屋里说："什么东西！"他的脸色一定是气成了猪肝色。

蒋守成是"文化大革命"初期某所名牌大学肄业生，阴差阳错做了民办教师。他脑子活，不安分当老师，私下开了一家石英厂，据说每年进项都是五到十万元，自然更没有教书的心思了。所以，他上班晚来早走是家常便饭，有时干脆连续多天见不到人影。不是没人管，是谁管跟谁吵，很有些财大气粗的样子，好像是天不怕地不怕。但是，一到学年初人事调动的时候，原来的单位把他向外推，别的单位都不要。他到处求人才好歹干到现在，已经实在无人可求了，巧了，自家的侄子做了校长，命运才又给他一次求人的机会。那会儿他指天发誓，咬牙跺脚，直把蒋业勤感动得所有的肠子都软了，蒋业勤以为蒋守成跟了自己就会老老实实地干工作，至少不添堵、不添乱。没想到，这工作才刚开始，蒋守成当初那些"誓言"全都就着稀饭喝下去了。他说：

"好歹你喊我叔，你就不能不让我代初三？"

"你就不能不代初一初二？"蒋校长反问。

争来争去就出现了江劲风看到的那一幕。事情起因，还是蒋守成私心作祟，他嫌毕业班的教学任务重、压力大，初一初二虽说也不轻松，但毕竟没有升学压力，不会有排了名被人指脊梁骨的风险。这一点，蒋校长能猜透他的小九九，可是能带毕业班数学课的只有他了呀！再说，蒋校长和他偏偏又是叔侄关系，如果不把碗里的水端平，今后的工作怎么干？

第二天，所有人都及时赶到了学校。

还在昨天的办公室里，会议继续进行。

先是由丁厚丰宣布任课情况：语文学科的一、二、三年级，分别是苏小凡、江劲风和冯之典；数学学科的一、二年级是王实顺，三年级是蒋守成；外语是白洁；物理是顾心安；化学是蒋业勤；政治是丁厚丰。音乐、体育等学科根据每人的工作量和特长再行调配。划分为四个教研组，语文组涵盖语文、外语、政治三门学科，组长江劲风；数学组组长王实顺；物理、化学组组长顾心安。

接着是后勤主任安排办公室和寝室。办公室都在中间排，按学科组分配，为便于工作，校长和主任的办公室另行安排；寝室放在后排生活区，女教师寝室不变，江劲风和顾心安的不变，丁厚丰和王实顺的不变，其余几人住在原办公室改建的寝室。

重头戏放在最后了，由蒋校长主持。他表情严肃地说道：

"咱今天算是纤上针了，每个人都要提前把自己的课备好。上好课是我们的天职，没有任何讨价还价余地。今年是我们学校组建的第一年，我们就相当于开国功臣，将来不管谁写这个学校的历史，他都不能绕开我们。当然，我们也得知难而上，得奋力拼搏，争取来个开门红！我下面要讲的是，我们学校到今天连个名还没有，这怎么行？"他把几个村争名的事简单说了，以及武乡长给他的任务。"这样也好，自己的孩子自己起名，亲切，开心，叫起来还响亮顺口。大家先想一想，等一会咱畅所欲言。"

大约过了十来分钟，校长换了笑眯眯的表情说：

"先听听我们老教师的意见吧。蒋老师——"校长把目光转向蒋守成，先点他以示尊重。

"这个……这个……"蒋守成咂了两下嘴，"还是由你们当领导的定。"他显然肚子里还有怨气，不想多说话。

"实顺老师，你来。"蒋校长知道王实顺是接班的，资历老。

"要是我说，干脆谁也不得罪，就叫'三山联中'。"王实顺抽了一下鼻子。

丁厚丰一边笑了："老好人！"

蒋校长也在笑：   "这个名字概括力特别强，谁的嘴都堵上了。"

一直在独自咕咕叽叽的顾心安好像突然有了发现：

"他们不是不同意叫'象山联中'吗？那就倒过来，改个字叫'山乡联中'，有山的地方不是都叫'山乡'吗？"

众人点头，觉得有点意思。

"大诗人感觉怎么样呢？"蒋校长充满期待的眼神投向江劲风。

"心安的想法我个人认为很好。我的想法和他的差不多，仍然还叫'橡山联中'。大家都叫惯了，但是'大象'的'象'换成了'橡树'的'橡'。"江劲风不紧不慢地说。

蒋校长一下子把眼睛睁大了："细说说、细说说。"

江劲风就说："我们这学校原来叫象山学校，现在又想叫象山联中，都是因为学校在象山上。其实我们这里，叫来过这里的人能够记住，不是因为山名，大多是因为有一片橡树林。我去开会的时候朱主席就知道。橡树是好树木，其他地方又没有。这是其一；其二，我们学校是育人的地方，'十年树木，百年树人'，要是把象山的'象'改为橡树的'橡'，是不是更有意义？再说了，橡树本身具有的品质和精神，我们如果给它挖掘出来并加以利用，也能很好地促进我们的教育教学工作。当然，还有重要的一点就是附近村的干部群众会少一些争执，多一些理解。"

顾心安立即啪啪啪鼓掌。

蒋校长征求两位女老师的意见，她们也显得异常兴奋，齐说"好!"

看来校长对江劲风的提议很满意，他咧着大嘴说："我们就拿橡树做文章。江老师，你文笔好，你来写，我们先给乡里和教育局分别送一份更名申请，题目就叫《关于把'象山学校'更名为'橡山联中'的申请报告》。"

Chapter   13

成长或成熟

　　一个星期后，碰巧开学那天，局领导就给了答复：经研究，同意将原象山学校更名为古庙乡橡山联中，即日起可使用该校名。

　　校长激动得坐不住椅子，他在屋里一边踱步，一边搓手，嘴里还在说着话：

　　"丁主任，赶紧安排人做校牌！"接下来又有点自言自语，"用木板好呢，还是直接写在墙上？要是请人写，那么多能写字的人，请谁最好，还又不会得罪人？"

　　嘀咕了一阵，像是终于下了决心，他抬起头，忽然发现江劲风正站在一侧，露出瞬间惊讶，他竟完全忘记了江劲风是被他叫来的，而且站在这里已经有一会儿了。

　　"啊哦，江老师呀！你看你看，我都有点失态了。不过，这事太让人激动了。都说万事开头难，我们这个开头很顺利呀，一顺百顺，我们的学校一定能办好！我把你叫过来，就是想告诉你这个好消息的，以后做橡树大文章就交给你了，我会全力支持你!"

从校长室出来，江劲风也是兴奋不已，不管怎么说，这名称主要是他提议的。

"表叔，校长找你什么事?"顾心安在办公室门口遇见他，问。

"没多大事，学校名称里的那个'象'换成这个'橡'了。"心安知道江劲风所指的字。

"那可喜可贺啊，说明你老人家一炮打响了。"顾心安羡慕地咂咂嘴。

"我也没想到。"江劲风转了话题，"学生报到多少了?"

顾心安说："你走的时候是五十二，现在是五十六。估计没有了。"

当天学生在校是半天时间，他们领了课本，认了教室，任意找个座位，然后打扫一下卫生，就回家了。

但是，学杂费收缴的任务没有按时完成。班里有三个学生只交了一半，一个学生未交分文。江劲风不怕前面三个，担心的是一分没交的花北清。

花北清是象山村花宗元的儿子，花宗元是本地出名的"花和尚"。这是村里人受《少林寺》启发给他起的诨号，因为他也有一样功夫，就是能吹能吃的"嘴上功夫"。所谓能吹，不论青红皂白，他都能把稻草说成金条，把死掉的癞蛤蟆说得乱眨巴眼睛。所谓能吃，他刚在东家酒桌上吃好，听说西家来客了，又腆着肚子赶过去。有人戏他："和尚，没有酒盅了怎么喝?"他说："我兜里有。"人家又戏："没有筷子了，怎么吃菜?"他会说："没事，我自己带着了。"他就是这样，看起来是个人，又不能把他当人看。江劲风知道，每次交学费，他孩子在哪班就弄得哪班的班主任头疼，都慨叹道："蜀道难，难于叫和尚交清学费不看脸！"

江劲风决定下午去一趟。第一回当班主任，决不能让花宗元这样的人讨了便宜还卖乖。这个头不能开。

江劲风先把花北清找来了解情况。花北清抬头看了他一眼："江老师，以前我爸都是不给钱，都是拖了赖了。现在我长大了，我要跟他抗争。"

"怎么抗争呢？"江劲风突然感觉花北清的话很有趣。

"我就说我太丢人，不上了。他最怕我不上学。"花北清说。

"这话有用吗？"江劲风怀疑花北清是不是也在拖。

"请你相信我。"等江劲风点了头，花北清又说如何如何。

花北清的家离学校有五里地，住在村头，三间浑青堂屋，两间浑青东屋，外加院墙，看样子不至于交不起学费。一定如人们所说，花宗元是能赖则赖，能拖则拖，到学期末减免也罢不减免也罢，就来个不了了之。

花宗元正好在家。听说江劲风是他孩子的老师，忙拍拍手，像是手上有灰尘怕脏了江劲风的手。他个头矮矮胖胖的，肥头大耳，满面红光，连说江劲风是"稀客稀客"时，丹田之气十足。

到屋里坐下，他把江劲风递烟的手推过去，恭恭敬敬地给江劲风一根大前门："抽我的，抽我的。您是贵客，让我们家蓬荜生辉！"

江劲风点上烟："老花哥，你是象山大名人，我到这里工作几年了，今天才来登门拜访。要不是做北清的班主任，还不知有没有这个机会呢。"

花宗元晃晃头，喷出一口烟雾："哪里哪里，都怨我。教师是人类灵魂的工程师，我早就该去请你们一场。你看这样行不行，我叫北清他妈去买几个菜，先喝两盅？"

江劲风摆手："不了，谢谢。我晚上还有晚自习，咱改天。今天聊聊就行。"又问，"北清在家里怎么排行？"

"他上面两个姐姐，都喊他小三。"花宗元长叹一声，"两个丫头都他妈的不上进，连初中都不上，情愿跟她妈到街上开个小店。真是'孺子不可教也'。这个北清也不省心，这几天也闹着说不上了。为这事我哪也没敢去，简直要把我气死了。我恨得牙根都痒痒！"

"你没问他为什么吗？"江劲风终于找到了正题。

"问了，就因为我说没钱交学费。"花宗元的语调明显低了下来。

江劲风抓住机会："我来找你不是为了学费，是北清捎话给我，他决定不上了。你得劝劝。要真是因为学费的事刺激他，恐怕不值得了。"

花宗元苦笑了一声："我是聪明一世糊涂一时。"

江劲风继续说："北清这个学生不仅很聪明，还很懂事，要是完成了学业，将来极有可能是你花府的骄傲。"

花宗元又来了精神："江老师，不瞒你说，我给他起名时用了一个'北'和一个'清'，就是希望他能考取北大和清华这样的大学。我这辈子算完了，孬名声也出去了，我不就是想攒点家业怕被人瞧不起吗？小三要是学也不上了，不能出人头地，你说我这瞎忙乎又有什么意思？"

"很简单，"江劲风说，"孩子也大了，你等北清回来，心平气和地跟他谈谈。懂事的孩子他不会随便给你添麻烦，他合理的要求，做家长的要理解，要支持。"

"江老师，你结婚了吗？"花宗元突然问江劲风，弄得他一下子莫名其妙。

但是，他还得如实说："怎么？没有啊。"

"要是你结婚了，我就高攀让北清认你干爹。我今天服了你了，北清有你这样的老师，是我们家烧了高香了。江老弟，请原谅我这没脑子的人。"花宗元站起来给江劲风又是抱拳又是鞠躬。

江劲风连忙站起来："老花哥，你高抬我了，谢谢。我会尽全力把学生们管好教好，加上你这做家长的配合好，到时候中考一定不会差，当然你家北清也一定会给你争光。"

说完这话江劲风就回了学校。晚上他正在灯下备课，花宗元来了。

"老花哥，你还有什么事吗？"江劲风怕他又出什么歪招。

花宗元急忙向兜里掏："我把一百二十八块的学杂费都给你拿来了。"

江劲风一时很激动："明天交过来吧。"说完又后悔了，明天他要变卦了怎么办？

"我还是交给你吧，不然我一夜睡不好觉。"花宗元很诚恳，也很执着。

第二天上午点过名，分组，排座位，选举好班干部，开学工作算正式完成。下午，江劲风将开始新学年第一课。这次是他的语文第一课。

多年前的英语第一课，依然历历在目。

半截钢轨发出预备铃响，单个，两下。

江劲风左手上捧着第三册英语教本和备课，右手里攥着大把粉笔，已经僵直地站在了初二教室门口。他瞟了一眼教室，里面静静的，没有一点声音，好像这间教室里空无一人。当人的内心充满了期待并且这期待就要成为现实时，总会出现暂时的宁静。江劲风明白，学生们望眼欲穿地等待着英语老师。

与连续双响的铃声同时，江劲风跨进教室。还没容他正面对着学生，就见学生们"唰"地起立，先是一声不整齐的"Good morning, teacher!（老师，早上好!）"接着是哗哗哗的掌声。他激动地涨红了脸，回敬学生们："Good morning, class!（同学们，早上好!）"又来一句，"Sit down, please（请坐）。"

他口语太差，岗前培训时才真正接触一些，可惜时间太短。自己能来当英语老师，实在是赶鸭子上架，可能还不止，是赶瘸鸭子或者是没翅膀的鸭子上架。头天晚上的接风酒他都没敢怎么喝，不管谁劝，都说"不会喝"。夜里睡得不安稳，醒了好多次，老是去看腕上的中山表，睡到四点半就起床了。

本节课要学习第一课句型中的十个单词和短语，然后学会朗读句型。江劲风转身面向黑板，要把"have a swim（游泳）、cinema（电影院）、go to the cinema（去看电影）、film（电影）、geography（地理）、term（学期）……"等单词和短语写在黑板上。他找好位置，顿一下粉笔，开始写，手不住地抖，一支粉笔断了不知几截才写完整一个单词，最后好不容易才写完。头上的汗也控制不住，咕嘟嘟地向外冒。

他准备好的其他内容和教学环节都忘了。整个一节课，就是读啊，练啊，写啊，然后再倒过来写啊，练啊，读啊，借机会掩饰自己的狼狈，就差没有背过气去。直到下课铃响起，才感觉像是突然活了过来……

新换的铜铃拉响了，也拉回了江劲风的思绪。

眼下的语文"第一课"，他仍然感到有点紧张，但这种紧张与当初截然不同。那时的紧张，带有知识不足的胆怯、初涉课堂的恐惧，还有第一次面对台下那么多双眼睛的局促。这样的紧张既是复杂的，又是简单的；既是充满痛苦的，又是含着一丝期待的兴奋的。如今，他的紧张，除了小小的激动，剩下的都源于校长和主任丁厚丰来听课。

好在，上的是语文而不是英语！

他自信地走进教室，快速而潇洒地板书课题：一件小事。然后，面向大多数的熟面孔，亲切地用杂有古庙方言的普通话说："同学们，上课！"学生起立，他又说，"请坐下！"

他看见两位领导也跟着学生起来又坐下。

"镇静！镇静！"江劲风在心里不住地对自己说。边说边开始检查预习情况：

"这篇文章的作者是谁？"

"你对作者了解多少？"

"这篇富有教育意义的小说是在什么样的历史背景下写成的？"

鲁迅是江劲风平生最为敬仰的作家，尽管他的不少文章遣词造句有些深奥难懂，但悟透了都是美。一点也不夸张，学生阶段学过的鲁迅的文章，江劲风都能脱口成诵。《一件小事》是鲁迅作品中文辞比较平和的篇目，不像他的杂文能见到匕首投枪的寒光，但是文中不乏珍贵的人性的光辉。江劲风特别喜欢。每个问题学生回答完了，他都要做些补充，实际上使学生这方面的知识变得更加丰富，使语文更加富有趣味。相较于英语，他找到了做语文教师的幸福感和自豪感。

接着让学生朗读一遍课文，进一步熟悉生字词。然后进入具体分析学习文章环节。这时他忘记了后排还有领导在听课。

指名花北清读一、二两节，并提出问题：

"'我'是不是就是作者？"

"'国家大事'是哪些事？为什么要加上'所谓'两个字？"

"'我'对'国家大事'印象如何？'国家大事'对'我'影响怎样？"

"'小事'对'我'产生怎样的影响？使我印象如何？从哪些语句字词上看出来？"

学生齐读一遍后再问：

"'大事'与'小事'强烈对比说明了什么？"

"这件小事是怎么一回事呢？意义何在呢？"

指名朗读三、四节，继续问：

"交代了这件小事发生的哪些内容？"

学生自读五至十一节，设疑启发，例如：

"对待这件小事两人态度先是怎样，后来怎样？"

"由此看出两个人品质有何不同？"

在学习课文过程中，江劲风没忘记板书，也没有胡乱板书，板书的及时性和规范化做到了有效衔接。不像有的初登讲台的教师，常常顾此失彼，使得课堂教学实效打了折扣。也等于说，在一个偏重板书评价的年代，这样的课堂就很难罩上优秀的光环。

以上内容讲完，江劲风看看自己的中山表：拖堂三分钟。但江劲风还是露出了轻松的表情，毕竟第一课时的教学任务完成了。更重要的是，他的第一堂语文课自我感觉还可以。

校长、主任向他们的办公室走，江劲风尾随过去。

"请两位领导多指点指点。"刚坐下，江劲风就诚恳地说。

丁厚丰抹了抹头，看着校长，一本正经地说："看来，我改教政治那是改对了，不然这语文课我是不敢再教了。"他说话一向是直来直去，少见这么幽默，几个人都心领神会地笑。

少顷，丁厚丰又说："这篇课文我教过多遍了，感觉不如你教得顺畅、效果也更好。学生课前预习得好是一方面，另一方面你教材吃得很透，方法也运用得当。举例说，你围绕重点、难点，让问题引路，一步一步向目标靠近。同时整堂课你很注重朗读，形式多样，收效显著。当时我就想，你们语文组应该搞一次关于朗读的教研活动。"

蒋校长接着说："我同意老丁的意见。这学期的教研组活动就由你们语文组打头炮。"他轻轻咳嗽一下，"再来说说这节课。我对语文教学不太懂，说不出个爹和娘，刚才老丁说得头头是道，我只说板书，送给江老师四个词：工整、流利、美观、实用。"

两位领导对这节课的点评，让江劲风高兴了很长一阵子。

Chapter　14

象征意义

　　下午没有课，江劲风准备躺床上休息一会儿。顾心安说："不能睡。衣服马上来了，不合适得调换。"

　　顾心安说的衣服，指的是蒋校长到处"化缘"给老师们统一添置的风衣、上衣、鸭舌帽或丝巾。蒋校长在会上说："新学校就要有新学校的气象。我们统一穿戴就是代表了我们崭新的精神风貌。"

　　果然不大一会，冯老师就把东西买回来了。一不用选，二不用挑，所有老师的风衣都是淤泥色，只不过女老师的颜色浅一些。上衣都是全毛布料，男老师是蓝色中山装，女老师是藏蓝色西服。另外，男老师还配上了蓝色的鸭舌帽，女老师的则是白底带花的丝巾。每个人只需按自己之前报的尺寸、号码领取就可以了，无所谓来得早与晚。

　　但是大家还是争先恐后。顾心安拽上江劲风就往会计室跑。会计室在校长室隔壁，他们到的时候，王实顺正打开封袋向外掏衣服，好发脾气的蒋守成老师，则戴着鸭舌帽在穿衣镜前一会戴上一会摘下，嘴里还喃喃地说："怪神气，就是不好意思戴出去。"

一旁的冯主任说："这有什么？这又不是礼帽？你老蒋要是戴礼帽说不定就有人喊你蒋介石，戴这鸭舌帽不同，特别像个有身份的工作人员了。"

蒋老师顿时上来一股气："狗屁工作人员！穷烧包的烂民办！"

冯主任听了这话突然发火："你老蒋别把大家都看得不值一个！怎么'狗屁'了？哪点'烂'了？你说这鸭舌帽都给什么人戴的？！"

几个追问像从冯主任嘴里喷出的火舌，把蒋老师的牢骚烧没了，但他还是悻悻地说："我开一句玩笑怎么啦？"说完，拿上自己的东西，气哼哼地走了。但是，与江劲风擦身过去的时候，江劲风无意中看见他的嘴角向上翘了两下。

下课铃声一响，所有人都围来了。穿风衣，戴鸭舌帽，这是赶时髦，大家都有一颗不甘落伍的心。

吃晚饭这段时间是一小时五十分钟，每个人都是控制不了好奇心，试了这样试那样，没让屋里大小的镜子闲着。人是衣，马是鞍，如此一打扮，似乎这橡山学校的老师忽然之间都成了教授级的饱学之士，风度翩翩，卓尔不群。

苏小凡和白洁在屋里照够了镜子，感觉还不尽兴，就过来找江劲风：

"江老师，有空么？白洁想去看橡树林，想请你做导游。"其实谁在现场都看得出来，苏小凡说话时的表情不自然。

"我去给她当导游。表叔还没有我知道得多嘞。"顾心安正在镜子前忽左忽右地拉帽檐，马上停下来自告奋勇地说。

"怎么样，壮观吧?"来到学校西北角那个山坡地带，顾心安指着一大片橡树林，问白洁。

"那天苏姐说有这样的橡树林，我没当回事，结果还真的有。以前怎么从来都没有听说呢?"白洁为自己的孤陋寡闻懊悔不已。

"这就叫'藏在深闺人未识'。"顾心安为想到这个诗句有点得意，竟自嘿嘿地笑了。

他们刚才是站在林子外边说话，现在走进来，忽然就觉得凉爽起来，亮闪闪的光线也消失了。立在眼前的橡树，棵棵都长得粗壮高大，白洁好奇，站在一棵树下仰脸看，看不到顶，眼盯着，不住地向后移着脚，突然头有点晕了。

"二十多米高啊，你在橡树跟前向上看，难道你不晕树晕?"苏小凡笑她。

"这儿的橡树有多少啊?"白洁转脸对着江劲风。

"两百多棵吧。"江劲风到这里几年了，具体棵数也没弄清楚。他当然认真数过，可是因为行列有些乱，数着数着就错了，但两百多棵不会错。

顾心安说："等一下我来数一数，看看到底有多少。"这小子总会抢话头，劲风在心里笑。

沿着林下小径，他们继续向里走。其实林子一下可以看穿，面积不是很大，树木也不是很密，但它仍然配得上这个响亮的称谓：橡树林。橡树高大，挺拔，树冠形巨，有一种立于脚下的平凡而向上伸展的脱俗，很有树中的王者风范和君子之德。

白洁扑闪着她那双美丽的大眼睛，感叹说："真帅啊! 怪不得舒婷会给他写诗!"

苏小凡不服气，使劲扯了一下白洁脖子上新围的丝巾："难道说大诗人江劲风的诗不值得你读读呀？"

白洁的眼睛睁得更大了："江老师，你也给橡树写过诗？"

顾心安咋呼起来："哎呀，何止是写过，还获过全国大奖呢！你知道你今天有多荣幸吗？"看着白洁疑惑的神情，顾心安继续说，"你在和一颗诗坛新星同游橡树林！"

白洁算是明白了："江老师，给我欣赏欣赏好不好？"

苏小凡在一边又扯了扯丝巾："我这儿有，回去给你看。"说话时脸上悄悄流露出幸福的神色。

"看这两棵树，像不像一对情侣？"顾心安对自己的新发现总是用高嗓门表示，其实这已经不是"新发现"了，他明显地是在白洁面前故意表现。

江劲风走过去："不是像不像，而是像极了！"

这是两棵长在一起的树，如果不仔细看，会认为长在一块根上，只有仔细分辨才能看出来，它们在根部有一条挤到一起时形成的沟痕。

他们不断有惊喜。靠近小溪边的那棵橡树，也许是周围没有其他树来与之争肥、争阳光、争恩宠的缘故，它足以傲视同类组成的这片树林。其根系发达，一条条扎向四方，因为都在地面上裸露，那些粗壮有力的根，就像一只只来抢夺猎物的鳄鱼，露着灰褐色的脊背，聚在一棵大树下。

"树根有什么意思？"苏小凡问白洁。

"根的颜色和花纹像鳄鱼一样……哦，像鳄鱼，像一条条趴在水边的鳄鱼！"白洁终于惊叫道。

离大树不远的地方有一口井，井边竖一块不大的石碑，上面刻着三个斗大的隶书字：报恩泉。

顾心安说："我们喝的都是这井里的水。没有碱，带点甜味，乳白色。"

"为什么叫报恩泉呢？"白洁想知道。

顾心安故作高深地清清嗓子："新中国成立前，也可能更早，我们学校是一座庙——为什么我们乡叫古庙乡，就是因为这座庙，庙没有了，改成了乡政府驻地，再后来乡政府搬到了现在这个地方，仍使用古庙的叫法。当时庙里有三个和尚，苦于没有水喝，就自己动手挖井，整整挖了十年。井挖好了，三个和尚却累得没能喝上一口。当地老百姓为了纪念他们，就为这口井取了'报恩泉'这个名字。神奇的是，不管旱涝，井里的水始终保持离地面三米的地方，喻指三个和尚的功德。"

"顾老师，你的知识太渊博了！"白洁不由得赞叹道。

"别笑话我了。拾人牙慧罢了。"顾心安谦虚一番。江劲风知道，他所说的这些，其实真的是拾人牙慧——都是之前王实顺带他们来时讲过的话。

看看放学的时间快到了，他们只得向回走，并约好哪天再来。

晚上，江劲风想起校长曾跟他提过做好橡树文章的事，于是就去找校长，他要当面谈谈自己的想法。

校长不在。江劲风就把想法向丁厚丰和盘托出，最后说：

"我们提议文学社的名称叫'小橡树'，文学报取名《橡园》，你看怎么样？"

丁厚丰沉吟一会，点着头说："不错，很有文味，也富含哲理，一听就有你江劲风的诗人气息。不过，"他看着江劲风的眼睛说，"能不能不叫'小橡树'，叫'橡树林'呢？我知道你用'小橡树'是想比方学生们眼前虽小，但充满希望，将来定能成才。我的意思呢，我们目前就有了壮观美丽的橡树林，既符合现有的实景，这叫起来也响亮顺口。"

"好，就听你的！"江劲风激动地拍了一下面前的桌子，"那校报名呢？还有何高见？"他有点急不可待。

丁厚丰因为右手指间夹根烟，只好用左手捋了一把头发："别说高见，连低见也没有了。这个名字好听，好记，好韵味。"他连用三个"好"字。丁厚丰很少这么夸赞人，他语文功底不差，多年的初三把关老师，并且成绩有目共睹，所以他平时也是够傲的，傲气、傲骨都有。

"有事你先去忙，校长回来我跟他说。少安毋躁，等消息。"丁厚丰说着站起来，他等着去班里辅导。

一等就等了两星期。江劲风躁直了，但又不好意思追问。苏小凡说："好事多磨。现在多磨了，一定是好事。"

顾心安说："表叔，咱这样做是为学校好，别皇帝不急太监急。"

下了灯课，趁丁厚丰一人在办公室，江劲风到底还是溜了进去。丁厚丰知道他去的目的，皮笑肉不笑地说："我跟校长说过了。这事得他定。"

江劲风说："真的假的？就这么难吗？"

丁厚丰说："什么事还能哄你？校长说暂时不能同意，再等等看。"

江劲风把声音压低："为什么要等？我们是同学，你给我透透底，我也好心里有数。"

"校长就是有顾虑，你就不要多问了。"丁厚丰说。

又是两周过去，江劲风感觉快要没有信心了。没想到，周前会上，校长突然讲道："经过研究，同意语文组和其他一些同志的意见，成立'橡树林'文学社，并创办《橡园》文学报。建议丁主任任社长，其他职位和工作安排你们自行商量。只有一点，要充分发挥校园文学报的阵地作用，在思想上引导好学生，在写作上培养好学生。办出特色，办出水平，为我们橡山学校增光添彩！"

江劲风他们使劲地鼓掌，热烈地鼓掌。

会后，丁厚丰事不迟疑，立即召集相关人员商量具体事宜。

一是成员分工：丁厚丰是学校领导，事务繁忙，只是大事决断；冯之典负责提供钢板、蜡纸和印刷纸张等后勤保障；江劲风和苏小凡负责组稿，做好投稿学生的指导老师，并择优向外地有关报刊推介；顾心安和白洁负责版面设计及刻印。

二是尽快举行成立仪式，仪式上《橡园》报要与师生见面。关于首期版面，号召全体教师人人提供至少一篇稿件，主要是介绍与橡树相关的知识，暂定每学期搞一次"橡树杯"征文，择优发在校报上。

三是由江劲风牵头，征求建议，广泛讨论，认真提炼，总结出有时代特点的、有橡山学校灵魂的"橡树精神"，使之成为橡树文化的重要组成部分，促进校园文化建设，有力推动教学质量大幅度提高。

接着大家分头行动。在热情和干劲的鼓动下，他们在各自负责的板块积极争先，没出两周，各类稿件堆积在江劲风的桌上，让他既感到兴奋，又感到做出工作实绩的压力。不过总体上，那是从未有过的别样享受。

油印的《橡园》文学报出了三次小样，一次比一次精彩。校长在周前会上掩不住兴奋，说："这张校园文学报就是我们学校的一张明信片，一张漂亮的明信片。"这时他感觉嗓子眼里突然涌上来黏稠的液体，就使劲地咳了一下。"人活着要有精神，橡树长成参天大树也需要精神。要认真思考，归纳提炼出橡树的精神实质，让它成为我们的校风班风，成为我们做人做事的座右铭。我建议，明天是星期一，看样子天气会很好，就把文学社成立和文学报发行的仪式定在明天下午，地点就在橡树林。"

周一最后那节都是班会课，正好用来集中搞活动。江劲风邀上几个人，已经提前选好地方，并做了简单清理。为了像个活动的样子，顾心安在两棵橡树之间拉了一个条幅，上面的字是他写的：橡山联中"橡树林"文学社成立大会。

仪式由丁厚丰主持，校长做报告，江劲风他们几位辅导老师和参与的工作人员分发《橡园》报。学生们情绪高昂，东瞅西看，难得安生。其实只要一想，这也难怪，大自然里这么多的新奇，这么多的自由与可爱，别说是学生，就是成年人，谁又能禁得住充满诱惑的召唤和引力？虽然气候将入初冬，满地落的都是橡树革质带响的枯叶，还有橡果，这被称为坚果却外表圆润、残留绿色的果实，橡树林依然不失林木风范，高大结合挺拔，壮硕映照巍峨，给人的感觉不外是脱俗、超然、独立与向上。当然学生们不可能悟出那么多，那么深刻，他们是在教师的引领下逐渐成长和成熟的。但是，橡树林的这一课，又是多么必要而有意义啊。

所以，校长接下来的讲话，江劲风也大受鼓舞。

　　校长是这样说的："同学们，我们为什么不到松树林里开会，为什么不到汪塘边的柳树下开展活动，又为什么不选择山下香气冲天的桂花树搞这个仪式？道理很简单，橡树，只有橡树具备的气质、体现的精神，才是我们成才的力量源泉，才能给我们更美好的启示。"校长抬手指了指周围的橡树，"为什么这么说呢？有一句话叫'十年树木，百年树人'，意思是说小树得十年才能长成大树，培养一个合格的、优秀的人才时间就更长了，所谓'百年'，指的是时间很长。你们可能不知道，橡树得多长时间才能长大、才能成材呢？它跟大家常见的柳树、槐树、桐树等树不一样，它得几十年才能长成参天大树。你们看——"校长把刚垂下的手重又抬起来，指向那几棵较大的橡树，"这些橡树从栽下去到现在至少已有五十年的树龄了，由此可见橡树有今天的粗壮高大那是经过了漫长的岁月的。"

　　学生中有人露出惊讶的表情，被校长一下子捕捉到了，"橡树还有两方面让你们更惊讶。一个是橡树开花很晚，它不像我刚才提到的那些树，长上一年两年甚至说栽到地里当年就开花了。橡树的花不是随便和轻易开的，它要长到十年才会开花，好像是积攒了十年的力量才有资格开花似的。很多的植物都开花，但橡树是最大的开花植物。有意思的是，橡树开了那么多的花，但很少有人见到，为什么呢？聪明的同学已经猜到了，这是因为树木高大，那些花又藏在树叶间，所以才很难见到。第二个让人惊讶的，就是橡树的寿命。一般的树也就三十年五十年，个别的百八十年。而橡树长寿，通常的都是成百上千年，有的甚至是万年以上，它是植物王国的老寿星。这一点说明什么？说明橡树特别能生长，它的生命力特别顽强。"不知道校长从哪里了解了那么多，经他这一讲，橡树确实成了平凡世界里不凡的一种植物，它在世界上出现那就是世界的幸运。江劲风暗暗佩服校长的博闻强识，下定决心要向校长学习。

校长最后总结说："我们就是要像橡树那样，埋头苦干，不计得失，努力进取，昂扬向上，这就是橡树精神，也是我们'橡中'精神。今天我们成立了文学社，希望每一位同学都能牢记这种精神，勤奋学习，勇当先锋，早日成为社会主义的建设者和接班人。"

成立大会结束以后，江劲风更加热血澎湃，他下决心走出一条以文学为媒、促进班级质量提升和学生素质提高的新路径。没想到，王实顺家中突然出了一件麻烦事，他已经有两个星期没来上课了，听校长说下边还得看情况。

"校长，这数学老是不上不行啊，好多家长都有意见了。"作为班主任，江劲风给弄得焦头烂额，他又去跟校长诉苦。

校长一副为难的样子："也有家长找我了，刚被我打发走，他们说再不上数学就给孩子转学。"

江劲风理解校长的难处，但是家长怎能理解呢？再说又有什么权利要求家长和学生理解呢？

"那怎么办？"江劲风自言自语，像在问自己。

"我清楚我们得想办法，"校长离开办公桌，在室内踱步，"数学课不能再不上了，即使家长不说，学生不说，课堂也不能这样空下去了。可是数来数去没人呀！你找我之前，丁主任已经找过了守成叔，想跟他商量带一个年级，他一口回绝。真拿他没办法。"

江劲风知道蒋守成老师为了初三数学课的事一直耿耿于怀。

他本来脾气就犟，半路上再叫他带一个年级那是连门都没有。

苏小凡的情况好一些，她自己能把课领过去，无非就是多吃点苦。江劲风的数学基础差，根本带不来。中午吃饭时，苏小凡瞅个空跟江劲风说："不能光靠领导，可以私下做做蒋老师的工作。他这个人脾气不好，可心地不坏，是个顺毛驴，说几句好话保不准就能办成。"

"真的能行吗？"江劲风感觉像是开玩笑。

苏小凡瞄他一眼："不试怎么能知道？"

是的，不试怎么能知道？苏小凡平平常常的一句话令江劲风精神一振，男人的那点可怜的自尊也不去计较了。

午饭后，趁蒋守成老师一个人在办公室里打瞌睡，江劲风过去叫醒他："蒋老师，你晚上有空吗？"

蒋守成一脸木然："有空。有什么事吗？"

江劲风带着一脸真诚说："你来这么长时间了，我也没有请你喝顿酒。今天晚上给不给面子？"

听说是喝酒的事，蒋老师顿时困意全无，老脸泛上了笑意："喝，我请你！"

"别跟我争了。下次算你的。"江劲风说，语气坚定。

"好。还有谁？"蒋守成说着话就要收拾桌上的东西。

"你看叫心安去行不行，帮忙满下酒？"江劲风试探地问。

"行，心安是个好小弟。不要人多，喝酒拉拉呱。"江劲风窃喜，"鸿门宴"很快搞成了。

接着江劲风就去找顾心安，把晚上如何喝酒的事说了。顾心安哈哈大笑说："表叔，你这招叫高！行，我帮你把这'双簧戏'演好。"

还是山下那家小酒馆，百吃不厌的小鱼炖豆腐，外加几个小菜，两瓶运河香醇。喝到酒酣耳热的时候，开始说心里话了。

蒋守成说："我就是一个烂民办，二十多年了，评先进没有我的份，转正没有我的份，干它还有什么劲？不干吧，已经这么多年了，哪天要是都给转了，不是太亏了吗？"

江劲风说："年年都有转正指标，而且一年比一年多，说明我们快有盼头了。"

蒋守成抬高了声调："什么都不怕，就怕政策有变。要是照现在这样转下去，我退休之前没问题。我这辈子，到现在就这一个指望了，到死的那天我希望能够闭上眼。"

顾心安撅着屁股给蒋守成满上酒："蒋老师，我们不转正，天理难容！"

蒋守成对顾心安跷起了大拇指："顾老师，你这句话说到我心里了。来，干一个！"

他们一起干了一杯。

见江劲风没喝，蒋守成提意见："怎么江老师没喝？"

江劲风说："蒋老师，你是老同志了，你就直接叫我们名字。"

"好，行。那你得把杯里的酒喝下去呀。"蒋守成抓住不放。

江劲风一口干了把杯底倒过来："我正犯愁，明天的数学课怎么办？叫谁上？家长会不会来？"江劲风的语气里满是焦虑。

蒋守成摆了摆手："你愁什么？那是领导的事。"

江劲风叹了一口气："没错，理是这个理，可我是班主任哪。"

蒋守成接过顾心安递过来的香烟："上午丁主任跟我商量，叫我捎带一个年级，我想都没想就给他推了。想想业勤那个龟儿子，有什么了不起，不就是个破校长吗？有能耐自己去带呀！这个时候想到这些爷们了，不带！别说他没有资格，他也没有理由开除我！"

江劲风见蒋守成来火了，忙给他满上酒："看上去你是在跟校长赌气，可是要是仔细想想，你是等于跟我们班的学生赌气了，最后吃亏倒霉的还是学生。"

顾心安赶紧擦根火柴，把蒋守成嘴里的烟点上："蒋老师你就是诸葛亮，受命于败军之际，奉命于危难之间，领导一感动，这学年的奖状就给你了。你信不信？"

蒋守成咧嘴笑了："我信，也不信。"

顾心安说："不管你信不信，反正我信。你蒋老师水平最高，能力最强，谁不知道？只是你不想干罢了。可是话又说回来，这初二数学除了你能教，别人又根本教不来，你要是坚决不干，恐怕就要有人说闲话，那时你蒋老师这个大善人心里也会不安。"

蒋守成顿时不言语了，自己闷头喝了两盅酒。然后，使劲在桌上摔了一下筷子："能力不使也是错，没有好人过了！你们两个说了半天我明白了，我明天就去给初二上课，不然你们也会骂我白糟蹋了粮食。不过咱可说清楚，我是自愿的，是看在我们兄弟的面子上的，不是领导安排的。来，我们一起干了这杯！"

"干！"

"干！"

在三个酒杯响亮的碰撞声里，东边天际的月亮已经悄无声息地爬了上来。

第二天晨读课，蒋守成老师主动找到江劲风，把初二年级的数学课领了过去。江劲风心里的大石头也终于落了地，一下子倍觉轻爽，同时他在心里对苏小凡又多了一分敬佩和仰慕。

Chapter　15

人生的坐标

　　真快，丁厚丰的大喜之日——新年第一天到了。

　　丁厚丰的对象是经人介绍认识的，没有文化，说得更具体一点就是大字不识一个。他们的恋爱已经谈了七八年了，丁厚丰满肚子的"之乎者也"就是不能落到纸上，寄给她也看不懂。但是邪乎了，丁厚丰就是喜欢得不行，他领了工资多少得给自己的那个"她"买点什么。那个"她"呢，对丁厚丰更是爱到了骨子里，三天不见真就如隔三秋，所以那个"她"经常晚上过来跟厚丰约会。不过，谁都没见过长得什么样。有一次王实顺说，他们是秘密接头，是单线联系，保密工作不比保密局差。按理，感情处得这么浓烈，也都已经老大不小了，早该结婚了。但总是拖来拖去，就这样拖到了如今。拖的原因很简单，就是丁厚丰总是太忙，成了家怕影响工作和学习。工作以来，他一直是初三的班主任，同时带初三的语文，后来又做了实质上的教导主任工作。可以说，他的脑子里整天想的除了工作还是工作、除了学习还是学习，一句话，他的心都拴在了教育事业上。橡山联中成立以后，他身上的担子虽然没减轻，但心理压力似乎小了一些，供他自由支配的时间也多了一点，加上家里老人一催再催，还有那个"她"的肚子也起了微妙的变化，于是就把婚期定在元旦了。

这一天学校放假，江劲风想在去喝喜酒之前买几袋化肥，好等下雪时撒到麦田里。

化肥缺货，尤其是本地产的碳酸氢铵，价廉高效，抢手得要命。所以说得提前备好货，免得到时候烧香找不到庙门。

早早吃过饭，他就拉上板车，大步小步地向集上走。一路上都是去买肥料的车和人。像做了动员似的，大家都怀里揣着钱，一窝蜂地从四面八方涌向供销社。供销社的大院里特别热闹，人头攒动，男女混杂。喧哗声，板车碰撞声，毛驴扯长嗓子的怪叫声，各种声音响成一片，几乎要将不大的院落撑炸。

江劲风到开票窗口交了钱，拿上票也挤到等待大军中。一切毫无秩序可言，像一支失控的队伍，就差没有人趁机进行打砸抢。

这么乱怎么发化肥？营业员过来指手画脚，大声嚷叫，命令人们站成一队，按序提货。可是没用。他的嘶哑叫声早被淹没。好不容易开始排队了，人们你挤我，我挤你，你想在我前边站，我偏往你前头跑。结果不行。

有个嗓门大的人说："按来到的先后顺序发！"于是大家都说自己来得早。再说大家互相不认识，有什么证据能够说明谁的早晚？显然这个提议也是行不通。不用说，大家挤了半天，谁也没有提到化肥。营业员既是忙得也是气得满头大汗地宣布："不发了，等下一车来到一块发！"

这下子都完了。有人傻笑，有人叹气，有人骂骂咧咧，也有人皱着眉头埋怨：

"这化肥厂干什么吃的？"

"上边大领导不该管管？眼睛留着喘气的吗？"

"这公家办事就是心里没有老百姓！"

"真是气死我了，不买了！我不该叫儿子去读什么师范，要在供销社多好，奶奶的，我说什么时候就什么时候。"

"裤裆拉屎跟狗赌气，这有用吗？"

南墙根那几个老头抽着呛人的纸烟不言不语，他们或许觉得挤不过别人，或许觉得挤过了别人也枉然。他们面无表情，像是几位高人不屑于鸡毛蒜皮。

江劲风也站在南墙根。到处水泄不通，看来只能等待，躁得屁股冒烟也没用。

等了好大一阵子，仍然不见拉化肥的汽车进来，这时的人群偏偏开始向院外涌动。江劲风不明白，赶紧跑过去随便询问一个人，结果知道的是，拉化肥的汽车不敢进来，怕场面控不住，到街北头就卸车了。于是听到风声的人迅速把消息传开，很快众人就知道了，上面的一幕也就自然而然发生了。

但是非常不幸，江劲风急急忙忙赶到时，只剩下车子的空货箱了，什么化肥，好像从来不曾有过一样。他想，这样折腾下去，别指望上午能够拉到化肥了，以后再说吧，还得赶快过去喝酒。

丁厚丰的家在村子中间，平常不好找，家家要么是土墙瓦顶，要么是砖墙瓦顶。但是这一天有扩大器放着《百鸟朝凤》，或者是流行歌曲，循着音乐就行了。

江劲风赶到的时候，十二点已过，马上就要开席。

　　桌席都摆在门口临时搭建的喜棚里，里面已经坐满了人，拥拥挤挤，嘈嘈杂杂，显得热闹而无序。就在他茫然四顾的时候，忽然听见身后有人喊：

　　"哎呀，劲风！你怎么才来？大家都在等你了！"新郎官丁厚丰拽着江劲风的胳膊，好像怕他跑了，"走，我带你过去。"江劲风原来想见了面说两句玩笑，这时也忘了，赶忙跟着丁厚丰绕过喜棚，穿过过道屋，径直来到他家堂屋。

　　堂屋的桌席是专门给老同学摆的。

　　班主任权尚北老师坐在上座，他向江劲风笑着点头示意。

　　坐在老师左首的是钱开怀，上学时候还流着黄脓鼻涕，后来往新疆贩绳，听说赚了一大笔。他把风衣敞开，像是故意露出开始发福的肚子，冲着江劲风粗门大嗓："哎呦呦！我光荣的人民教师，你是掐准时间来的，再不到权老师可要生气了！"

　　权老师说："不生气，一定有事。来，坐我右边。"江劲风就顺势挨着权老师的右边坐下。

　　见江劲风坐了上位，孔圣法说："小青年是后来居上。"他是银行信贷员，无非就是早结几年婚，但凡还是单身的，无论年龄比他大或小，在他嘴里一概喊作"小青年"。

　　江劲风说："行长大人，找媳妇得要钱，借点贷款行不行？"

　　孔圣法使劲披了披蓝色全毛风衣，阴阳怪气地说："小菜！连担保都不要，你说借多少？"说着话把脸转向权老师，"老师就好客气……啊哦，权老师我不是笑话老师的，当老师的就是讲究文明礼貌，就该受到尊重，上位就该给老师坐。嘿嘿。"

　　坐他身旁的女同学褚唯霞接过话："你孔圣法就是没有一点孔圣人遗风，江劲风那么忠厚老实，你还要欺负人家。我就看不惯!"长着小下巴的褚唯霞一向说话不饶人,不管得理不得理,好像她那天生的伶牙俐齿就是用来咬人的。

"我怎么是欺负他呢?你纯粹是挑拨离间。"虽然明知是玩笑,孔圣法的脸还是涨得通红。

已经做了建筑站副站长的辛士响,戴着太阳镜,左手夹烟,右手托着大哥大:"别掐了,说点正话!"他把眼睛望向江劲风,但是江劲风却看不见他眼皮上的疤痕,"劲风,你变得比以前胖了,也显得更精神了,是不是精神食粮营养大呀?"

江劲风知道他所谓的精神食粮是指教书这件事,当初他们一块考取的民师,辛士响没干,又去考建筑站。分到本乡建筑站以后,才几年工夫就成了副站长,估计这会兜里已经有了大把大把的票子。

"胖了的是你。我这个穷先生怎么能赶上你这个大领导呢?"江劲风就他前半截话回应道。

"什么大领导?我主要的工作就是应酬。'一把手'不能喝,大小场都得我去。以前愁没有场,现在愁场太多。"辛士响长叹一口气,"还是当老师好啊!"

江劲风说:"你开始痒痒了,痒了也没人给你挠。"

辛士响正色道:"我说的是实话。这年头实话没人信了,真是悲哀。"

侍怀远在那边笑:"旱的旱死,涝的涝死。"说着拽了拽脖子上的红领带。看来他喜欢红色,又喜欢系领带,尽管他穿的是咖啡色皮夹克。

另外,在座的贾兴文没说话,他看着江劲风只是一味地笑。

工业公司会计杨卫国是个打死不说话的人,他和江劲风面无表情地对视了一眼。

　　然后就是坐在桌对面的王菊香了。此刻，看着她变得更加白皙俊俏的模样，江劲风真有点百感交集。但让江劲风没有想到的是，王菊香突然站起来，绕过半张桌子来到他身边，伸手把他眼前的酒杯拿了过去，接着给他放了一个更小的酒杯。大家一时愣了，等明白过来，嚷嚷着不同意。尤其是钱开怀，他刚把大哥大举到耳边准备给什么人打电话，一看这情形，电话也不打了，立逼着王菊香把酒杯换回去：

　　"这不行，王菊香！虽然你们是同桌，你也不能偏向江劲风。"

　　"我不是偏向他。我知道他不能喝，喝醉了明天没法到校上课。"王菊香给自己的做法找理由。

　　"他不能喝我们又不会灌他，是不是？再说权老师在这了，谁敢？"侍怀远装腔作势地咋呼道。

　　这突如其来的一幕正让江劲风不知所措，权老师出来打圆场了：

　　"我这个杯子大一点，我跟劲风换。"

　　桌席上的酒盅往往是老少几辈子，本来就难安排，权老师出面终于摆平了。于是大家在开席的鞭炮声里，纷纷端起酒杯，开怀畅饮起来。

　　自然少不了敬酒。权老师不好拒绝，其实最主要的是身边围着一圈当年的学生，如今他们各有所成，成为了社会上方方面面的人才，做老师的岂有不痛饮之理？还有，学生们没有忘记他这位老师，在这个场合以这种形式表达感恩之意，他又怎能不心怀感动？好几回，学生敬酒的时候，他都是激动地站起来喝，嘴里说："我醉了也高兴，也幸福啊！"

席间王菊香过来给老师满酒，趁大家吵吵嚷嚷不注意，问江劲风信收到没有，又叫他少贪杯。江劲风脑袋里忽然浮起了从前的一幕幕，乘着酒劲，双眼一阵模糊，只好借口方便躲出去。

散场回家的时候，每个人都喝得晕晕乎乎的。

贾兴文陪江劲风推着车子步行。他们随便聊着，就聊到了王准亮。贾兴文停住步，看着江劲风："他昨天走了。你们什么时候过去？"

"你说什么？准亮走了？"江劲风一下子醉意全无。

贾兴文说："是昨晚七点咽的气。唉，太惨了，我都不敢一个人去看他。"

江劲风想了一下："明天下午上完课，我们一起去。"

第二天，江劲风约好顾心安、苏小凡，下午放了学就去给王准亮烧"倒头纸"。他们毕竟是老师，不好人人腋下夹一刀火纸去，得文明烧纸，移风易俗寄哀思。于是几个人凑钱买了花圈。

"买什么价位的？"顾心安负责去街上买，但是拿不定主意。

"拣最好的买。不要彩色，要纯白的。"几人一致意见。

"江老师，你给花圈上拟个挽联吧。"苏小凡提议。

"对，把我们的心里话写出来。"顾心安附议。

江劲风认为也该写点什么，同事加兄弟一场，从此天人永隔，有太多的悲伤和不舍。于是，他含着泪拟写了下面两句话：

皇天若有眼岂忍让老实人如此死法

后土实无义哪该使教书匠这般伤情

　　王准亮生前常好说自己是"老实人"，并感叹说"老实人无用"。对于民办身份他时常自轻自贱，口语上都是"民办蛋子"，就像称"屎蛋子"那样，有时在大众场合不好那么随便，就说他们这些民办教师是"教书匠"。

　　写好后江劲风传给大家看，都说"好"，人人眼眶里不由得漫上潮水。

　　下午放了学，待贾兴文过来，他们一起赶往王准亮家。

　　冬天的太阳总嫌落得快，黄昏也似乎一直在哪个草丛里藏着、窥伺着、尾随着，当他们站在王准亮家门口的时候，天就开始暗下来。但是，他们仍然看得清他家的老式大门，破旧而黑得斑驳，一扇半掩，有点歪斜，另一扇推向了一边。上面的门楼仅仅能罩住大门，而被风吹剩下的几根苇笆也根本挡不了雪雨。

　　这时，从院子里出来一个人，江劲风定睛细看认出是上届的王准星。他拉着江劲风的手，一边说："我跟准亮是堂兄弟，他叫我哥。"一边向院内走。

　　院内是三间堂屋，两间东屋，全部是土墙草顶，并且看得出来，这些房屋已经盖得有些年头了。江劲风还留意到，贾心安中午叫人送来的花圈就摆在院子当中，最显眼的位置是学校的，挽联上的两句话，不知怎么瞬间就刻在了他的脑海里：

　　杏坛星陨半生艰辛音容笑貌已难再
　　天道不公福祚有偏三尺讲台少斯人

　　"准亮，你的同事们看你来了！"王准星的一声叫喊，把江劲风他们的眼泪忽地喊了出来。他们没有像一般同事那样鞠躬默哀，而是一个一个双膝跪下，哽咽着说："老王哥，你怎么就这样走了呢？我们还等着你回去上课呢！要不了三五年，就能转正了，你就能成为有编制的老师了！"

但是，王准亮僵硬地在绳床上躺着。煤油灯昏黄的光线里，他脚往里头朝外，直挺挺地就像一截木头。他脸上蒙着一层火纸，头上戴着蓝色棉帽，身上穿着蓝色裤褂，脚上穿着蓝色布鞋，这些显然是新买的"送老衣"。活蹦乱跳的一个人，没了这口气，躺在床上显得多么干瘪瘦小！曾经咧嘴微笑的王准亮，虽然不算高大但曾经挺胸走路的王准亮，已经被病魔和死神联手榨干。生命有时候着实无奈，留给世间的只是永远的痛和没完没了的恨。

苏小凡站在江劲风身后，使劲地扯着他的衣襟。她是又难受又害怕，不敢看睡着了一般的昔日同事，只想把头深埋在衣领里。江劲风转过身来，攥住她的手，试图传递给她抗拒痛苦和恐惧的力量。也许他真的做到了，刚刚还感觉她浑身战栗，这一刻竟然奇妙地平静下来。

"那么，老王哥到底得的是什么病呢？"江劲风问王准星。

"风湿性心脏病。"王准星说，"一开始就是发烧，怀疑是感冒了，没当回事，该上班上班，该去地里干活就去干活。等到后来什么也不想吃，干活也没有力气，甚至说走路都打晃的时候，才跟学校请了假。"

王准星停下来，给他们上了一支烟，自己也点上。"等托人到了上海大医院，那里的专家说延误了。手术虽然可以动，恐怕要留下后遗症。不能想那么多了，先保命要紧，结果手术还算成功。没想到，三个月之后出现了排斥反应，就是开始发烧。没办法只能吊水。可是吊水没把风湿治好，却导致了脑出血。最后就因脑出血不给治了。"

他狠狠地把烟蒂在脚底下碾了碾，长叹一声："唉，到头来竟是人财两空！"

顾心安随口问道："看样子得花不少钱？"

王准星说："五万多。大部分都是借的。"

没想到是这么大一个数字！够惊人也够吓人。他们差不多前后干工作的几个人，一个月的工资是六十二块，一年也不过七百多。这相差真是太远了。要是公办，还能报销一些，而民办却没有一分钱。王准亮的家属和孩子，真不知今后怎么活下去。

"不怕你们笑话，准亮平时连衬衣都不穿，不是他不想穿，实在是想省点钱。"王准星说。

江劲风马上荒唐地想知道，躺在他面前的王准亮，有没有穿着衬衣和裤衩。有一次，他记得是个冬天的早晨，顾心安到隔壁王准亮的寝室去，两个人因为什么争论起来，王准亮还在被窝里，但是嘴不饶人，顾心安斗不过就花了吃奶的力气去掀、去拽王准亮身上的被子，两个回合后，被子就抱到了顾心安怀里。"快来看！快来看裸体模特！"江劲风跑过去，顾心安嘻嘻哈哈，王准亮一丝不挂，赤条条地在床上乱蹬，但还不忘用两手捂着私处，嘴里不住地求饶："好好好，我让你！我再也不敢了！"看到王准亮狼狈的样子，江劲风也跟着哈哈大笑起来。那之后，他们大家都知道了王准亮有睡觉不穿衬衣的习惯，尤其是光着屁股连裤头也不穿。顾心安爱看武侠小说，不知哪本书里有个人诨名叫"浪里白条"，顾心安说："准亮脸黑身子白，就叫这个名。"所以私下称呼的时候，都喊王准亮"浪里白条"。要不是准星无意点破，他们还会一直以为是王准亮的喜好。江劲风在心里对王准亮说："兄弟，真是对不起！"

顾心安可能也想到了自己当年的恶作剧，江劲风看见他肩膀一耸一耸的，听见他声音颤颤地说："老王哥，我们早该来看看你。今天有什么话再也不能说了！"江劲风听了，眼泪哗哗地流了下来。

这时，王准星示意他们坐下来："准亮不止一次跟我提过你们，说你们是他的好兄弟、好妹妹，他非常想念你们。他说赶紧把病治好了回学校去。这个联中他没去上过一天班，不知道是什么样子。他说，在学校吧有时心烦，不去学校呢又觉失了魂，想来想去还是情愿心烦点也不能叫失了魂。后来他知道看不好了，学校他是永远也回不成了，就托我在他死后代他到学校转一圈，再找人拍张照片到他坟上烧了。唉！"王准星哀叹一声，带着哭腔说，"我这个兄弟，今年才三十五岁，干了八年民办老师，还没有干够哪！他做了什么错事，老天非要取他的寿呢?!"

每个人都甩了一大把鼻涕眼泪，半天没谁再说话。苏小凡差点就靠到了江劲风的后背，江劲风隐隐感觉苏小凡在压抑着痛苦的哭声。

还是贾兴文打破沉寂，问："准备什么时候开追悼会?"

王准星抬起头，说："准亮咽气前一星期，跟我交代又交代，不要开什么追悼会，说他这一辈子，没做过什么像样的事，在家没给老少福享，在外没给单位做什么贡献，当老师没把学生一个一个教成才，他对不起那个仪式。"

"也罢，不开就不开。搞那个仪式有什么意思?!"顾心安好像突然生气了，在莫名地对谁发火。大家知道他心里难受啊，宣泄出来才不会把人憋疯！

江劲风问王准星："你的意见呢?"

王准星向大家扫了一眼，说："我的意思还是听准亮的，不开了。"

"你们几位的意见呢?"江劲风用泪眼看向贾兴文。

贾兴文讲了一件事。他记得非常清楚，那天他因为要给学生讲授《人生的意义》这一课，教案备好了，但感觉很空洞、很抽象，干巴巴地缺乏感染力。正巧王准亮转到他跟前，说"这好办，用我们数学上的坐标来讲又直观又具体又含义丰富"。贾兴文问能否明白一点。王准亮就在纸上画了两根坐标轴，用笔敲着说，找准自己在世界、在社会、在人生的一个点，尽心尽力做好这个点，就实现了人生的意义。贾兴文说："那几句话让我对老王哥刮目相看，从此对他更加敬重。要我说还是尊重老王哥的想法为好。"

大家都点头同意。

"校长知道吗?"江劲风又转向王准星。

"知道。上午来时跟他说了。"

接下来，他们又询问了一些事情，像什么时间火化、什么时间安葬等等。然后，摸黑返回了学校。

连续几天，他们无论如何高兴不起来。正丧那天，学校几乎是临时停课。他们每人行礼三十元，尽管王准星用语言和双手极力挽留，大家都没有坐席。

谁还有那个心情呢?

Chapter　16

一字之师

　　两点一线的生活，看似简单，其实每天都有忙不完的事，而相当一部分游离于课堂教学之外。

　　晚灯课时开了一个小会。

　　校长表情严肃地说："接到通知，后天也就是周六，局里视导组要到我们学校来，检查内容就在开学初下发的有关文件上。好在我们平时已经严格按照文件要求落实了，这时不需要突击应对。明天周五，下午语文老师都有作文课，其他任课老师都要参加大扫除，办公室、寝室要打扫彻底，物品摆放要整齐有序。上完课以后，各班主任老师带领学生认真打扫清洁区，给学生讲讲领导来检查时的注意事项。另外，我再强调一件事，后天统一穿戴学校购买的衣物。能不能战斗，要看精神，我们要拿出最好的精气神来！是不是为人师表，要看形象，我们要展示自己的良好形象！"

　　主任丁厚丰给予补充："局里这次视导，是近年来规模最大的一次。他们一组五人，检查内容全面、细致，检查结果除了当面反馈外，局里还将汇总排名，末三位要通报批评，年终不得评优。我们必须高度重视，严肃对待。属于谁的'责任田'，谁就不可以让杂草长出来。散会以后，各人都要做好准备，先自查，再互查，查漏补缺，锦上添花。我相信诸位能够抓住机会，迎接挑战，为自己添彩，为学校争光。"

回到办公室，所有人的神情都显得惴惴不安，倒不是平时工作没做好，而是大家不习惯于被检查。领导来了，就是来找问题、挑毛病的，弄不好成了"靶子"，用顾心安的话来说，"那就不叫丢人叫现眼了。"

星期五早晨，上操之前各班立刻开始行动。满院子都是扫帚扫地的"唰唰"声，铁锨铲地的"嚓嚓"声，水桶碰撞的"咚咚"声，还有学生的说笑声。因为雾大，看不见干活的人，只能听见干活的声。江劲风赶到自己班屋后清洁区时，同学们正干得热火朝天，根本不怕雾气形成的露水。

班长说："江老师，你去忙别的事吧。我们争取早干完，不耽误上课。"

江劲风说："那好，你们注意安全。"

晨读课上，同学们又把自己桌上的课本、簿记、文具之类重新整理了一遍，桌凳摆放是一条线，桌上的物品也成了一条线。他们平素一直坚持这样做，所以现在只是稍稍再注意一下。教室地面总是坑坑洼洼，老是整不平，但打扫得非常干净彻底。门窗玻璃没有破损，擦拭得光洁晶亮，连一星印痕都没有。黑板报、墙上各种制度牌也一应俱全，保持如新。可以说，他们班教室的学习环境育人、舒适、整洁。

老师们自己也忙得团团转。之前的作业本拿过来翻翻，看有没有错批、漏批。星期六的备课必须精心准备。手头负责的事情不仅要有档可查，而且领导假如问起来还要能对答如流。直到下了晚自习，大家才长舒一口气："就这样了。谋事在人，成事在天。就看运气吧。"

第二天吃过早饭，局视导组领导来了。

全体教师在大门口列队欢迎。校长双手握住领队杜副局长的手，不住地上下摇动，嘴里说："领导辛苦了！欢迎杜局长来指导工作！"

杜副局长回应说："你们辛苦。"然后抽出手来和丁厚丰握了握。校长这才想起来介绍："各位领导，这位是主任丁厚丰。"

老师们统一着装，都直直地站在那里，脸上挤出微笑，表情尽量自然放松。杜副局长向大家摆摆手，微笑着走过去了。其余的领导也都做出致意的表情走过去了。等他们都走远了，蒋老师一扭头："简直活受罪！"大家相视一笑。

过了一会儿，丁厚丰来到语文组办公室，对他们说：

"根据领导安排，请白老师把初一英语作业、蒋老师把初二数学作业、江老师把初二作文送到校长室。请白老师把初二英语备课、顾老师把初三物理备课送到理化组办公室。饭后第一节听初一语文，第二节听我的初三政治，第三节课反馈检查结果。"

终于尘埃落定。刚才还那么多的猜测与惊惶，一下子变得简单而坦然。然后，与往常无异，上课、下课、备课、改作业，或伏在办公桌上打一小阵瞌睡。

反馈地点在会计室隔壁的小会议室，或叫接待室。这里一般很少用，也少有人来，所以屋里的空气透着霉味。要不是几杆烟枪在里面喷云吐雾，霉味肯定还甚。但对不吸烟的人来讲，烟味可能更难闻。

校长把视导组的几位成员郑重介绍一番：杜副局长、王科长、卫科长、李科长、赵科长，完了又表示隆重欢迎。

杜副局长首先讲话："橡山联中虽然建校时间很短，但取得的成绩有目共睹，可喜可贺。我们看了学校的整体环境，翻阅了所有的档案资料，查看了部分学科的备课和作业，同时到了两个班级听课，总体感觉非常满意。这是橡山联中的同志们共同努力的结果。今天，我们带着任务而来，专门选拔了几位业务较强的科长参与活动，目的就是通过既'视'又'导'这一形式，以促进各项工作更好地开展。下面由四位科长分别就自己检查的内容进行反馈。"

赵科长看上去有四十多岁，头发有点长，向一边倒着，但是人显得干练、有精神，一张嘴就像一门"小钢炮"。他说：

"要想知道一个人的喜怒哀乐，看看他的脸就能猜出大概。校园环境就像一个人的脸，学校办得怎么样，师生的精神状态怎么样，往校园里一站，明眼人马上就能得出结论。我在跨进咱们学校的大门之前，凭经验还在心里嘀咕，一个山区学校'脏、乱、差'三个字肯定得占一个，说不定还会占全。可是，我错了，经验主义不管用了。就说老师的着装吧，大胆，大方，大气，成了校园里的一道风景线，营造了不一样的校园环境，全县的学校应该向你们学习。"

接着他就表扬了学校的厕所卫生搞得好，说他们的班级布置有水平，总之环境整洁优雅，让人心情舒畅。最后建议把学生活动场地想办法整平，以防伤害学生。

李科长是位女同志，二十多岁，打扮很传统，说起话来也细声细气，她说：

"我看的是档案资料，给大家简单汇报一下。由于咱们学校是新办的联中，到今天还不到一个学期，所以原始材料并不是很多。不是很多并不是说不丰富、不翔实，该有的都有了，该留存的都留存了，该归类的也基本上都归类了。说实话，不少人、不少单位都认为档案资料可有可无，事情干了就行了，何必为它操心费神。

"其实，这是认识上的误区。首先大家要知道，1987 年 9 月 5日公布、1988 年 1 月 1 日就开始实施了《中华人民共和国档案法》，档案已经用'法'来规范和制约了，不是哪一个人哪一个单位重不重视的问题了。再者，真实的档案与我们的生活、工作、学习密切相关，常言说，好记性不如烂笔头，档案就是烂笔头。我经常会碰到去局里查年龄的人，谁能说得清？只有档案能说得清。就我们学校来说，可能好多档案资料永远没有什么用处，但是你又怎么判定是哪个呢？

"我最后想说，咱们学校的档案资料与教育教学工作同步，真实可信，详细周全。谢谢！"

掌声过后，轮到教育科卫科长了。他在椅子上挪了挪屁股，实际上原地未动，好像只是坐累了而活动一下。他"咳咳"两声，板寸头向左边扭了扭，一字一顿地说：

"我刚才去学习了两节课，一节是初一语文，一节是初三政治。政治是丁主任上的，他比我至少年轻十五岁，可是他上课的水平可以做我的老师。

"大家都知道政治课是讲道理的，教育人的课，弄不好，也是学生做其他作业的、感觉无聊打瞌睡的课。而丁主任学识渊博，语文功底深厚，他常常用整首整段的古诗文来说明事理，让学生既明白道理又学到了知识，使政治课不再是干巴巴的、没有油也没有盐的说教课。我个人认为，政治课得讲政治没有错，但是你得找准找对一个载体，学生还很小，他可能对载体更感兴趣，那么你就给他这个载体，这样一定会远胜过强制灌输。上语文、数学、英语、物理、化学这些课，常常提到教学艺术，当然政治课也要讲艺术。

　　"苏老师人长得漂亮，有气质，课也上得很出色。表现在几个方面：一是基本功扎实，苏老师的粉笔字端正秀气，普通话流利标准；二是重点难点突出，思路清晰；三是教学过程中注重启发学生思维，激发学生学习兴趣；四是教学环节明朗，层层推进。时间关系，也是照顾本人自身的评课能力，我就不细说了。一句话，老舍的《济南的冬天》能让学生读出美，体会到美，实在与苏老师的讲授也有很大关系。以上讲评，不当之处还请二位老师原谅。"

　　又是一阵掌声，而且是热烈的掌声。

　　"大家上午好，我是人事科的王先飞。"人事科长王先飞，江劲风暑假里才认识，他最后一个发言，"今天非常荣幸，有机会看了我们橡山学校几位老师的备课和部分作业。总的来说，老师们的态度是认真的，工作的积极性是高的，他们不仅能胜任本学科教学，而且有的还做到了优秀的程度。这对于地处偏僻、条件艰苦的山乡学校来说，不能不让人为之感动。具体表现为：备课节次全部提前三到五节，书写工整美观，有教后感。特别是教后感，做到了两次备课，以后的教案设计可以借鉴。希望这两位老师坚持写下去。作业方面，作业量和难易度符合要求，一般的学生可以完成。老师批改也很及时，批改符号、评价形式也较为规范。只是有一点，不应当，也不应该在作文上出现批改错误，当然作文也比较难改，最容易漏改或错改。不过以后注意就好了，只要加强学习，不断提高自身业务水平，这样的问题就不会再出现了。我的讲话完了，不对的地方请指正。"

王科长提到作文批改存在的问题，虽然是蜻蜓点水，似轻轻的浮光掠影，但是声音碰到江劲风的耳膜时，就像惊雷在山谷里撞出的回响。他顿时感到周围的一切都不存在了，但他又分明感觉身边那么多双眼睛正像麦芒一样刺向他，尤其是苏小凡，她好看的眼睛因为不屑、不信任，因为惋惜、无可奈何而变得异常冷峻。他差不多要流下泪来，眼眶里早已蓄满了水，但强憋着不让它流到脸上。他恨自己，为什么那么粗心，竟然出现了错误。他又恨这个姓王的科长，为什么就不能不提这个事，给他留个脸面。但是，恨谁都已经没有用了，丢人已成定局。因为他，学校的视导评比肯定受影响，领导会怎么看，同事会怎么看，他又怎么跟自己过得去。此刻，多么希望脚下裂开一条缝，让他躲起来，让他消失……

好不容易挨到会议结束，视导组的人坐上车子到古庙中学去了。

校长、主任送局领导回来后，走进语文组办公室。江劲风站起来，不好意思地嗫嚅道："蒋校长……"

蒋校长呷呷嘴："江老师，这事已经出了，难受也没用了。我刚才跟王科长说能不能别写总结里去，他说就怕很难，因为大家都知道了。不行我下午去中学找杜局长，说什么也不能让全县都知道啊！"

丁厚丰在一旁说："恐怕去找也是白找。反馈前杜局长就跟我谈到这事，说作文批改错得离谱，听他的意思就想找个反面教材。"

校长一下子吼起来："那也不能一棍子把人砸死！谁就不会出点小错？不行，我现在就去找！"

丁厚丰从自己怀里抽出一本作文，翻开第一页，指着第一行"座落"的"座"字说："你看学生写对了，你给打错了，还叫人家纠正。"

他又抽出一本作文，同样翻到第一页，这里学生写成了"坐落"。丁厚丰指着这个"坐"字说："学生写错了，可是你没看到，当然就没有改。"他抬起头，"全班作文都存在同样的问题，所以领导认为很严重。我也不明白，你江劲风是我们文科班语文成绩最好的，怎么会出现这个低级错误呢？"说完露出一脸疑惑的神情。

一边的苏小凡和白洁也探过头来看，看过后，是默然加茫然。

"那个王科长说的错误就是这个吗？"江劲风小心探问。

"是的。这还不叫错误吗？"丁厚丰反过来问。

堵在江劲风胸口的巨石瞬间自我风化遁迹了。他明白了所谓的"错批漏改"。本学期他布置的第一篇作文叫《我的学校》，文体是说明文，自然每位学生都要用到"坐落"这个词，也就出现了"座""坐"两种用法。可笑又可气的是，来视导的领导居然如此无知，并用自己的无知羞辱他人。还有自己所在单位的领导，不明就里，不知真假，跟在那些人后面闹情绪，冤枉人。想到这些，江劲风顿时一扫刚才的萎靡之气，大声跟丁厚丰说：

"不是我错了，是你们都错了！"

这时冯之典老师也挤过来，好像是来凑热闹，他对江劲风说："江老师，你确实错了。"

江劲风气红了脸，憋足劲说："早已经改了！不信你查！"

丁厚丰顺手拿过苏小凡桌上的《汉语大辞典》，一查词条，是"座落"，跟他们认为的一样。江劲风说："那是老皇历，这辞典已经老了。"

江劲风突然想起来初二课本，在一篇自读课文里，他见过。他急忙翻开眼前的教本，凭印象向后面翻……再向后面翻……再翻……向下……再向下……"好了！"他大声叫道。

"一百五十六页，正数第……七行，从左往右数第……十三个字。"江劲风在第一百五十六页找到了"坐落"。大家都傻眼了。

冯之典老师假装挠着头皮说："我怎么没注意呢？"

苏小凡抿着嘴，竖起了大拇指。白洁就差要蹦起来："江老师，你太厉害了！"

校长一下子变得腼腆了："一直用这个'座位'的'座'，什么时候改的？"

丁厚丰捋着他熨帖的满头黑发："谁牛？还是你江劲风牛！"他说完又径自嘿嘿笑起来，"你是我们所有人的一字之师！"

校长说："我得赶紧打电话去！跟他们说清楚！"

校长拔腿打电话去了，丁厚丰说："你劲风这下说不定成正面典型了。可喜可贺！"

那边，蒋校长拿起话筒就打过去："喂，中学吗？请叫局里王先飞科长接电话。"稍等，校长几乎是大声叫道，"喂，王科长吗？我是橡山联中的校长蒋业勤，有件事跟你汇报一下。你刚才检查我校初二作文的时候，不是批评了那个老师'座''坐'不分，出现了错批漏改吗，哎……对……对。带作文课的江劲风老师说他没有错，是你批评错了。你找一本初二语文，翻到第一百五十六页……正数第七行……第十三个字。好……我等你。"

话筒里传来翻书页的声音，时间不长就听见那头说："蒋校长，不好意思了，请向江老师转达我的歉意。"

这边，丁厚丰脱口而出："'圣人非所与熙也，寡人反取病焉。'"

这是《晏子使楚》里楚王说的话。

Chapter　17

幸福的折磨

　　其实，对于这次视导反馈，没有谁比苏小凡更在意。在会议室里，她垂下头，动也不动，唯恐听漏了一个字。当然一方面她想知道领导如何评价自己，另外她主要想听到表扬江劲风的话，好为他日后评先评优创造条件。学校偏远连检查的领导也较少光顾，即便你做到再好，表现得再优秀，被领导发现的机会实在太少。苏小凡心里想：这一次，江劲风的运气也许就来了。一般来说，当老师不愿意当语文老师也多半是因为作文。作文远比其他学科要复杂得多，耗费的时间和精力也最多。领导检查作业，出问题最多的首当作文，所以挨批的多是语文老师。不过要是做到批改出色，能被找到优点、亮点的同样是作文。江劲风肯定属于后者。

　　"只是有一点，不应当，也不应该在作文上出现批改错误。"耳里突然塞进来这句话，苏小凡心里一"咯噔"，她马上联想到江劲风失去了一次展示和证明自己的机会，她为他深深惋惜。继而是无以名状的难过，那么优秀、积极上进的一个人，怎么会如此大意犯了批改上的错误呢？尽管那位王科长只是委婉地指出来，没做严厉批评，但也够丢大了脸面了，江劲风承受得住吗？她偷偷斜视了一眼江劲风，发现江劲风的身子在微微颤动。她的心忍不住为他悲伤。

就在她不知该怎么安抚江劲风时，出人意料的结果却出现了，她为他欣喜若狂，恨不能跑上去热烈地抱紧他，为他流下激动的泪花。但突然逆转的巨大欢喜反而使她矜持了，她只是竖了一个大拇指，装成了一位热情而冷静的旁观者。只有她自己明白，她为他骄傲，也为他感到幸福。

中午，邮递员来了，别人都在休息，苏小凡接收了报纸信件。一沓信件中有一封是江劲风的，这似乎再正常不过，他经常投稿，自然来往信件多。苏小凡看了一下，是《作文教学》编辑部的，于是放在了自己的抽屉里，其余的都送到了校长室。

等江劲风来到办公室，苏小凡就把那封信拿过去。他对她说了声"谢谢"。

信是《作文教学》编辑部寄来的，拟发表江劲风写的《走出作文批改的误区》，并提了几条修改意见。

"小凡，你看看！"江劲风没称呼"苏老师"而是当面直呼其名，这是第一次，苏小凡的心里"噗噗"跳了两下。

苏小凡看了一会，抬起头，高兴地说："太好了，恭喜你，江劲风！找个时间静下心来好好修改。"她觉得要回敬他一个亲近的叫法。

江劲风不过就想看她一眼，欣赏一眼她的美，于是才故意说："想请你给修改修改。"

苏小凡狡黠地眨巴下眼睛，笑着说："我没那个能耐，学习倒是可以。那样吧，你好好修改，我来替你誊抄。如果你放心，以后你只管写，我负责替你抄。"

这时冯老师进来，见他们两个正开心地说着话，盯着江劲风问："有好事啦？什么时候喝喜酒？"

江劲风知道老冯想开他和苏小凡的玩笑，这已经不是第一次了。大家同在一个办公室，免不了弄得很尴尬。但是，江劲风和苏小凡从来没有生过气。这次也一样。江劲风顺势拦住老冯的话："是好事。我写的论文杂志社来信要发表了。"

"原来是这事。"冯老师一屁股坐到自己的椅子上，仿佛有点不情愿，但他又马上把屁股提起来，远远地伸过手，说："递过来，让我先睹为快。"

江劲风赶紧把来信拿过去，展开，铺平。

看完信，冯老师啧啧称赞："劲风就是不简单，写什么成什么。这篇论文写得很实在，对批改作文很有指导意义。文章发表以后一定会引起轰动。"

江劲风感觉脸上发烫，说："冯老师，你过奖了。我得请你给把把关呢。"

冯老师忙说："没问题。我跟小凡老师都得给你参谋参谋。毛泽东思想还是集体智慧的结晶呢。"

这篇论文得归功于一个月前的作文教研活动。

那是他们语文组第三次教研活动，主题是"如何提高作文能力"，每人任选一个角度，无须面面俱到。这些话题在平时交流中都谈过、议论过，但当冠以教研的名义时，人人都感到很严肃、很费脑筋。参加人员除了他们三位语文老师，还有外语老师白洁和主任丁厚丰。

　　冯之典老师谈的是作文讲评。他从讲评的目的、意义，讲到作文里常遇见的问题，以及对出现或存在的问题如何采取解决的办法、措施，强调要注意保护学生的写作积极性，以鼓励为主，多去挖掘和发现文中"稀有的贵金属"，不断提高学生作文能力。

　　没看出来，冯老师绰号"老牛"还真不是白叫的。他块头大，一米八几，走起路来摇摇晃晃，倒不是说他脚底没生根，而是他向来说话做事都是慢慢腾腾，就像走不快而晃晃悠悠的老水牛。更有一点，那次大家在一起谈论百米竞赛，说谁谁跑了多少秒，老冯不屑："这还叫快？我年轻的时候五六秒钟就跑完了。"王实顺说："冯老师你把老天撑破了，刘易斯是世界短跑冠军，他才跑了九秒九二，你能五六秒？"于是"老牛"这个标签就贴冯老师头上了。就是这样的"老牛"，当他讲起教研话题的时候，居然像个专家，几乎语惊四座。

　　苏小凡讲的是怎样激发学生作文兴趣。可以说这是个老掉牙的话题，对所有的语文老师而言，大家都是年年讲、月月讲、天天讲，有啰唆之嫌，但是又不能不讲。苏小凡认为：就像陆游诗里写的"汝果欲学诗，功夫在诗外"一样的道理，培养学生作文的兴趣，不能单从兴趣本身入手，而应在兴趣之外。一要多读书多背书。多读文章就像牛跑进青菜园吃菜那样，先大口大口地掠进胃里，然后再回过头来反刍，以慢慢吸收。二要走向社会，走向生活，把学生引进作文的"大课堂"。生活丰富多彩，可以带领学生到民间搜集传说故事、民谣民歌等，也可以利用山区自然资源，把环保知识带进课堂。三要建立兴趣小组，坚持出语文墙报，由学生自己找材料，自己抄写，自己评价。

　　就以上认识，苏小凡还提出了具体的建议和方法途径，有效保证了学生兴趣培养的真正落实。

　　江劲风谈的是如何批改作文。语文老师相对来说比较忙，既得当好班主任，还又得精批细改作文。如果实在忙不过来，领导即便开恩，也是默许精改三分之一，不会作为"政策"明令落实。但是，从保护学生写作文积极性的角度看，每一篇作文都不应该归入其余的三分之二。只"批"不"改"，学生的作文怎么进步呢？而又如何"改"呢？江劲风联想到自己当年做学生时候内心的期盼，决定得认真"改"好每一篇作文，再想到现在作为语文老师的责任，应该最大可能让学生喜欢作文并把作文能力提高，就认为得在"改"上下功夫。这个"改"不是由教师简单地完成，而是让学生互改。他学期初设计了一种《作文互改记录卡》，内容包括错别字、病句、层次结构、主题思想、精彩句段摘抄和评语等。学生填写后，他再逐一审阅，写上评语。如此反复练习。这种授学生以"渔"的做法，已取得了事半功倍的效果。

　　活动结束以后，江劲风按捺不住内心的冲动，就连夜以《如何走出作文批改的误区》为题写了一篇论文。没想到，才一个多月就收到了编辑老师鼓励的回复。

　　丁厚丰听说了，下了晚自习跑到江劲风他们的寝室里，对江劲风夸赞一番。江劲风说："别肉麻了！你要是以领导身份，我接受。要是因为老同学的情分，那就免了。"

　　丁厚丰有点皮笑肉不笑："嘿嘿，不说了。不过，我得把校长托我的话说了。他叫你不要把检查的事放在心上，因为他工作没做好，让你受惊了。"

　　"嗨，校长多虑了！我感谢还来不及呢？"江劲风露出毫不介意的样子说。

顾心安边铺床边说："打死我都不相信，一个大诗人、未来的语文专家，居然不会改作文？这下可好，表叔的名气更大了。"

江劲风小骂了一声顾心安——这在他们的关系中既表示是上下辈身份，同时又表明亲密的程度相当于兄弟，丁厚丰自然知道。

"好，不提这事了。我想跟你说，实顺回来了，明天的数学课是不是再换回来？"丁厚丰轻轻挠着自己的头皮，倒不像在征询意见。

"他家的事解决了？"江劲风忽然好奇起来。

丁厚丰说："我听校长的意思好像没事了。"

江劲风说："学期马上就结束了，蒋老师的课代得相当不错，那就把这学期上完吧。"

正说着话，敞开的门"咚咚"作响。大家一齐扭回头，见灯影下站着苏小凡老师。

"打扰了。我想向江老师借一下录音机用，方便吗？"苏小凡的话不仅有礼貌，还把所有的意思都表达得清清楚楚。

江劲风刚刚半躺下去，立马坐直身体。

顾心安正准备脱衣服，吓得赶紧停住双手。

丁厚丰伸向口袋里掏香烟的动作，也一下子凝滞了。

这一系列的表现，被苏小凡全收在眼里，按常理她该有多么地激动和自豪啊！但是现在她却哭了。她是心里无比幸福地哭了。她喜欢的人身边不缺少喜欢他的人，这样的人一定优秀，一定值得爱！她什么时候，在什么情况下，她才能当着他的面，幸福地说出那三个字呢——世界上最难说的三个字呀！

"那你们休息吧。我明天再来借吧。"说完，一股好闻的清香留下来，人却转身走了。

顾心安马上向江劲风嘿嘿地笑：

"大诗人，你要交桃花运了。"

"哪来什么桃花运？"江劲风知道他指的谁，"你看走眼了，人家能看上我？"

"怎么啦？你是要才有才，要貌有貌，哪点配不上？"顾心安真上劲了。

"人家是正式老师，咱是个烂民办。"江劲风学着以前王准亮的口吻。

"正式的怎么啦，烂民办就永远是烂民办啦？哪天一转正，还不是一般高？"顾心安一提到转正的事立马来气。

丁厚丰正在点烟，他终于吐了一口烟雾说：

"什么眼神？不是要交桃花运，而是已经交过，就差倒在怀里了。"丁厚丰说话从来没有这么一本正经，顾心安一见，简直就以为是真的了。

"哟哟，表叔，你可真会瞒，连我都瞒住了。咱爷俩这些年白处！"顾心安信以为真，埋怨起江劲风来。

"你这是听风就是雨，这事我都不知道，厚丰怎么能知道？"江劲风极力否认。

"真的吗？"

"真的。不相信你去问问苏小凡不就行了吗？"

"表叔，真要这样，我劝你还得追一下苏小凡。你看她人长得多漂亮，双眼皮，大眼睛，鼻子不高不矮，嘴巴不大不小，皮肤又白又细，个头超过一米六，体型不胖不瘦。还有更重要的，心地善良，能吃苦耐劳。我仔细认真地比较了，我认识的女孩里，没有一个人能赶上她。说实话，我也想追她，可是咱论条件没条件，论资本没资本，脱了鞋也追不上呀！"顾心安长长地叹口气，"你就不一样了，你是要什么有什么。要模样，你长得帅气，有风度，有气质；论个头，你是'根号三'，说是三等残废，其实标准得非常可以；讲能力，讲才气，在我们学校是无人能比了，你是诗人，是专家，前途不可限量。我看她对你有意思，刚才她说是借录音机的，要我说是来看你的，表叔，你可要抓住机会哦。"

"算你顾心安还有点头脑，说得头头是道。不过都是瞎操心，你就等着喊表婶子吧。"丁厚丰又是一本正经地说道。

"只要她同意，我明天就喊。"顾心安说。

"当心她扇你的脸。"江劲风假意正告他。

结果，谈论半天苏小凡，把江劲风的睡意也给谈跑了。说心里话，苏小凡看他的眼神，跟他说话的语调，甚至在他面前一扭头一转身的动作，他都能感觉那是给他的一次次暗示，是微妙到不能再微妙的爱的表白。可是，他却没有足够的勇气。他嫌自己"三等残废"的个子在其次，嫌自己学历、能力不及也在其次，他最为自卑的是自己的身份，小说《人生》中的高家林担心和黄亚萍门不当户不对，好歹他也算是国家干部，最终还是未成。而他江劲风仅仅是一个合同民办教师，说不定哪天会被解聘，而她苏小凡却捧着一个"铁饭碗"，走到哪里都不怕。再说他江劲风家庭境况也很困窘，还有责任田需要耕种。想到这些，江劲风真的没有勇气面对苏小凡。而爱，是需要勇气的。

这一夜，江劲风失眠了……

Chapter　18

乡邻难亲

"真希望没有假期。"江劲风心里说。但是，寒假还是像个不速之客到来了。

那就趁天气还不算太冷，把过道屋漏雨的地方修补修补。于是江劲风早早起来，到麦穰垛上扯下一摊草，动作麻利地刷起了草个子。

刷草这活，说容易也容易，说它不容易也确实有点难。把麦穰一把一把理顺，使劲压在小腿下，眼看差不多了，用一个草绕子给结结实实地捆起来，然后两头用手扯扯，把松散的没有捆进去的乱草扯掉，再拍打拍打，草个子就成了。只等苫屋之前，从草个子的一头淋进一些水，让麦草变得潮湿，铺到屋上去好密实不喝风。至于苫草，技术要求很高，江劲风做不到铺得屋面平整均匀，甚至可能还有点毛毛糙糙，到处都像鸡窝。但至少不会太漏雨，而且还可以省下不少请人帮忙的开销。

吃饭之前，他准备好了二十多个草个子，喊三桶帮忙抬了两布兜泥土。

他老娘说："吃好饭坦然干，不急。"

饭桌上已经摆好了四个白水鸡蛋，看样子老娘照例不吃，他和三桶每人两个。另外还炒了一盘豆芽。

他刚摸起筷子，三桶的两个鸡蛋就进肚了。老娘对三桶说："你的没有了。那是你哥的了。"

"他能吃就给他吃吧。"江劲风说。

"再吃就吃成猪了，有什么用？你吃了有力气干活，不亏身子。"老娘瞪了三桶一眼。

三桶不会理解被瞪眼的含义。他已经二十三岁了，智商却只相当于三岁的孩子，除了吃、睡、玩，什么都不知道。但他没有三岁孩子那样的可爱。他体重足有一百八十斤，而个子比江劲风矮一头，加上走起路来两条腿像是粘在了一起，活脱脱就是一头大肥猪。不管什么时候，你到三桶脸上找不到表情，如果有，那是他癫痫发作时的扭曲形态，或者是他生气、发怒时吓人的狰狞。平常他是一脸的憨相，明显带有眼凸、神呆、嘴和鼻子不正的智力障碍者特征。就他这个样貌，别人乍看一定感觉丑陋不堪。

吃过饭，江劲风搬来梯子，把草个子一个一个运上去，再和好泥送上去，然后就开始把烂草退下来，按程序一点点、仔仔细细、一丝不苟地换上新麦草。看上去活儿不多，不过与蒲扇面积相当，不想却干了一上午。等到把一切拾掇好，已经是下午两点了。

老娘说："做好饭了。我去喊三桶来吃饭。你饿了，先吃。"

结果都半天了，菜都凉了，老娘他们还没有回来。

江劲风想出门去看看。

　　刚到门口，碰到二婶。"我就来找你的，你快过去，听说三桶把'大款'儿子的头砸了一个大窟窿，'大款'媳妇正要跟你娘拼命。"二婶说。

　　江劲风身上一下子冒出了冷汗：是不是要出人命了？

　　他向村北头大声吵闹的地方跑去。那里围了许多人，能听见"大款"媳妇在粗声大嗓地胡乱叫唤，却听不到娘的一点动静。

　　江劲风挤到人群里面，看见三桶直挺挺地躺在地上，浑身抽搐，两个嘴角堆满了白沫。他癫痫发作的时候就是这样。娘蹲在三桶跟前，握着三桶的手直掉眼泪，而"大款"媳妇还在不住地喊叫。

　　"江劲风，你是老师，你总该讲理吧？三桶放火烧我家的麦穰垛子，差点把我家的猪圈都引着了。我家二猴看见了忙来救火，这可好，三桶摸起石头就砸。我的亲娘哎，亏得老天长眼，光把头上砸了一条血口子，要是再重一点就没命了呀！""大款"媳妇照他就是一梭子。

　　他问娘是不是这回事，娘点点头。

　　"六婶，"按辈分江劲风得这样叫，可私下都喊"大款"媳妇，因为她不值得尊重，"你看这样行不行，二猴弟伤了，你赶紧送医院去看，不能耽搁了。三桶的病也犯了，我得救救他。"

　　"二猴被他小叔拉医院去了，哪能等到这会儿？我没去，我是等拿钱。你娘说没有钱，正好你来了，你看怎么办吧？""大款"媳妇抱起了膀子等江劲风回话。

　　老娘从地上站了起来："六妹，有钱没钱咱得讲理，你家麦穰垛子叫三桶给烧了，我赔，要草给草要钱给钱。二猴也叫三桶打了，那看伤的钱我也给。我只是说我手里暂时没有钱，你先垫着，我明天给你送过去。不行吗？”这话老娘刚才肯定说过，现在都带有明显恳求的语气了。

“救我儿子的命我当然不怕拿钱了，问题是我没有！我没有怎么办？我得救儿子要紧吧？”明眼人都看得出，“大款”媳妇这是耍无赖。

江劲风身上的血直往脑门冲：“你不是有钱吗？到处说你是大款吗？你先垫一下怎么啦？”

“哟，你还发火了，你朝谁发火呀？你凭什么不拿钱？我钱再多有我的用处，看伤就该你给钱！你当老师脸朝外不能光讲大道理！”“大款”媳妇睁着牛眼，张着虎口，像是要把江劲风吃了。

江劲风的肺简直要炸了：“你看不见吗？三桶病成这样，你想叫他死吗？”

“大款”媳妇嘴一撇，冷冷笑道：“你们那病谁都见过，死不了，这是装憨子诳人！”

天下竟有这样的女人！

江劲风说：“钱我不会少一分，回头我给送到医院去！现在我得把三桶背回家，先把他的命救回来！”

说完，托起三桶踉踉跄跄背回家，由着那个女人还在那里咆哮。

过了一段时间，三桶慢慢恢复过来。江劲风问老娘：“怎么那么巧三桶就犯病了呢？”

他娘说：“我听碗沿说，是破罐子丢了一个烟头，三桶捡了拿到她的麦穰垛子去引火，刚着起来就被碗沿几个人给扑灭了。她知道了，叫二猴去揍三桶，不知怎么三桶倒把二猴的头打破了，他自己也犯病了。"

"三桶没事就放心了。把人打伤就给人治呗。"江劲风宽慰娘。

"还不如死了好！到处惹事，你得跟他腚后跑，慢一步，要不然伤了人，要不然自己就犯病。"娘说着掉下泪来。"他这个病不能老死，不知哪天疯老自死，活受罪。"

江劲风又说："娘，他过到哪天是哪天，甭想那么多了。以后我来照顾他。"

娘叹口气："再气人你又不能把他掐死。他也是条命啊，当小猫小狗也得养着他啊！"

"好了，娘，别多想了。咱吃点饭，我热饭去。吃好饭，我先去二婶家借点钱到医院看看去。"他站起来去端菜。

"我手里就三十块钱了，到你二婶那再借点。人穷不能失志，再难不能输理。她是畜生咱不能不是人。"娘说。

老娘一定又想起了那两件事，一想起来她就骂"大款"媳妇是畜生。

三桶自从摔傻了以后，学就不能上了。在家里跟同龄的孩子玩不到一块去，再者别的孩子差不多都上学去了，也没人跟他玩。江劲风和他哥得上学，放学了得去薅猪草，要不然得推磨磨糊子，反正他们没时间带三桶玩。说实话，三桶根本不会玩，他只能在一边凑热闹，有时候忘乎所以了想参与进去，笨手笨脚的只会被别人轰开。他多数时候是其他孩子玩的对象，他成了玩偶，或者是玩具。这种可怜和没有自尊的活法，三桶不懂得，不介意，可是他们一家人介意，尤其是他娘，看到这情景她常常憋得脸发青。但都是孩子，不懂事，他们只是觉得好玩搞恶作剧，你一个大人，尽管你是他娘，你怎么使得了性子发得了脾气？可如果是一个成年人戏耍三桶，他娘要是没亲眼看见只是听谁说，气着骂两句就算了，但要是被他娘碰见，她是万万不能接受的。

　　大概是三桶十二岁那年的冬天，地上刚下过雪，白白的厚厚的，家家户户的孩子都出来堆雪人、打雪仗，高兴得饭也不想吃。江劲风哥俩在院内清扫积雪，三桶跑到外面野去了。娘做好饭去找三桶，有谁说跑到二猴门口去了。他娘找过去。三桶正一动不动地站在雪地里，头上的"老头帽"拿掉了，顶着一个破瓦罐。"大款"媳妇在一边堆雪人，那雪人高矮胖瘦跟三桶差不离，头上戴的是三桶的"老头帽"。旁边观看的"大款"和一帮大人孩子一齐鼓掌欢呼。他娘走过去，铁青着脸，一手扯下雪人头顶的帽子，又一手拿过三桶头上破瓦罐对准"大款"媳妇扔去，嘴里说："吃饱了撑的！就你家孩子是孩子啊！"娘拽三桶往回走的时候，身后的笑声、打趣声，像一根根钢针扎进她的心窝。

　　还有一次三桶不见了，找翻了天也没找到。当时太阳就要落山了，娘急得眼泪哗哗地掉，江劲风哥俩也抓耳挠腮地想不出办法。后来他们听说"大款"媳妇知道。哥俩一块去找她。江劲风说："六婶，你是下午四点左右见三桶在大槐树底玩的，对吧？五点半你回来又经过那里，没见到三桶吗？""大款"媳妇说："没有。我回家必走那里，别说有人，就是有条狗我也能看见。"江劲风说："我问到胖哥，他从街上回来，路过槐树时看见三桶还在玩，他顺便看了一下表，五点整，就叫三桶回家去。那他能到哪去呢？"她说："那也不能肯定我路过的时候他就在那里。他是长腿的。"劲风的哥哥劲力说："六婶，你回来的时候，小驴子看见你跟三桶说话的呢。是小驴子说了瞎话吗？六婶，你看见就说看见，没看见拉倒。我们得找人，不然我们就去报案了。""大款"媳妇有明显的惊惶神色，但她强装镇定，帮他们出主意说："三桶不是好犯病吗？这附近柴垛子多，你不行再好好瞅瞅。"一找，三桶果然就在不远处的柴草里。原来"大款"媳妇回来走过三桶身边的时候，三桶指着她喊"养汉精！养汉精！"三桶的词库里就会这一句骂人的话，不知从哪学来的。"大款"媳妇对他不友善，他居然能知道，所以见了面他就骂。"大款"媳妇上去就是两巴掌，想再来第三巴掌的时候，三桶就跑到那个草垛子跟前一头钻了进去，接着就犯病了。"大款"媳妇不知他死活，不敢说，怕三桶死了粘到她头上。所以不如来个什么都不知道，一推三六九。

吃完饭，江劲风向二婶借了一百块钱，就去乡医院看看二猴。

医院里共有四排平房，每排大概有十五间，加起来也就六十间。江劲风在老娘住院的时候，基本上把路线摸熟了。他断定，二猴住院的地方在最后一排。输液室、住院部都在那里。

江劲风心里一直犯嘀咕，不知道见了面，"大款"媳妇会是什么样子呢？

人们之所以这样叫她，是因她到处吹嘘自己的男人能挣钱，挣成了大款。别人不相信，她今天请一拨人到她家喝酒，明天再请一拨人，吃过喝过的人不能白喝，又乐得有酒喝，反正，无非就是嘴上说点好听的呗。于是，大家纷纷改换称谓，不喊"六婶""六嫂"之类的了，而是代之以"大款"两个字，喊婶子的就喊"大款"婶，叫嫂子的叫"大款"嫂，余下以此类推。其实，就凭她那个男人油头粉面地在外瞎混，兜里根本不会有什么钱，要说兜鼓起来了，那是被大风吹的。另一方面，这个女人只往篮子里装不看秤，能偷的则偷，能抢的则抢，能赖的就赖了，谁要是揭她的疤，她还振振有词："家里看个大款，我还会在乎你那点小钱？"

找到病房，病房里就他们娘俩，二猴两瓶水刚刚挂完。见江劲风进去，"大款"媳妇头也不抬，还明显是故意说话给他听："二猴疼不疼？""不想吃饭是不是？""头晕得想哕是不是？"

等她不说话的间隙，江劲风笑着凑过去："二猴，等你回家使劲揍你三哥一顿，好不好？"

"不好！"二猴十来岁了，说话跟他娘一样，"我不跟憨子一般见识！"

江劲风装作毫不介意："那好，我去买糖块给你吃。"

谁知他把头一扭："不稀罕！黄鼠狼给鸡拜年——没安好心！"

这哪里该是一个孩子说的话，分明是受家庭环境影响，特别是他妈妈的言传身教，这让江劲风不由想起《狂人日记》里那句著名的话："这是他们娘老子教的！"

江劲风不好发脾气，只能憋在肚子里。"大款"媳妇居然在一旁抿嘴笑。江劲风强迫自己忍住，只留下一句话："好好养伤，所有的钱我给！"说完就走出了病房。

到家后他把医院里的情况跟老娘说了一遍，娘说："看来就是钱的事了。不怕，能过安生日子是大事，那个钱是小事，想办法眼前周转一下吧。"

快到年底了，乡里补助部分就要发了，再不够就借点吧。生活得继续，坎得迈过去。

"二桶，你跟娘说说，你自己的事到底什么样了？不能不要媳妇吧？娘老了，有些事问不动了。你甭再挑来拣去的，赶紧娶一个来家！"江劲风正在心里盘算着钱的事，老娘突然提到了这个话题。

老娘这肯定是有感而发，平时她相信自己儿子的眼光，也明白儿子像她一样要强，所以这事上都由着儿子来。出了这事，她愈加感到不仅自己精力、体力和操心费神的脑力不支，就是她可怜的儿子二桶也得身边有个分担的人啊！想来想去，江劲风去医院的这段时间，她终于拿定主意：得逼着儿子找个媳妇了。

江劲风也理解老娘的苦衷和难处，这么多年是老娘处处依着他，没有文化的老娘，她的见解、她的思想、她的做人的品质，哪一样都闪现着文化的光芒。现在娘问他，只能让娘高兴，他说："快了。等两天我带过来给你看。"

"那就等过了年。我得准备好见面礼。"老娘像变了个人，一扫愁霾，眉开眼笑。

江劲风这时满脑子的问题就是一个大问题：

"怎么跟苏小凡开口呢？"

看见娘乐颠颠地去做饭，江劲风拍拍脑袋，自言自语道："就这样办！"

Chapter　19

入党申请

　　开学见了面，江劲风把自己的决心早忘了，取而代之的是紧张的开学准备工作。

　　因为是学年第二学期，好多工作能按部就班，只是从前面顺延下来，所以这时的忙碌条理性很强，并不至于慌乱。但是对于富有责任心和工作激情的江劲风来说，不忙碌几乎是不可能的，由他牵头负责的那两件事，都还没有一个成型的方案，他得把自己的想法跟冯老师他们说说，再听取吸纳他们的意见。当然其中少不了苏小凡。

　　晚灯课时间，他们在办公室里碰头。还是他们五个人。江劲风提出本学期要大力开展语文第二课堂活动的初步设想。他激动地说：

　　"开辟第二课堂，建立课外新阵地，一方面拓展和丰富了第一课堂的功能，同时更加全面、更加有效地培养学生的全面综合素质。作文将不再是语文教学最大的'拦路虎'，会大幅度提高学生语文水平和成绩！"

冯之典老师慢腾腾地揿灭烟头："主意是个好主意。我不是泼冷水，这事要想办好，见效果，大家都得做好多干活的思想准备，还有就是贵在坚持。"

江劲风把眼睛转向苏小凡。苏小凡读懂了那双眼睛里面火辣辣的热盼和期待，不止是期盼她对于他所提出的想法有所支持，更有心底深处爱的呼唤。这个微妙的眼神她捕捉到了，而且只有她才能捕捉到。这是瞬间的事情。她的脸不由得红了一下，急忙把眼睛盯向别处，并且轻轻咳嗽一声以掩饰慌乱：

"我认为这个思路特别好！去年我们研讨作文课教学的时候已经说到这一点，现在提出开展第二课堂活动，很有必要。我们年轻人就得多干点，不能怕吃苦。刚才冯老师的担心不是多余的，反正我们的第二课堂大多数情况下是联合行动，我和江劲风老师年轻，都交给我们。"说完急急地扫了几个人一眼，碰到白洁，白洁鬼鬼地向她挤眉弄眼。她知道白洁这丫头精明，一定是听出她使用了"我们"这个词。

丁厚丰也认为这个想法可行，就向校长做了汇报。校长是转正后新提拔的领导，思想解放的宽度和思考问题的深度，都要长出花校长一大截，他当即表态：

"每周下午调出两节课，统一安排第二课堂活动内容。雷打不动！"

他们说干就干，第二天下午搞了一场课余辅导，主题是《如何提高学习语文的兴趣》，主讲人是江劲风。学生全员参加。为了壮大声势，他们把会场安排在办公室门前的空地上，把学校仅有的一块大黑板放在主讲人后面，供他随时写上一些要强调的内容。

　　江劲风知道，辅导的内容很重要，但这主题已是老生常谈。要想讲到学生心里去，首先要让他们对这种活动形式和活动的内容感兴趣。他思考了一夜，天亮起来心里还是一团麻。本来是那么简单的问题、简单的道理，本想即兴讲一讲两个小时也讲不完，为什么现在心里反而没底了呢？还有一个小时活动就要开始时，江劲风干脆把他已经准备好的但仍然不满意的备课扔到一边去，决定从自己的经历、体会和认识谈起，现身说法，源于生活，不夸张，不虚饰，看得见，悟得到。结果大获成功。中间学生的几次掌声，让江劲风愈讲愈有动力，愈有精神。苏小凡都激动得掉泪了，掏出手帕来擦了一遍又一遍。冯之典老师也由开始的眼神乱扫，心不在焉，渐渐地变成坐在位上屏息凝神，洗耳恭听。校长背着手来过一次，在一边站着听了半小时，之后嘴角带着笑离开了。

　　江劲风他们更有信心了，接下来的每周两节课都按照活动计划进行得非常理想。其中的"纠正错别字"达到了社会效应，几个村的支书、主任找到学校来，有的直接找江劲风、苏小凡或冯之典，吵吵嚷嚷地说："你们的学生到处找我们的错，墙上那些宣传口号给找出了很多错别字，满村人都知道了。这下可好，上级要来检查计划生育，墙上的字都得重写，叫谁写谁都吓得不敢写了。我来问问，这事怎么办？"校长笑得很开心："还能怎么办？请我们的学生当老师呗！"一阵哈哈哈哈哈之后，又说，"放心！我们都是义务，不要报酬。"支书、主任跟着又是一阵大笑。

　　蒋校长会拉关系、协调事，当初教师统一着装的钱都是他从各村协调来的，村里能集资、能赞助、能说服老百姓掏钱支持教育。要想办好地方教育，维护好校园周边环境，与村领导处好关系十分有必要。大活动开始多数的校长都得放下在外人眼里清高的架子，与支书、主任在私下里称兄道弟起来。但是，不管关系处得多么亲密，双方都是以工作为重，把工作放在第一的位置。这是农村学校办学的一大特色。

清明节就要到了。施教区的几位支书来找校长："蒋校长，清明那天你能不能安排学生到泽后园去，我们几个村准备联合搞一个落成仪式。"

蒋校长满口答应："行，行，行，没问题。你们做的是千秋万代的善事，感谢你们还来不及呢！"

当年打淮海战役的时候，象山一带因为山高林密，地形险要，还因为距离战场较近，利于伤员隐蔽救治，所以解放军的临时战地医院就设在这里。难免有伤重不治而牺牲的战士就永远地留在了这片土地上。中华人民共和国成立后在附近山坡上确认了十二座无名烈士坟，它们分布零散，被荒草深埋，每年清明节学生来祭扫也只是默立一两座坟头前。几十年了，这儿的人们总是于心不忍。终于等到这一天了，几位心怀英雄情结、感恩感念英烈的村支书，率先解囊又倡议捐款，募得了一笔资金，把十二位无名英雄的坟迁到一处新址，并于三月底建成了无名烈士陵园，最后定名叫"泽后园"。

"哎，借扫墓这个机会，我们举行一次主题征文活动怎么样？"江劲风征询冯之典和苏小凡的意见。

"年年扫墓年年写作文，学生都写成套路了，就那几个词、几句话。今年不同于以往，建成陵园了，名字好听又有深意。该搞一次主题征文，这也是我们的第二课堂嘛。"冯之典表示赞同。

"跟领导建议一下，对这次获奖作文给予适当奖励，我们再从中选一部分出一期《橡园》专辑。"苏小凡专注地瞅着江劲风的眼睛。

他们三人商量了一下，决定发出一个"缅怀先烈，向英雄学习"的倡议，对学生进行爱国主义教育，同时积极开展主题征文活动，把《橡园》报办出更高的水准和知名度。

清明节那天，风和日丽，百花飘香，没有古诗词中"雨纷纷"的悲凉情景。橡山联中全体师生列队走向"泽后园"时，他们的内心却带着一股阴郁和沉重。

陵园位于羊山南坡，占地十亩，周围砌着石墙。院内分两排安葬着十二位无名先烈，每座简易的墓坟前立着一块石碑，碑的正面无字，背面刻的是有关说明文字，另外栽着一棵松柏。整个陵园虽然过于简朴，但庄严肃穆气氛依然笼罩。地方干群代表讲话，师生代表发言，隆重敬献花圈，等等一系列程序，让现场的每一颗灵魂都受到了洗礼。江劲风更有着诗人的敏感和激情，他当即在心里构思了一首诗：《英雄，是你们共同拥有的名字》。

回到学校已是吃午饭时间。江劲风没有忙着去吃饭，他趴在桌子上赶紧去写那首已经拟好了题目的诗。等人家吃完饭都陆续回到办公室了，他才把笔一扔，站起来伸了伸腰，这才感觉浑身轻松。正好苏小凡过来，关切地问："还没吃饭吧？"

他依然陷在激动的情绪里："没有。我终于有理由吃饭了。"

苏小凡知道他意思所指，微微笑了笑："英雄要是地下有知，也会为你感动呢！"

"该感动的是我。想想自己，真的和他们没法比。"江劲风动情地说。

"不仅是你，我们谁都没有可比性。"苏小凡宽慰似的说。她想这样说江劲风的心里也许会好受些。她站在江劲风的办公桌一边，"写好吗？让我先拜读拜读。"

江劲风把稿纸推过去："太潦草。"

"没事，我看得懂。"苏小凡说完向江劲风莞尔一笑，就弯下腰去。

看完后，苏小凡不由得为江劲风的才情和诗歌所抒发的感情而心头颤动，她喃喃地说："写得真好！《橡园》报先发出来。"

江劲风看着苏小凡因激动而泛上红晕的脸，心里也跟着怦怦狂跳起来。难得的知己啊！难求的知音啊！

苏小凡平静下来，向后拢了拢头发："有一个好消息要告诉你，"她直视着江劲风的眼睛，那里面仿佛有她想知道的秘密。"暂时不许你跟别人说。"

江劲风看她认真的样子，觉得更加可爱，于是说："就冲你这么认真的样子，不经你同意，我谁也不会说。"

苏小凡刚抿紧的嘴"扑哧"笑出声来："也不是什么秘密。刚才校长跟我说，要我跟他两个做你的入党介绍人，有意见吗？"

江劲风呆在了那里。有几秒钟毫无反应。入党，就是说将要成为中国共产党党员，他一个合同民办教师，能梦想成真吗？但他很快恢复常态，傻笑着说："那太谢谢了！"

中午吃饭前，校长把苏小凡喊过去，提到给江劲风做介绍人的事。他说："我观察了很长时间，感觉江劲风老师不错。正好乡里组织委员给我校一个发展名额，我想跟你做劲风的介绍人。你看行不行？"苏小凡是大学时入的党，校长看过她的履历了。学校里还有丁厚丰是党员，目前组织关系在小学。校长不找丁厚丰而找苏小凡，有更深层的含义在里面。

苏小凡一听去做入党介绍人，而且介绍对象是江劲风，自然是满心欢喜。但她不好意思流露出来，还装作很惊讶："当然行。可你为什么不找丁主任呢？"

校长的嘴角向两边拉了拉："找你不是更合适吗？你愿做他的介绍人，说明你是相信他这个人的。我不是从你私人的角度来安排你的，我没有这个权力。但也不排除这样有利于你个人事情的想法。两全其美嘛！"

校长的话虽然有点绕，但意思再直白不过，苏小凡当然是心领神会。她稍稍红了脸说："那就听校长的吧。"

晚自习刚开始，校长就差人把江劲风叫到他的办公室。

落座后校长谈了一阵上午扫墓的事，叮嘱江劲风把征文活动搞好，抓好语文第二课堂，努力把全校学生的语文成绩提上去。接着又对江劲风表扬一番，弄得他差点坐不住了。然后话题一转："想没想过入党呀？"

江劲风因为之前苏小凡的"通风报信"，心里早已有底，不会有出人意料的激动和慌乱。但他还是实话实说："也想过也没想过。"

校长好奇地问："到底怎么回事呢？"

江劲风欠了一下屁股，刚才没注意坐到了半截粉笔头上。他把它掏出来，起身放到桌上说："党员肯定是表现优秀品质过硬的人，谁不想成为这样的人呢？"然后他又回坐到自己的位子上，"我说没想过，意思是不敢想，一个合同民办教师怎么可能入党呢？"

蒋校长收回脸上的盈盈笑意："你这样说就不对了，丁主任的情况跟你不是一样吗？他前年不被纳新了吗？"

"他已经是领导，不是普通老师了。"江劲风为自己找理由，尽管这个理由很大程度上站不住脚。

"入党与是不是领导没有任何关系，只要你达到了入党条件就可申请。厚丰主任你比我了解，他的各方面表现都很出色，他曾经参加过全县师德报告团，获得过先进个人称号，凭这个条件他完全可以加入中国共产党的。"蒋校长的解释很让人信服。

"可是我什么都没有，什么都不是啊！"江劲风几乎是带着哭腔说了这句话。八九年了，他拼命努力，刻苦上进，希望能评上一个先进，得到一个优秀，但是一直没有。这是不是说明他根本就不够优秀呢？

校长听出了江劲风话里有话，急忙说："获得过荣誉自然更好，但没有获得过荣誉原因是多方面的，其中有些方面并不能说明你不该享有荣誉，自然也就说明你做得并不差，甚至胜过那些拥有了荣誉的人。譬如你江劲风，思想觉悟高，工作勤奋，勇于吃苦，任劳任怨，善于学习，团结同志，爱护学生，等等，作为青年教师，我认为你是相当出类拔萃的，共产党的组织就该吸收像你这样的人，否则共产党的希望何在？"

校长的几句话讲得江劲风热血沸腾，使他对自己有了更多的自信和骄傲，他坐在那里，面泛红潮，腰杆笔直，颤颤地对校长说："那我就申请吧！"

"介绍人有两个人，一个是我，另一个人是苏小凡老师，她也愿意做你的介绍人。入党申请书如何写，苏老师会告诉你。把握住机会哦！"说完这几句话，校长又恢复到开始时的表情，当他说完最后那句语义双关的话时，还意味深长地笑了笑。

江劲风回到办公室，苏小凡不在，估计看班去了。

他想去自己的班里转转，白洁正在辅导英语，便折身回来备课。心静不下来，两行字没写，根本备不下去。又想改作文，翻开作业本以后，那些汉字在眼前乱舞。只好干脆告诉自己说：

"睡觉。"

睡意还在酝酿中，晚灯课结束了。长长的铃声里顾心安推开宿舍的门："又是一天结束了！"然后打了两声响亮的哈欠。及至看到江劲风已躺在床上，大为诧异，"这么早？这不是你老人家的作风！"

江劲风说："今天心情不好，想早点睡觉。"

"不对吧，表叔？你要说你上午心情不好，我信。想到那十二位无名英雄，死了也不知家在哪里，就永远埋在这里了，真叫人难受。我都流泪了，别说你是多愁善感的大诗人了。"顾心安站到江劲风床跟前，一副诡秘的样子问，"刚才校长找你是不是有好事？"

"你都知道了？"江劲风侧过身子问。

"你瞒不了我。其他几所联中都有副校长，唯独咱校没有。提拔你当主任还是副校长？表叔，苟富贵，无相忘，以后别忘了多关照关照你表侄我。"顾心安一本正经地说。

"本故事纯属虚构。"江劲风被顾心安的话逗笑了，"校长是叫我写入党申请书。"

"那就更对了。先入党后提干，一切都顺理成章了。以后再照顾你几张奖状，转正就不用心烦了。"说着话顾心安还咂咂嘴，脸上满是羡慕的神色。

"难怪你改教物理了。"江劲风一味在笑。

"什么意思？"顾兴安立刻变作一脸疑惑。

"这还不懂？简单的直线运动。"江劲风说着坐起来，"要能沿着你说的直线走，你就不是人而是神了。"

"表叔，我会相面你不知道吗？你将来肯定大富大贵，到那时美女排队任你挑。"顾心安说话时显得郑重其事。

"说你胖你还真的喘上了。"江劲风调侃道。

"我绝对不胡扯。哪怕是咱学校的苏小凡，够可以了吧？到时候也得排队。"顾心安揉着肚皮说，他最近老觉着吃饭不消化。

提到苏小凡，江劲风的睡意立时就荡然无存了。

Chapter　20

花：语什么

　　这期关于清明祭扫的"橡树杯"征文圆满结束，并在《橡园》上发了一期专号，其中江劲风的诗歌被放在了头版的显眼位置。全体师生争相传阅，效应轰然，甚至都传到了外校。校长面前的办公桌上摊着报纸，他右手敲着桌子说："不简单！不简单！真的不简单！"

　　对桌的丁厚丰停下正在写的备课："这期办得更有水平了。县城学校又能怎么样？"

　　校长从报纸上抬起头来，对丁厚丰说："老丁，咱得好好奖励他们，尤其是江劲风老师，他的文章写得那么好。"

　　"怎么奖励？"丁厚丰知道学校没有钱，要奖励是要花钱的。

　　"精神奖励。等优秀指标来了，把奖状给他们。"丁厚丰听了直点头。这倒不失为一个好办法，既达到了奖励目的，又解决了无钱奖励的困窘。

　　他们两人你一句我一句地对着话，看似随意，实则也算得上是领导议事。学校规模小，人员少，有些事他们一碰头也就等于定了。但不知这次的议论最终会怎样。

江劲风他们几个人并不清楚领导的想法，当然他们做这些工作，而且做得这么出色，也绝不是为了迎合领导的"想法"。他们那一颗颗年轻而又火热的心，只要有事干，有充满高尚的价值和意义的事情去为之奋斗，就会兴奋异常，感觉幸福无比。

吃完中午饭，苏小凡问刚刚走进办公室的江劲风：

"我听说校长表扬我们了，有这事吗？"

江劲风本来在想一件正惹他烦心的事，是低着头走进办公室的，这突如其来的一问，声音虽然不大，还是让他一激灵。他抬头见是苏小凡，正站在办公桌前朝向他。她显然刚换了一身衣服。江劲风记得很清楚，她上午穿的是粉色袖衫，现在的却是衬着红底的黑格子外套，端庄、大方，暗含浪漫与热烈的喜气，加上化妆品飘过来的淡淡的桂花香，此刻的苏小凡着实显得优雅而迷人。

"是的。"江劲风心里慌乱，没敢多说话，匆忙地回答了两个字，同时赶紧把眼睛移开。

"他是怎么说的？"苏小凡看出了江劲风的紧张，偏要他说个仔细。若是换作别人，她不会这样细问下去。

江劲风暗暗地鼓起勇气，抬起头，大胆迎向苏小凡的眼睛，那双眼睛是美目流盼，让他心动。"校长说，我们办报的水平愈来愈高了，几乎超过了城里的学校。不少学校要来我们这里学习取经。"他笑了一下，"到时候你得去给他们介绍。"

"你是具体负责的，要介绍也得你去。"苏小凡坐了下来，"你下午没事吧？"她突然转了话题，问道。

江劲风说："没事。"

　　苏小凡又站起来："橡树该开花了，我还没见过橡树花呢。我们一块看看去？"

　　江劲风的情绪顿时提起来，他转身就往门外走，边走边说："我陪你去。"

　　外面是个难得的好天气，摄氏二十五六度，因为昨天刚下了一场雷阵雨的缘故，空气清爽。橡树林里更是捎带一点清秋的意味，凉爽宜人。地上枯叶一片一片地堆积在凹处，有被雨水冲刷过的痕迹。还有不少细小的朽枝被风吹落，散落得到处都是，甚至还有两段主干顶端上枯死的粗枝被风拦腰斩落。有一棵橡树居然死掉了，不知道是什么时候的事，树皮已经一块块地剥落，露出里面干果一般的颜色，细看上去，连密密的树纹也像。江劲风用指甲挖了挖，感觉硬得很，没有一点腐朽而松软的样子。

　　苏小凡站在橡树下，努力向树叶间搜寻花朵。

　　大多数的橡树都长着多蓬枝叶，有的树像是把众多的小枝插在干上，从抬手可及处就向上凌乱地分布，掩住了橡树挺拔的雄姿。有的树历经多年的随意生长，疯了一般周边奋着许多渐粗的横枝，枝梢前半截已经开始下垂。所有树的叶子都在微风里轻轻摆动，尤其是低处的叶子，只能从缝隙间享受到高层枝叶施舍的少许阳光，但它们也是青绿青绿地泛着亮光。可能生命力旺盛的植物，就像一个精神焕发的人，总是红光满面吧，橡树的叶面上都像抹了油似的青翠欲滴。

　　但是，她的脖子已经发直了，愣是没有看到一星点橡树花。

　　"是不是还没开？"她揉着脖子问江劲风，"要不然已经开败了？"

　　江劲风说："不对，现在正是橡树开花的时候，我记得很清楚。"他没好意思说出来，那年他爬树去看橡树花，把心爱的喇叭裤的裆部给挣开了。"不过很难看到。橡树长得太高，花都开在了高处，加上有层层的树叶遮挡。"

"那怎么办？"苏小凡露出了失望的神色。

江劲风弯下腰去脱鞋："我有办法。我爬到树上给你折一个花枝下来。"

苏小凡忙摆手："算了算了。树太高不安全。"

江劲风说："这是小菜。我爬树的本领还是蛮大的，不信这就爬给你看。"说着两只脚已离地贴上了树身。

苏小凡赶紧伸出手，托住江劲风的两只脚。江劲风也不敢怎么蹬着她的手用力向上，自己把劲全用在胳膊上，两条腿配合，噌噌噌地就脱离了苏小凡的手，不大工夫就爬到了七八米高处的树杈上，这才停下来喘口气。站在树下的苏小凡却紧张得大气都不敢喘，她看着江劲风弓着身子一点点地爬高，嗓子眼里就感觉有热辣辣的东西堵着，而嘴里还在不停地喊着"小心"之类的话。她知道自己爱上他了，这是她生命中第一次对异性如此关心和在意。爱情也许就是这样的，不由自主地来，自然而然地发生，之后才会有无限美妙的开始。

江劲风在树杈上稍作休息，还待继续向上。这里采不到橡树花。好在现在树杈多了，他只消稍稍抬脚就能够踩着一个，不要花费力气。但是他的眼睛得搜索目标。不知怎么回事，橡树花不如往年多，终于发现的却开在枝梢，没法摘到手。江劲风虽然非常焦急，但在心里宽慰自己说："不容易采的花才是真正美丽的花！为了心上人，再累再难也是甜。"

担心不已的苏小凡在下面喊："找得到吗？不行下来吧？"

　　江劲风回道："找到了！"其实早已经找到，关键是怎么拿到手里。这时眼前一亮，开满了花朵的一根小枝就在头顶不远处。他心里顿时兴奋得怦怦跳。他连忙从坐着的树杈上站起来，又向上蹬了一个树杈，就轻松地够着花枝了。但是他仍然不敢莽撞，小心又小心地慢慢接近，然后双手握住树枝，尽可能稳当地把它折断，让挂满花朵的半截一丝不动地握到手掌里。接下来，依然屏住呼吸，又慢慢地下到刚才坐着的树杈上。这才激动地向着下面喊："采到了！"下面的回答同样带着激动："太好了！"

　　江劲风把花枝揣到怀里，像揣着一件宝贝那样又反复试了试，恐怕下去时碰着了。人常说上山容易下山难，爬树也同理，极易疏心掉下去。江劲风一点一点向下滑，胸部不敢跟树贴得太紧，重心全压到了两条腿上，这让他下来时的速度自然慢之又慢。苏小凡也靠过来，一旦江劲风落地她好帮忙扶一把。

　　谁知离地还有两米的时候，江劲风判断失误，他以为不过还有半米高，就索性撒手跳下来。结果摔了一个大趔趄，亏得苏小凡出手快，一下拉住了他。但新的结果出现了，江劲风整个人都倒在了苏小凡的怀里。当他意识到想站直身子时，右脚的一阵剧痛，叫他不由得龇龇牙。

　　苏小凡顾不得脸上还是红云一片，对江劲风上瞅下看，心疼地问："没有事吧？"

　　江劲风一边忍着疼，一边在心里得意，笑着说："这点痛不算事。"他反过来关心她，"没碰到你吧？"

　　说着话，江劲风从怀里小心翼翼地拿出那半截花枝。苏小凡顿时惊喜地"啊"了一声。这就是她梦中的橡树花呀：一朵朵洁白得如莲似玉，花瓣层叠散开，绒如绣锦，中间花蕊一点浅红，仿若美人额上朱砂，又添风韵。苏小凡情不自禁把鼻尖凑上去，闻了再闻，最后说："要不是离得这么近，橡树花的香味真是很难闻到呢？"橡树花不像玫瑰、茉莉它们，花香很淡很柔，不用心是闻不出来的。也就无怪乎，为什么每年橡树开花时节人们察觉不到它特有的香味。

江劲风觉得右脚可能崴了，他不好意思去查看，就近坐在了干净的地上。苏小凡兴致正浓，她拿着花枝也跟着坐下来，两人之间的距离如从衣摆算起有一拃，如果撇开衣摆，称得上是紧挨着了，但是没有谁感到羞涩，认为难为情，两颗年轻的心在悄悄靠拢。

"考考你，橡树花的花语是什么？"苏小凡脸对着江劲风，眼神脉脉。

这还真把江劲风问倒了，他对橡树这么喜欢，还为它写过诗，怎么竟然不知道花语呢？苏小凡肯定是有备而来，再者她掌握的有关橡树的知识曾经把他征服过。想到这里他苦笑了一下："不知道。"

"我查过资料，橡树有数百种，它们的花也不尽相同。比如咱们这里的橡树，它就开的是纯白色的花，花朵布局在树枝上，而不是红色并呈串状垂下来。但不管怎么样，橡树的花语是一样的。"说到这里，她停下来，盯着江劲风的眼睛足足有五秒钟，接着说，"在爱情上，橡树的花语是永恒，永远相恋，直到天荒地老。"

江劲风感到身上的热血在奔涌，心脏被加大了负荷而狂跳不止。他颤颤地问："你喜欢这个花语吗？"

苏小凡俏皮地一笑："你说呢？"

江劲风伸出手，一把攥住苏小凡的两只手，摩挲着。苏小凡趁势将头靠在江劲风的肩上。一时间，两个人谁也不再言语，仿佛所有的话都是多余，他们在用彼此的心跳交流，把默默的幸福传递给彼此。

就这样静静地相拥而坐。午后的阳光照进来，洒在他们的身上他们也毫不在意。半个小时的时间里，他们只是不约而同地抬头对视了一眼，其余的时间都是如此无声息地坐着。非常奇妙又不可思议，江劲风的脑袋里突然冒出来法国诗人雅克·普雷维尔的《公园里》：

一千年一万年
也难以诉说尽
这瞬间的永恒
你吻了我
我吻了你
在冬日，朦胧的清晨
清晨在蒙苏利公园
公园在巴黎
巴黎是地上一座城
地球是天上一颗星

他特别喜爱这首诗，不止一次设想过自己也会有这样的浪漫时刻。那么他现在不是吗？只不过诗人是在公园里，自己是在橡林里。但是他要轻轻吻一下苏小凡，拥有那"瞬间的永恒"。想到这里，他侧过脸来，快速地吻了一下苏小凡的额头。出他意料，苏小凡并没有生气，反而靠得更紧了。

　　然后他们相互拉手站起来，这才想起江劲风的脚。他右脚的脚踝处一片青紫，明显崴了，但不知骨头怎样，走两步试了试，还能行。在树林里都是苏小凡搀着他，出了树林他坚持自己一瘸一拐走到学校。

　　撑到第二天，江劲风实在受不了了，他请假去乡医院拍片检查。医生拿着片子跟他说："是严重扭伤，要卧床休息两周。"

　　刚回到学校大门口，见苏小凡站在那里。她急切地问："怎么样？"

　　江劲风笑着说："皮肉扭伤，不碍心脏。"又补充道，"医生说，少活动，过几天就恢复了。"他把医生的话改成了自己的话。

　　晚上苏小凡到江劲风的宿舍去，顾心安正好在。"顾老师，听说江老师的脚扭伤了，是这样吗？"

　　顾心安说："确实伤得不轻，可表叔没把它当回事。"又嘻嘻地说，"你是专门来看看的？"

　　"上天一个同学送我几张专治跌打损伤的祖传膏帖，我拿给江老师用。"江劲风躺在床上听着，暗自好笑，疼痛也减少了一大半。

　　等到扭伤彻底好了，江劲风的心里已填满了喜悦。他走路的姿势变了，轻快又活泼。屋里屋外，出来进去嘴里不忘哼着《我们的生活充满阳光》。

　　顾心安好像看出来了，他睡觉的时候又嘻嘻着说："表叔，你像换了一个人。"

　　"是吗？换了一个什么人？"江劲风心知肚明却装作云里雾里。

　　"怎么说呢?"顾心安挠了挠头,"心情不一样了,精神不一样了,脸上表情、说话办事都不一样了。"

　　"我怎么没感觉到呢?"江劲风依然一副茫然不知的模样。

　　"你这是揣着明白装糊涂。谁不知道你跟苏小凡热恋了。"顾心安停了两秒钟,好像在回想什么,"噢,我记得一个名人说过一句话:'恋爱能让一个人变得面目全非。'"

　　江劲风心里笑他又在胡编名人语录,但又不得不承认他说的话确有道理。

　　"心安,我跟小凡的事对你不算新闻了。不瞒你说,我喜欢小凡,她也喜欢我。我们现在处得非常好。"他们是同龄人,尽管顾心安叫他表叔,在这事上也没有顾忌。

　　"从什么时候开始的?"顾心安仍然好奇。

　　"我也说不清。就算是扭伤脚那天吧。"江劲风说。

　　"早就该喝你喜酒了。表叔,恭喜你抱得美人归!"顾心安又是嘻嘻地笑。

　　"滚蛋!"江劲风嗔怒道,其实他是巴不得顾心安这样说呢。

Chapter　21

情义无价

早饭后上第一节课的铃声刚敲响，外面就涌进来一群人。象山的支书在前面走，身后跟着七八位村民。他们好像轻车熟路，直奔校长室。校长正准备和江劲风谈谈学年末评优的事，腹稿已经打了好几遍了，不料想被来人打断了。校长只好对江劲风说："咱们的事等等吧，我先接待他们。"于是满脸堆着笑迎过去。

象山村支书早早伸过手来，紧紧握住校长的手说："蒋校长，非常感谢！我带他们给您送锦旗来了。"

校长一下摸不着头脑，傻笑："怎么回事？"

支书忙指着村民说："噢，您可能不知道，你们学校的江劲风老师，在麦忙假里带了一群学生给他们家割麦子，帮了大忙啦！现在家里活儿忙清了才过来表示谢意！"

校长这才明白，把他们往屋里让。人多，坐不下，只好都站着。江劲风想出去搬凳子，被他班里花艾梅的妈妈认出来："这不正是江老师吗？"

她这一喊不要紧，另外的学生家长也都围上来："江老师，你真是好老师！给我们教孩子又帮我们干活，我们怎么谢你才好呢？"

江劲风连忙说："就这点小事不值一提，你们回家忙去吧。"

花艾梅的妈妈能说会道："事小见人心。再说我们老农民家里有什么是大事呢？你们说对吧？"

同来的家长齐声附和："对！对！对！"

校长走过来："各位家长，各位兄弟姐妹，江老师是位好老师，在你们需要的时候能去想办法帮帮忙，我也为他骄傲啊！不过呢，你们的心情太隆重了，来了这么多人，连我们象山的支书也来了，还送来了锦旗，我代表江老师，代表学校，同样谢谢你们！"

人群里不知哪位家长喊了一声："校长，你得给江老师发奖状呀！"

花艾梅的妈妈也来一句："学校要发奖状就该发给江老师这样的人！"

蒋校长依然是一脸的笑意："这个建议好，真的很好！好！"

说完这些，村民们就告辞了。

校长说："江老师，你坐，我们继续。"

待江劲风在一旁的椅子上坐下，校长就刚才那件事把他大力表扬一番。江劲风呢，心里还是激动不已。山乡人，纯朴，善良，容不得一点他们认为的亏欠，就要回报，就要表示。他江劲风做的这些，根本不足挂齿，竟劳他们登门致谢。

校长咳嗽两声，说明要进入正题了："当然，你其他方面的表现也都可圈可点，按理别说给你一个先进就是两个先进的荣誉都不为过。"他停顿一下，为了转折，"可是毕竟名额有限，毕竟情况复杂。"

他把自己的椅子向江劲风这边挪了挪，压低声音说："石湾乡宋乡长是你亲戚，我跟他是'高函'同学，我跟他提过你，我说有机会多照顾照顾你。看来这一回不行了，蒋守成老师你是知道的，那是阴沟里又臭又硬的石头，他从来不把我放在眼里。那次王实顺出事，要不是你出面请酒，课都没法安排了——哦，请酒的钱该单位报销。你们吃饭时可能说到奖状的事，他找过我，说你们都同意有了名额就给他。出于团结考虑，为了大局着想，这个名额给他吧，下一次说什么都是你的了，谁也争不去。"

话都说到这个份上了，江劲风怎么再据理力争？怎么再坚持把名额拿出来投票？怎么气哼哼地摔桌子？这样的行为都有人干过，最终闹得鸡犬不宁。当事人都成了仇家，所在集体再难拧成一股绳，弄得管不好管，做不好做。曾有不止一个人、一批人给领导建议："评优时要么一人一张奖状，要么严格按照无记名投票的方式来。"建议当然是好的，这样做使事情变得简单了，矛盾也减少了，奖状的效应也发挥了。可是这毕竟不同于乡长选举，谁去搞得那么严格？不如拿来搞某种平衡或者借机谋取私利。如此一来，评优就变味了。工作干得好，不等于优秀属于你。像江劲风，身边每一年都有特殊人物、特殊事情，所以就得学会耐心等待。假如中间不断有人插队，这队你还得忍住性子排下去。风水轮流转，每个人都只能这样聊以自慰。

见江劲风不说话，校长接着说："这次给了两个名额，一个公办，一个民办，经过校委会研究，把公办那个给了苏小凡老师。"

江劲风站了起来："蒋校长，你的意思我明白了，我会该怎么干还怎么干。我走了。"

蒋校长把江劲风送到门口，回到桌前点了一支烟，他又在考虑怎么做另外某某的思想工作了。

江劲风走进办公室，半天也提不起精神，幸亏白洁跟他调了课，不然这下一节的语文课他根本不知道该怎么上。他真的要绝望了，年年认为有希望，年年总是成泡影。他跟自己发过誓的，不转正就不结婚，小凡愿意等下去吗？什么时候才是失望的尽头呢？

没有想到，顾心安倒看得开："表叔，多大的事，那么多年都过来了，还怕多这一回？不要担心，下次一定是你的，你过了一定是我的。"

江劲风想："校长给顾心安的思想开导得好。行了，自己也该放下吧。"

但是，当他晚上和苏小凡到外面散步的时候，情绪又低落下来。月光柔柔地、亮亮地洒在他们身上，洒在周围的景物上，他却看不见诗情画意。苏小凡打破沉默："奖状很重要，但也不能眼里只有奖状呀！那又能说明什么呢？"

"可是我需要啊！"江劲风的话音很低。

"丁主任不是有奖状吗？可是目前并没有考试这一说，不等于还是没有用吗？"苏小凡碰了碰他的胳膊，"你总不能和蒋老师去争吧，当初为了叫人家代数学课，你和顾心安都说过让校长把奖状给他的。再说蒋老师做得也不错，比我们又多干那么多年。要怪只能怪奖状给少了。"

苏小凡的话让江劲风感觉无地自容，他有点羞愧地说："我最主要怕对不起你。我发过誓，不转正绝不结婚！"

苏小凡用胳膊肘捣了他一下："傻样！"

奖状的事算是过去了。

接着暑假就来了。

江劲风等学生们都走完，才把录音机给小凡拎过去，她假期里准备给自己补习英语，跟白洁一起考英语本科。

苏小凡和白洁正在寝室里吃水果。江劲风故意说："你们还没走啊？"

白洁赶忙咽下嘴里的东西，装作一本正经的样子说："我在陪苏老师等一个人。"她故意把"一个人"三个字一字一顿，完了自己也忍不住"咯咯"地笑了，"我是不是该出去了？"

"哎，哎，你可不能出去，"江劲风伸出右臂做阻拦状，"如果我是坏人，小凡怎么办？"

白洁头一歪："不怕。小凡姐最喜欢坏人。"

江劲风也跟她逗："你不坏，小凡为什么喜欢你？"

白洁见绕到了她的头上，笑得愈发开心。

苏小凡等白洁笑够了，起来接过录音机："我想用你的录音机在假期里学英语。白洁有磁带。"

江劲风说："荣幸之至！"

小凡问："那你假期里没法听歌喽？"

江劲风两手一拍，十指相扣："你只管用，我没时间。我有三件事要做。"

小凡一脸好奇的表情："能否透露一下？"

江劲风举起左手，用右手扳着左手的手指："第一件，我得提前把课备好；第二件，我得写几首诗；第三件嘛，无可奉告。"

白洁探过头来问："是不是因为我？"

江劲风绷住表情："是，也不是。"

白洁故作可怜相："那就难办了。我可出去，也可不出去。"

江劲风神秘地笑了："不难办。"顺手从桌子上拿过来纸和笔，匆匆写上两个字，团起来塞到小凡手里，然后夺门而出。

很快，身后就传来她们两个争争夺夺的吵闹声，眨眼工夫又变成了嘻嘻哈哈的大笑声。江劲风知道全是因为那张纸上的字，他写的两个字是："想你"。

对于江劲风来说，他假期当中真正要做的一件大事，应当是建房子。但他没有说。村里规划排房，他家那一排十来户得全部拆掉，向前平移数米。大多数人家，包括他二婶和来良家都动起来了，只有他家没动静。原打算放在明年，看来不能等了，说不定哪天苏小凡会来。他娘说："房子早晚都得盖。没有钱咱借，不能叫儿媳妇看不起！"于是想在暑假期间把料备齐，割完稻就着手建。

娘儿俩算来算去，决心下来下去，也只能盖三间不带厦檐的刮板屋，并且不使灰口使泥口，棒、梁、门、窗等全部买便宜的鲜杨木，屋顶铺村里人自家做的水泥瓦。就是这样省法，建成也得三千块。

放假前，老娘已经把米准备好了，江劲风得去街上卖米。

他把闹钟定在五点。要是以前，他家阿黑早在门口嗷嗷地叫着，又是摇尾巴又是扒拉门，他会嘴里喊着阿黑，然后一个鲤鱼打挺。于是，愉快的一天就开始了。可是，一个月前的那个黄昏，两个骑着摩托的混混，在三桶眼前，活生生地药倒阿黑，装入麻袋带跑了。唉，阿黑相信了陌生人，吃了他们丢下的东西，都是因为阿黑太善良，太单纯，它不知道这个被人主宰的世界，有多少险恶在黑暗里窥伺。从此阿黑没了，他们家里少了一个成员，一个朋友。而对于三桶来说，简直就是少了整个世界。

江劲风娘隔着门缝说："二桶，我去给你煮碗面条。"接着就听见那双小脚踏出的"噔噔噔噔"声由近及远，朝向锅屋那边去了。

穿衣，刷牙，洗脸，之后他吃了老娘给煮的两个荷包蛋和一大碗面条，顿时感觉精神和体力一下子大涨。

他把自行车推到娘住的堂屋门口，扎稳，就到屋里搬出那袋子要卖的大米。娘过来帮忙，终于把口袋捆紧绑牢，然后晃晃悠悠地推出大门。

大米不好卖。乡下没人来收，只好到街上的个体收购点或是供销社。这些地方还不是天天都收，他们说不收就不收了。你弄过来再弄回去，甚至两三个回合，这是常有的事。但是不管你多难，也不可能有人理会，你就只能怨命吧。气温不高还好说，要是夏天高温季节，大米老是卖不出去，结果只能是发霉和生虫。怎么办？只能用水淘洗掩盖霉变，喷上敌敌畏不叫生虫。好多人边这样做边骂自己丧良心，可是他得用大米换成钱，买化肥，买农药，给孩子交学费啊。

江劲风真不知道自己的运气会怎样。

六点半，他就赶到了古庙街。这时供销社那边没开门，他就先到一家个体收购点。此处人已经很多，看上去不会少于六十。没办法，只得耐心排队等待。快要九点的时候，终于轮到了。收米的人四十岁左右，嘴里叼根烟，他从敞口的袋子里抓起一把，放在嘴边吹了吹，咕哝一声什么，然后又把手伸进口袋，使劲掏了一把出来，斜着眼问："都是一样的？"

江劲风说："是一样的。"

他说："一样的，不要。太碎了。"

江劲风急忙提了一下眼前的米袋："便宜点也行。"

那人顿时有点不耐烦："不是便宜不便宜的事，我收了没法卖。懂吗？"也不再给他争取的机会，直接喊，"下一个。"

被称作"下一个"的人，立即拽着口袋向前挤，把他挤向一边，对收米的人点头哈腰，嘴里说："看看我的，我的米不碎。"

天知道，他的米不碎，是不是已经霉了，也一样卖不成？江劲风这样想着，赶紧找人帮忙，重新绑好口袋，推到了供销社。

结果比个体收购点的人还多，至少得多出一倍。我的天！从现在开始排队，猴年马月才能排到啊！江劲风连愁加躁一头汗，但也没办法，先排上队再说吧。

队伍缓慢前移。半个小时他看了七八回手表，其余时间看看前面的队列，又向别处瞅瞅，希望能有奇迹出现。

"你不是江老师吗？"没注意，身边站着一个小青年，高高的个子，留卷发，嘴里还叼着烟。

"我是。"江劲风看着他，快速在脑中搜集影像，有印象但一下子想不起来是谁，"你是……"

"哦……哦……想起来了，"江劲风其实想不起来，他只能这样说来掩饰自己的记性，"你也是来卖米的吗？"

"是的。我马上就到跟前了。我一转脸就看到了你，你排到中午也卖不上。你有事，我跟你换过来，你先卖。"小青年不由分说就把江劲风的米袋子抱起来。

江劲风不好意思："这怎么行呢？"

"走吧，江老师。我当你学生的时候没给你争过光，觉得对不住你。今天巧了，权当我弥补了。"小青年把米袋子抱到他的位置，又把他自己的两袋子大米，分两趟抱到了江劲风刚才的地方。排队卖米的人不知怎么回事，但见他们是对换，所以没谁说闲话。

"谢谢你了，有空到学校去玩。"江劲风为自己到这时还没想起他的名字而羞愧、难受。要能响亮地叫上一声名字多好啊！

学生吐掉嘴里的烟蒂："老师你太客气了，这点小事我不应该吗？哪天我去找你玩，再给我上上课。"

说着话就排到了。

收米的人抓出一把米，问："上下一样吗？"

江劲风忙说："一样的。不哄你。"

那人头也没抬："你是老师，为人师表怎么能弄虚作假？"又一边拨弄磅秤一边说，"就是有点碎，好了，一百一十二斤，倒那边吧。"

江劲风拿到四十七块半的米钱，又过去和学生打声招呼。学生没在，旁边的人说："他说自己有急事要办，来不及卖了。"又一个年老一点的人咂咂嘴："你这个学生很仁义，你可能忘记他的名字了，我刚才听见什么人叫他花什么才。你这个老师当得值。"

江劲风像做了亏心事一样赶忙离开排队卖米的人。他在脑海里复原了这个可爱的学生。他永远不该忘记那一幕。

那次他从家返校，正碰上刚下过雨，山路上的"鱼脊骨"变成了铺在上面的烂泥。自古华山一条道，没得选择。他只好下来推车向前，没走上几步，自行车盖瓦里就塞满了泥沙。于是他从路边找来一根小棍，一点点把盖瓦里的泥沙向外挑。泥沙黏性大，挑起来特别费劲。好不容易轮子能转了，只几步又是老样子。山路漫漫，什么时候才能过去呢？但是，总得走啊，绝不能在这里停步不前。他把车子提起来，再狠狠摔下去，可是又能怎样呢？气急了他又怨那些乡里、村里干部怎么为老百姓办的事，怨当地老百姓窝囊为什么不向上面反映，甚至怨自己干吗非来这个破地方，可是能解决眼下的难题吗？

他前后看看，路上没有其他的行人，还好，没有人看到他的狼狈相。他擦擦额头的汗水，抖抖贴在了身上的衣服，把喇叭裤的大裤腿卷到膝盖处。他想干脆拼了，不能人骑车，那就让车骑人。于是，他举起那徒有虚名的万里牌，扛在肩上向前走。

正走着，迎面走来几个人，再近点，是几个学生模样的小男孩。

"江老师，我们来了，你快把车子放下来！"他们对着江劲风喊。

江劲风把车子放下来，大口地喘气，又胡乱抹了一把脸。

"你们干什么来了？"他差点说不成句了。

"来迎你啊！"他们齐声说，其中的高个子一个个指着给他介绍，"他叫花道海，初三的；他俩叫李宇恒、宋报国，初二的；最矮的这个叫李芳青，初一的；我叫花道才，初三的。"

这几个学生英语成绩都不突出，加上江劲风带的班多，他很难叫出他们的名字。

他问花道才："你们怎么一起来的？"

花道才说："知道你星期天下午一定会来。我们这里早晨下了场大雨，路肯定不好走，所以我们几人约好过来给你帮忙。"

"真得谢谢你们了。"江劲风的眼眶里霎时泛潮。

"那不应该的吗，老师？你不能跟我们说客气话。"花道才很认真地说。说完，他们几个大个子在前面抬车子，最小的李芳青陪江劲风在后面走。

走在前面抬着车子的四个人，"一、二、一"地吆着号子。车子在他们当中摇摇晃晃，好像在享受着、体验着被他人抬举的快感和得意。江劲风突然联想到《西游记》，唐僧师徒四人挑担牵马，是去西天取经，他们师徒六人也是向西走，他们无经可取，但他们其乐融融。

想一想，仍然像眼前的事，怎么竟忘了呢？竟忘了这位有情有义的学生了呢？

Chapter　22

意外惊喜

开学前三天，全体老师到校。

校长说："散漫了几十天，先来收收心。"大家都非常乐意，提前做好开学前的所有准备工作，学生来报到了才不至于手忙脚乱。再者，家里也蹲腻了，学校多好啊，有充满魅力的工作，可以享受火热的生活。尤其对于江劲风来说，更是归心似箭，他可以朝暮见到心爱的人了。

到校第一件事自然是开会。校长首先总结上学年工作，从前台教学讲到后勤管理，从常规管理讲到工作特色，从学生日常行为规范讲到提高办学水平，从认真备课上课讲到课堂教学质量，等等，把学校应做已做的各项工作，大方面小环节，粗的细的，不厌其烦讲了一通。好在大家都情绪高昂，没有一个人抱膀打盹。

中考是重点，这时校长的表情极为严肃："说得好听一点，我们进入了前三名，没坐红椅子，要是不好听，排名倒数第二。总之不太理想，恐怕不止我，这是我们每个人都不想要的结果。

我们得好好研究一下问题出在哪里，下药得对症。"校长停下来，点了一颗烟，"我跟丁主任碰了一下头，不外乎这两点：一是我们的教学本身，课没上好，没把学生教好，这叫教学不得法；二是从初一到初三流失的学生太多，影响了我们的'一分三率'，大家想一想，十几个零分计入总分，怎么能考好？考好了那才叫见鬼！"

等了一会，校长的话题转到"亮点"工作上。所谓"亮点"，是一所学校不同于其他校并且做出了卓越成就的工作，自然就是学校工作的特色和生命力所在。每所学校不会纯粹为了特色而"创新"，但在实际工作中只要办出了质量就一定有创新。自然而然就成了工作上的"亮点"。上级领导具有发现这类工作的慧眼，不论在检查汇报时，还是在年终总结上，平庸的单位虽然也做了大量的工作，但往往被埋没和忽略，原因之一就是缺乏特色。橡山学校表现确实不俗，江劲风他们居然鼓捣出了"第二课堂"，而且成果颇丰！更难能可贵的是，"第二课堂"的提法大家都挂在嘴上，实际上并没有多少人去躬身实践，而橡山学校做得扎扎实实，风生水起！假期当中一次全县校长培训会上，局长不吝金口表扬了橡山联中。局长说："办学校就要办橡山联中这样的！"这句话分量很重，名不见经传的一所山乡小联中，突然之间就在全县叫响了。那种令人振奋、叫人感动的情绪仿佛还在校长身上萦绕，只见他刚才微蹙的眉头一下子舒展开来，甚至嘴角还露出了笑意：

"真是没想到，我们学校就这样成了名校。开学后局里准备在我们这里开个现场会，这是对我们极大的鞭策和鼓舞。特别要表扬江劲风他们几位老师，抓第二课堂，办《橡园》文学报，不仅抓出了我们橡山联中的知名度，也提高了学校的教学质量，一举多赢啊，同志们！说明事在人为，什么基础不好，条件太差，那都是不会干事的借口。我们这里哪一样比别人好？可是经过大家的努力，现在我就可以骄傲地说，我们哪一样也不比别人差！"校长的话一落音，大家齐齐地用力鼓掌，整个会议室里都洋溢着要大干一场的热情。

开完会，校长、主任又分别找了几位老师谈话，在第二天的会议上专门宣布了初三任课教师名单。其实只算是调整了一门语文科，英语、政治、物理、化学无人可代替，带数学的蒋守成老师听说主动找到校长、主任，坚决要求带初三数学，弄得校长直嘀咕："太阳从西边出来了？"新任语文教师是江劲风，至于理由，校长在会上解释："冯老师年龄大了，又兼做会计，事情忙不过来，就让江老师上吧。"冯之典在一旁嘿嘿地笑着说："老了，跟不上拍了，我得主动让贤。"

江劲风两天来连续被激励着，他想找小凡分享一下，可是小凡每次开完会就回家了。他瞅空问道："家里有事吗？"

苏小凡说："没什么。过两天就好了。"

江劲风不解，还要问到底，被苏小凡拦住："现在还不该你知道。"并递过来一个羞涩的笑。苏小凡不想告诉他，是家里老头子的哮喘犯了，正住在医院里，她得回去照顾。否则怕他难为情。

江劲风就一门心思想学校的事情。

他非常清楚，开学前后控流止辍是重点工作中的重点，必须保证不流失一个学生，否则总均分怎么上去？高分率、及格率怎么提高？校长的分析绝对有道理，流生在很大程度上影响了甚至是决定了考试的排名。再者，学生辍学，虽然原因有多种——比如成绩不好，对自己失去信心；比如青春期盲目躁动，向往着外面的世界，想去闯一闯；比如家庭十分贫困，拿不出学杂费——但这些原因之外，如果是学校不值得留恋，老师不值得尊敬，将来看不到希望，那无疑是教育的失败和施教者的悲哀。不管是哪种原因，他江劲风决不能让任何一个学生掉队。初二时花海洋跟人去深圳电子厂，江劲风晚到车站半小时，花海洋已走掉了，江劲风至今心里还不安。若再……他听说伏茹可能要打退堂鼓，这是开学前最后一天了，他必须去家访。

他邀上顾心安一块过去，两个人好打锣鼓好唱戏。

还好，伏茹在家，正在门口和一个男孩子争抢什么。突然看见他们出现，她愣了几秒钟，马上反应过来，红着脸说："江老师，顾老师，"转头对男孩子说，"俺弟，你喊俺妈去，江老师和顾老师来了。快去！"

江劲风一边往她家里走，一边向四周看，虽说她家屋顶有瓦，但房子又矮又窄，且是土墙，实在比他家草屋强不了多少。山乡有窑烧砖瓦，用瓦方便些，山乡麦子长得矮，麦粒子压掉，麦草就不多了，所以用草较困难。如此说来，都算是穷人家。

伏茹的母亲很快就来了。真不敢相信，她竟是如此苍老，伏茹还是个毛丫头，她母亲不过四十出头，看上去快要六十的样子。一件说红不红说紫不紫的短袖小褂，紧巴巴地箍在身上；灰色的裤子显然太长了，在脚踝处坠成了堆，把原本不高的个子视觉上又给缩短了几厘米，使整个人显得更加瘦小。再看她的脸，又窄又短，是那种典型的小脸，上面的五官虽然摆布均匀紧凑，但并不精致，眉宇间露出一种粗糙而凄苦的神情。

她说："两位老师，快到屋里坐！"

他们走进屋里，四下找不到像样的凳子。伏茹妈说："叫两位老师笑话了。"

顾心安眼睛扫了一圈，心里发酸，哪有"笑话"？

江劲风和伏茹妈聊了一阵家常，然后把来意说了，一旁的顾心安接话："伏茹不想上，都是你做家长的错。她还太小，上完学再去打工不行吗？"

"二丫头不小了。她姐五年级就不上了。家里实在没有办法。她小弟今年上四年级了，我得供她小弟。"伏茹妈无动于衷。

"伏茹成绩很好，考取重点高中应该没问题，你不怕误了小孩的前程？"江劲风说。

"小女孩能有多大前程？这庄上多了，还不都是回家种地，要不然就到深什么地方去了？"伏茹妈话题又一转，"不是我不想叫小孩享福，是命不好，谁叫她爹死得早呢？我一个人拉扯三个，实在来不了。"

这确实够难为她的，可是无辜的孩子为此付出了太大的代价。对于伏茹来说，她现在意识不到，将来有一天可能会意识到，但她现实的生活已经让她麻木了、忽略了，她不会有多么深切的感受。倒是两位做老师的，虽然现在无力改变一个女孩的命运，但相信在未来知识会改变她的命运，而她竟要放弃未来的机会。

"你看这样行不行？伏茹的学费我替交，先去上学。要是考不取重点，再到南方去。"江劲风与伏茹妈商量。

伏茹妈又拉出一脸苦相："老师，谢谢你的好心了。真的不能上了。"

江劲风就把伏茹叫过来："你的想法呢？"

她低垂着头："老师，我不能为了自己，我得帮帮俺妈，她太苦了。谢谢您的教育之恩，学生永远不忘！"她突然给江劲风和顾心安分别鞠了一躬，然后哽咽着跑开了。

顿时，江劲风有一种说不出来的感动和悲伤，以至于从伏茹的家到学校，这很长的一段路，他都无法让自己平静下来。他意识到伏茹是个孝顺的孩子，也是一个懂事的学生，是生活过早地叫她在上与不上之间做选择，这有点残酷，真的不该这样，可命运偏偏就给她出了这个选择题。作为班主住，就目前来说，他不仅有权力，更有责任拉伏茹一把，直到把她拉上岸。

想到这里，江劲风连午饭也顾不上吃，跟顾心安说了两句客气话，就一个人直奔校长室。校长吃好饭正准备趴在桌上小憩一下，见江劲风进来连忙打起精神，笑问道："吃过了？"

"还没有。"江劲风拣一张凳子坐下，把家访的事一五一十地说了。"校长，您是不是请象山村支书帮帮忙？他或许有办法。"

蒋校长觉得可以试一试，他答应晚上去找支书。

晚上回到宿舍，顾心安正在床上歪头看什么。江劲风探过头去，见是卧龙生的《彩练飞霞》。顾心安是个"武侠迷"，一般见到的听说的武侠小说几乎叫他看遍了，他还嫌不够，怨写的人太少写得太慢，恨不能自己也挥笔来一阵，但用他自己的话说"可惜又没有那个爪子"。

江劲风简单地洗漱完就爬上床。他忙碌了一个假期，突然停下来才觉得腰疼腿酸，就想睡觉。可是又无论怎么都睡不着，书也不想看，只好枕着两只胳膊出神。脑子里胡思乱想，想着想着就想到了自己的班级，和这个班级的代课老师。全乡四所中学，九个初三班，竞争压力很大。放在平时，领导会讲生源质量、师资力量、办学条件，一到考试排名，谁还讲究这些，谁去跟老百姓讲明原因，在众人那里，只以成败论英雄。所以，不管这也难那也难，都还是想成为英雄。英雄有鲜花，有奖金，有荣誉证书，对于民办老师来说，还能给领导一个好印象，给转正的积分表上加分。

"表叔，在想什么呢？不是在想苏小凡吧？——哦，挨扇，快要成我表婶子了。"没注意，顾心安的脸对着江劲风的脸，快要贴到一起了。

江劲风说："苏小凡不要想，她已经在心里了。我在想我们班的几位任课老师。"

顾心安不明白："这几个人有什么要想的，不放心？"

江劲风侧过身来，面朝顾心安："你感觉这届中考会怎么样？"

顾心安说："关键在老师。我感觉这届的老师配备是最棒的。"

江劲风问："何以见得？"

顾心安开始掰指头，说："开始没看出来，现在很明显了。你看，校长是老把式，主任的水平你知道，再加上他们是领导，那成绩根本不用问。数学可能差一点，蒋老师这个老将开始趵蹄子了，你就等着看学生的成绩吱吱地往上蹿吧。白洁最年轻，多才多艺，学生喜欢她，自然也就学得好，可以说不用心烦。我的物理我知道，考个第二名我就等于白混了。你的语文不要我说了，考不好那不是你的性格。我敢打包票，明年中考我们一定会来个一鸣惊人！"

江劲风说:"你这一分析,我心里踏实多了。"

顾心安哈哈哈大笑,一边随手拉灭了灯:"其实你老人家心里有数,只是想叫我再说一遍。睡觉!"

江劲风跟着说:"睡觉!"

这个觉睡得很香,睁开睡眼时新的一天已经到来了。

刚过八点,学生们已成群涌进校园。他们到会计室交完学杂费后,凭票据到班主任那里报到。江劲风把报到地点放到班里,不到两小时,原初二升入初三的学生除伏茹外全部到齐。这多少有点出他意料。一般的情形是,初三开始是学生辍学最多的时候,而他的班里仅仅有伏茹。小小的失望之余,他仍然感到一丝欣慰。他临时决定,开学第一课就是来一场大讨论:脚下的路怎么走?我们该不该辍学?

班长花俊武首先站起来:"我是班长我先说。我们每个人都要走一辈子的路,是很远很远的路,到底有多远,只有生命知道。老师说的路是我们现在走的路,是我们学生时代的路。这段路是开端,我们不能停下,继续向前走才有未来!"众人热烈鼓掌,江劲风禁不住满脸微笑,这个平时好摆"官架子"的大男孩,居然说得有板有眼,哲理味很浓。

这下气氛上来了。

平时好搞些小动作而出尽风头的樊仁海说:"嗨!我想老师就是这个意思,我们学生时代是求学阶段,是长身体长知识的阶段,这段路很重要,要走好,我成绩不好,但我也不想放弃,最起码我初三读完。"

有口吃毛病的朱大勇,一紧张就变得更厉害:"我……我的……看……看……看法是,抓……抓……抓住……机……机会,好……好好……学……习，才……才……能……改……变……命……命运。"全班哄堂大笑，朱大勇向大家伸了下舌头。

大胆泼辣、说话不饶人的花艾梅，向其余想发言的同学直摆手，示意她先说："我最看不起半途而废的人，小学时候我们女同学人数多，初中三年我们女同学少了很多，都以这样那样的理由不上了。有的确实是家长不叫上的，可是我知道关键看自己，不少人是自己不想上的，担心成绩差考不取，白浪费时间。要我说，这样的人都是胆小鬼，给她路她也不会走。"她气哼哼地坐下，像是跟谁刚吵了架。

"才女"惠妍抢着演说："我为那些选择辍学的同学感到惋惜，不拼怎么能赢？放弃学习，等于放弃希望，放弃未来，放弃幸福，放弃了有价值的生命！"惠妍平时爱读书，爱思考，《橡园》上每期都有她的文章，文笔很好，老师和同学都叫她"才女"。她的话很有鼓动性，大家一齐报以热烈的鼓掌。

趁有个空当，不知怎么回事，底下齐声叫宋小小说，他一脸通红："我打过退堂鼓，初二时差点不上了。今天，我不怕丢人，不敢走好脚下的路，那是以前。从今往后，我会走下去，我不仅要上高中，我还要上大学。我奉劝那些决心不坚定的人，要对自己的前途负责，不要将来后悔，人生没有后悔药！"现身说法，充满感染力和说服力，又是哗哗哗流水般的掌声。

"报告！"江劲风正为学生的发言而惊讶、感叹，加上他是坐在最后排的座位上，前面的报告声他没有听到。

"报告！"又是一声，明显比刚才提高了声调，这回江劲风听见了，他又看见学生们齐刷刷地把目光射向他，于是他站起来向前门瞅。这一瞅，竟让他的心跳加快：伏茹来了！

江劲风抖动着两条腿站在那里，半天才应答："进来！"

等伏茹找好位子坐下，江劲风平静一下自己，然后对开学第一课做了总结，他相信他的学生们更加拥有了自信和成熟，不会轻言辍学。

学生离校后江劲风赶去校长那里汇报伏茹的事。校长手里握着听筒正准备挂上："是不是你班的那个女学生来了？"

江劲风很惊讶："您怎么知道？"又说，"那个女学生叫伏茹。"

校长脸上堆笑："刚刚象山支书告诉我的。他说，村里新建了一个橡树苗圃场，伏茹的母亲被安排到那里，收入会很高，她家庭的困难问题也能解决，所以伏茹就回来了。"

"还是校长面子大！"江劲风由衷地说。

"真正面子大的不是我，而是你江劲风老师。我把你所做的所想的跟支书一说，他立马拍板，决不会让伏茹辍学。看看怎么样。"校长话题一转，"你来得正好，一小时前中学打电话过来，说有一个先进名额给我们校，并指定给你的。你吃过饭去把表格拿过来，急等上报。"

"真的假的？"江劲风不太相信，这个时段可从来没有评选过先进，但又想校长不可能开玩笑，就转而对校长说，"校长，谢谢您！"

说是吃饭，其实只是吃了半块煎饼，喝了一碗温开水。江劲风心急火燎地想知道到底是什么样的荣誉将归于他。有了这个荣誉他就可能有转正的机会，而对转正的渴望，以前为自己，现在还要为小凡，他跟小凡说过，不转正就不结婚，他不能因此拖累了小凡，辜负了小凡呀！现在突如其来的喜讯他不想告诉小凡，他要让她喜出望外。但他不想瞒着顾心安，说过后叫他暂时别声张，一切等回来再说。

江劲风拿到表格后，才确认校长说的是事实。因为马上要撤县建市，县里准备搞一次大典，特别在各领域以政府名义评选一批县级先进工作者参会。古庙乡中学、小学各一个名额，武乡长十分关注此事，慎重研究后认为橡山联中的工作做得特别有起色，又经电话和蒋校长沟通，这个综合奖就给江劲风了。

改写一个人的历史，或者说改写一个人的命运，有时候在悄然中就开始了。

Chapter　23

飞来横祸

　　初三的课赶得紧，一学年的课程要压缩在一个学期讲完，余下的时间都拿来复习。开学第三周的周五，江劲风利用午休时间正忙着写备课，伏茹急急地喊"报告"，而且没等他说"进来"就进来了。江劲风抬起头："什么事伏茹，看把你急的？"

　　伏茹仍有点气喘吁吁："白老师被人骑车撞了！"她缓口气又说，"就在学校后边路口，白老师向学校这边拐弯，南面来了一辆车子，骑得飞快。白老师躲不及，就被撞倒了。"

　　江劲风追问："撞得怎么样？人呢？"

　　伏茹擦了一下额上的汗："站都不能站了，可能骨折。顾老师跟那个骑车子撞她的人，一块用板车拉她去医院了，刚走。"

　　江劲风知道白洁是去古庙中学借阅英语资料的，走时跟他调好了课，没想到这么快就赶回来了，更没想到快到家门口居然出事了。他觉得有必要先去给校长汇报。

　　校长也在忙于备课，听了江劲风的汇报，把右手握的笔换到左手上，用右手合上本子说："我这就到医院去，看看什么情况。"一边站起来，"你去通知一下苏小凡老师，叫她也去，女同志好照顾。"

　　校长、顾心安和苏小凡急急忙忙赶往医院去了。江劲风还得准备午后这节课，本该白洁的课，她是没法上了。不知道她伤得怎么样，不会有大事吧？自行车不是机动车，也许只是碰破了一点皮。但伏茹说不能站立了，看样子又可能伤得不轻。假如真是骨折，这伤筋动骨一百天，英语课怎么办呢？想到这里，江劲风掐了一下自己的大腿："怎么没有好心呢？"

　　晚上快要上灯课时，校长他们三个人才回来。大家分别围上一个打听消息。

　　顾心安最有发言权，所以围他的人最多。他又是晃头又是挥胳膊，想极力还原事件真相："白洁左拐也就是向南拐，自然要绕个大弯贴右走，从南边来的那个人他本来靠右边骑就行了，谁知道他偏偏向左骑，想让右边的道给白洁走。白洁向右，他使劲向左，两个人的车速都很快，而且都赶到路边了，再往前就是清水河了，结果来不及调整就撞到了一块。撞上之前白洁反应还算很快，她从自行车上跳下来，没站稳，摔倒了，拍片子一查是股骨头下边那点骨折了。"

　　"要不要动手术？"谁问了一句。

　　顾心安向地上吐了一口痰，这口痰已在喉咙里有一会儿了，因忙于说话未顾及。只听他说："骨头摔断了，这下边的戳到了上边的骨头里。"

　　他停一下，用手拍拍自己左腿，示意白洁摔伤的位置，接着说，"这伤的地方离股骨头太近——股骨头知道吧？不便手术，只能保守治疗，就是拉牵引，把上下的骨头拉开，拉到折断的地方让它慢慢愈合。"

他突然提高声调，现出夸张的痛苦的惊悚的表情，"不能提！不敢看！那么长，"他用手比画着，又捋起裤管，指着小腿，"一根钢筋从骨头里穿过去，吓得我不敢看，只听见小锤敲在钢筋棍上的咔咔声。然后在棍两头拴上绳，扯到一个五六斤重的铁球上，让铁球向下坠拉。"

讲到这里，顾心安仿佛松了一口气，大家也好像跟着松了一口气。没有危险就好，反正要不了两天就会相约去看她。

晚自习刚上，校长就喊江劲风过去开会。他正在办公室里跟苏小凡提到英语课的事，苏小凡一脸少有的严肃神情："还有谁能代？只有你了。"

江劲风说："代课没问题，初三的课一节都不能耽误，怕就怕加上初一和初二，时间上来不了。"

说到这里校长的话也到了。

校长把班子研究的意见托出来之后，讨好一般地赔着笑脸说："只有能者多劳了。"

江劲风已经很爽快地答应了，就是校长不安排给他，他也会主动站出来。不管从哪方面讲，他都必须这样做。可是时间太吃紧，他跟校长建议："初一初二能否让别人代？"

校长脸上又泛上难色了："别人还有谁？"

江劲风说："叫小凡代行不行？"

校长立刻喜出望外："完全可以呀！"

就这样，英语课的问题解决了。

但是，从市人民医院探望过白洁回来，江劲风一方面感觉到工作压力愈来愈大，另一方面因为手头太紧弄得情绪很不好。

　　工作压力好说，年轻人正是该给压担子的时候，有了压力往往能变成好事，哪一个有成就的人没经历过不堪重负的痛？等以后有了一定的人生阅历，自然也就明白了，所以感觉到压力大很正常，倒是手头缺钱花让江劲风感到有些烦心。工资已经拖欠了三个月，上半年的补贴部分也迟迟未给。去看望白洁，还是苏小凡抢先掏的钱。他感觉难为情，苏小凡轻轻地捣了他一下："谁掏不一样？"

　　在对待工资这件事上，江劲风虚荣心很强，老感觉自己这个民办教师低人一等，领工资的时候有点羞羞答答，别人包括公办教师，谁会介意你领多领少？可每次领工资他都是最后一个，而且选的是经多方窥探证实是会计一个人在的时候。他也无数次劝过自己，暗地里给自己壮过胆，就是做不到光明正大、昂首挺胸、笑逐颜开，总是有点像做贼一样，灰溜溜的，蹑手蹑脚的。也许只有到转正的那一天，江劲风才会扬眉吐气地去领工资。

　　但是，工资你总得领来呀。他们的工资在中学，按理都是月底会计去领过来，把是谁的直接发给谁。可是，会计冯之典有个孬脾气，他把领来的钱秘不示人，问急了就说账还没做好。其实他是把钱揣在了怀里，舍不得掏出来，直到拖上五天八天，所以当月的工资总是下月初才能领到。

　　为此少不了大家议论。

　　这个说："钱又不是你姓冯的，揣来揣去能不给我们吧？"

　　那个说："你再会焐也焐不出小鸡来！"

　　有人气得干脆说："让小偷偷去才好呢，叫你回家摔锅卖铁赔！"反正说什么话的都有，就是没有好话。

　　其实他们领到手里的不叫工资，应叫补助。民办教师和普通村民一样种着同等的责任田，享受着等同的劳动成果，但因为又担负着教育后代之责，政府便额外给予补贴，名曰补助。补助分为公助和民助两部分：公助的由县财政支付，一般是按月发放；民助的不固定，有时得看乡里书记乡长的脸色，有时确实是因为乡里的财税家底捉襟见肘。江劲风的老表亲口跟他说过："你认为乡长是干什么的？乡长就是弄钱发工资的！"这话听起来，令民办老师们不由得肃然起敬。但是，乡里老是拖欠补助，上半年的拖到下半年，下半年的拖到下一年。就这样拖来拖去，把人的心都拖凉了。

也许就是因为工作压力，还有工资引起的烦心事，导致江劲风牙龈上火，开始牙疼了。

虽说牙疼不是病，疼起来很要命，但毕竟不是要害部位，离命很远，忍一忍说不定哪会儿就好了。可是，江劲风咬牙忍了三天还没有好的迹象。牙的疼是那种闷闷的疼，木木的疼，不像割破皮肉那般尖锐，那般撕扯心肺。牙疼连着神经，感觉头脑被牵扯得发昏发涨，使人精神萎靡，怎么样安抚自己都不是滋味。忍到第五天，右腮已经热烫得不行，不得不去乡里医院看医生了。

坚持上完课，江劲风来到乡医院。

在口腔科坐诊的是位五十多岁的女医生，她拿镊子撑开江劲风的嘴，又用棉花棒把他右边疼痛部位的牙齿逐一按了按，根据他的反应，对他说："是智齿作的怪。"

江劲风不明白："怎么回事？"

女医生说："人的牙齿有三种，幼儿时期长的牙叫乳齿，六七岁时乳齿掉了换上了新的牙齿，这新换的牙齿叫恒齿，没有特殊情况会伴随人的一生。十六岁以后，有的人可能还会在槽牙里边长出牙齿，这个牙齿叫智齿，是'智慧齿'的简称，意思就是指人心智成熟以后长出的牙齿。智齿如果没有什么影响，可以保留，而你这颗智齿长歪了，磨到了右边腮帮子，已经严重发炎，不拔掉是不行了。"

听说得拔牙，江劲风连牙疼都吓忘了，他战战兢兢地问："没有别的办法了？"

医生肯定地说："没有了。"

江劲风不由得又问："拔牙疼不疼？"

医生笑了："疼是自然的。你一个男子汉还怕受不了？"

话说到这份上，江劲风的自尊心和虚荣心立刻升腾起来。

于是说："那好吧。"

江劲风拿上医生开的处方，去交了钱，取了药，便又回到口腔科。另一个更年轻的女医生叫他躺到睡椅上，往智齿那里打了一针麻药。针刚扎下时疼得钻心，但还没完全回过神来，药效就上来了。

年轻的女医生一只手举着手电筒，另一只手用锤子又是砸又是敲，敲过砸过了又换上一把钳子向外拉。吭吭的声音在口腔里震动，江劲风感觉口腔就要分崩离析了，很恐怖。这样过了一阵，智齿兀自岿然不动。头上开始冒汗的女医生，便喊了一位同样年轻的男医生过来。女医生只管举着手电筒，那位男医生干脆甩开了膀子，左手拿錾子，右手持锤子，像石匠雕凿那样敲击智齿，等它能晃动了，就操起镊子、钳子屏住呼吸使劲拽。江劲风吓得大气都不敢喘，担心医生不慎打透了他右面的腮帮子。谢天谢地，他担心害怕的结果都没有发生，而是在医生的凌厉攻势下，智齿被连根拔起。然后是塞棉花，咬紧。完成了这些，医生不会有多大感觉，而江劲风像是经过了一次洗礼，恍若有一种重生的意味。

回到学校的时候，正赶上晚饭，但是不想吃。右腮胀鼓鼓的，里面还隐隐作痛。于是，江劲风一个人躺在床上半睡半醒地休息。

迷蒙中苏小凡进来了。不知道是心的灵犀还是嗅到她的气息，江劲风突然意识到她来到了自己的床边。他欣喜地睁开了眼。

"怎么样？还疼吗？"她牢牢地盯着他的眼，语气和眼神里满是关切。

江劲风撑起身子，想掀开被子下床。

"没有事。就是拔了一颗多余的牙。"他故作轻松，不料想突然疼了一下，痛得他咧了咧嘴。

看见江劲风这个小丑样，苏小凡微微地笑了："你太有智慧了，连牙也是智慧型。"

江劲风突然好奇起来："你怎么知道我拔掉的是智齿？"

"恐怕全学校都知道了。你说我怎么知道的？"她卖起了关子。

"一定是心安。他吃饭之前问过我。"江劲风装出恍然大悟的样子。

"心安是说了。不过他说之前我就知道了。"她摆出狡黠的神态，又把他往糊涂里推了一把。

"那就怪了。在医院里没碰见熟人，回到学校只跟心安一个人说过。你说你知道那只能是你的猜测。"江劲风肯定地说。

"不难为你了。你还疼，还得少说话。我告诉你，给你看牙的那个五十多岁的医生是我姑妈，你去看牙，我打电话都跟她说了。你还没回来，她电话已经来了。"她脸颊绯红，但上面分明流露出得意之色。

江劲风顿觉头脑一懵："完了完了！完了！完了！我那表现太差了！这下丢人丢大了！"他涨红着脸，结结巴巴地问，"没……没说我什么吧？"

苏小凡"扑哧"一笑："说了，说你这个人很勇敢，拔牙时面不改色心不跳。"

江劲风知道这是苏小凡在跟他开玩笑，但从苏小凡的言谈举止间，他看得出来她姑妈没有说他不好的话。苏小凡的心里，此刻一定很高兴呢。

"好了，你先休息。等大家都吃好饭，我去给你煮碗面条。记住，少说话，多休息。"苏小凡轻轻地带上门出去了，屋里还飘着江劲风喜欢的桂花香味。

Chapter　24

上"哑课"

　　江劲风一夜没有睡好，右腮疼得嚯嚯跳，好不容易挨到天亮。用手一摸，脸肿了。顾心安凑近瞧了瞧，说："表叔，你休息，课我来上。我去给你请假。"

　　江劲风艰难地挤出一句话："我跟你调调课。你上午上，我下午上。"

　　顾心安出去后，苏小凡又来了。看江劲风一副苦不堪言的样子，劝他暂时不要上课。

　　"可初三的课正在赶进度，正在争分夺秒，我怎么能够躺得住？"江劲风焦急的眼神似乎这样回应。接着又跟苏小凡比画说："我身体好好的，就是不能张嘴说话，我能不能不说话上课呢？"

　　苏小凡疑惑地睁大她美丽的眼睛："语文老师靠的就是嘴，不说话语文课怎么上？"当她得知江劲风下面要上的课是阅读课文《少年中国说》时，更是差点要叫出声来，"那篇文章感情那么充沛，情绪那么激昂，不说话怎么能教出味道来？"

　　江劲风慢慢地小声说："我想试试。初三学生了，已经有了一定的自学能力，加上阅读课不同于讲读课，本身可以少讲。我现在把每一个环节、每一道问题都设计好，充分调动学生的热情、兴趣，及主动性，教学目标应该可以实现。"

苏小凡认为他说的有道理，但对于上好课仍然是信疑参半。实在话，江劲风心里也没有底。好在是自己的班级、自己的学生，情况都熟悉，犯不着紧张，无所谓成败。反正，他的课他得上。

于是，江劲风决定就上他一节"哑课"。

关键是要把课备好，"好"得不同于以往。以至于整个上午，他都在为这节课做准备。

下午在上课铃声响起之前江劲风就进了教室，而苏小凡几乎与他同时走进来。不同的是，江劲风在前面站着，她在后面坐着。

江劲风没有紧张，非常奇怪，他竟然感觉到内心的激动和欣喜。

上课开始了……

他挂上小黑板，上面写着："这节课我将不说一句话，不是我不愿说，而是刚拔掉一颗牙，疼得不能说。看清黑板上提示，观察我的手势，注意倾听别人的朗读或发言。"

学生看完后，不知真假，先是交头接耳，然后齐刷刷地把目光投向他。

他点了点头，表情真诚而庄重，告诉他们，今天不是愚人节。

接着，江劲风用红粉笔在大黑板中间位置竖着写了"少年中国说"几个大字。随之把小黑板反过来，上面写着："1. 梁启超何许人也？他为何写这篇文章？2. 快速阅读课文，你认为你需要排除哪些语言障碍？"

他用教杆指着这两个问题，并在文字下方慢慢滑动，学生们跟着读出了声。

任务明确后，全班顿时鸦雀无声。快速阅读不可朗读，适合默读，在平时训练中学生已掌握这种技巧。该文虽然很长，因课前已做了预习，学生读起来不会太生涩迟滞，速读一遍相当于再学习一次。

十分钟后，江劲风再用教杆轻敲桌面，人人都抬起头来。

他先在第一个问题那里顿了顿，然后指向宋哲才。宋哲才平素喜欢历史、语文，成绩向来拔尖，只见他"噌"一下站起来，从"戊戌变法"讲到梁启超，讲到这篇文章的写作背景，条理很清晰，事件叙述得较为完整。江劲风点点头，手心向下拍，示意他坐下。

解答第二个问题时，江劲风先用教杆点点，然后举起右手做回答问题状。学生们心领神会，很快地大多数人一齐举手。他挑选了几名语文成绩中下等的学生来回答，便于全体学生掌握。

接下来他摘下小黑板，从大黑板的左上角开始贴起纸条，纸上面用毛笔写的字工工整整。

听录音磁带，思考：

〇作者为什么不说"青年中国"而说"少年中国"？

〇"少年中国"是什么样子的？

听完录音，第一个问题他仍然示意举手回答，理解，补充，取舍，完善，最终明白这个说法的好处。

第二个问题他指名回答。张生银说了一遍，王猛猛说了一遍。基本上都说得很正确。

他顺势贴出一张纸条：

○请大家把有关"少年中国"的文字读两遍。
○采用了什么方法来体现？

稍后，他找尹二华同学来回答第二个问题，然后又把这个答案写在黑板上。

他又往下贴出一张纸条："大声朗读一二段，想一想少年人与老年人性格有何不同，并画出关键词语。"

学生们读完、标注好以后，他找了四位同学来解决这个问题。大家看法和意见统一后他贴出了答案：

○老年人常思既往（留恋心、保守、永旧）
　少年人常思将来（希望心、进取、日新）
○老年人多忧虑（灰心、怯懦、苟且、灭世界）
　少年人好行乐（盛气、豪壮、冒险、造世界）
○老年人常厌事（一切事无可为）
　少年人常喜事（一切事无不可为）
○老年人如夕照（瘠牛）
　少年人如朝阳（乳虎）

紧接着贴出的问题是："用的什么方法？目的是什么？"

这个问题绝大多数学生都能说出答案。之后又要求学生背诵出这部分文字。

宋子恒同学背得特别流利，江劲风十分激动，刚想微笑着张口表扬，突然右腮疼得像被人狠扎了一针，他这才意识到自己正患牙疼病，不能说话，不能激动，不能有表情。人们常用"木雕泥塑"这个词形容那些缺乏神情的人，此刻江劲风感觉自己就是。

他又把一张纸条贴上去，左边的黑板就贴满了。纸条上的文字是：

○作者是如何展望少年中国的美好前途的？画出有关词句。
○认真朗读第三段，熟读，有感情地朗读。

过了七八分钟，他找了几位同学起来朗读课文，另外找两人回答问题。然后他在纸条上写出："红日……河出伏流……潜龙……乳虎……奇花……干将……天戴其苍，地履其黄……美哉……"

最后要求全体朗读一遍课文，思考纸条上问题：

○学习本文后，你最大的感受是什么？

就这一问题他提问了五位学生，回答都很好，不外乎是：层层递进，逻辑严密；语言形象生动，对比鲜明；感情充沛，富有气势……

于是他把纸条上的标准答案一一贴到黑板上，学生们埋头写下来。

　　下课铃响了，他收拾教具等示意下课。班长喊"全体起立!"学生们齐刷刷站起来，表情很是庄严。平时都是喊"起立!"有时他感觉气氛有点疲沓，这次额外加了"全体"两字而且又这么响亮，那一瞬间他的眼眶潮潮的。

　　经过一节课的劳累，虽然没说一句话，但牙疼好像更厉害了。

　　苏小凡到江劲风的寝室来看他，他也不敢说话了，就在纸上写："课没上好，但收获很大。"

　　她歪头看一眼，冲他嫣然一笑，在下面写："猜想你会上好，但没想到会上得这么好!"

　　江劲风又写："谬赞能害人。"

　　她写："害人不害你。"

　　他再写："我想听听你具体的真实的意见。"

　　她写："晚上橡树林里说。"她抬起头，拢拢刘海，一副甜甜的样子。

　　"你休息一会。能吃什么叫心安告诉我。"顾心安早已经是他们之间的传话筒了，成了他们共同的知己、共同的亲戚。

　　但是，江劲风不能安下心来休息，刚才课堂上的教学过程和效果，有些地方他不太满意，他得好好总结梳理一下，必要的话，找个时间再上一遍。

　　晚饭时感觉牙疼轻了许多，就喝了一碗稀饭。他没再麻烦苏小凡，牙疼不是病嘛，别再大惊小怪的。

　　教室里有人看班。他装作没事散步的样子走出校门，然后拐向橡树林。

他记得有一段时间没来了，路旁的小草都干得碰上去唰唰响，竟然还有那么多高矮错落的苍棵子，不小心上面带钩的种子挂到了他的裤子上，趴得很紧，他好不容易才给一个一个揪下来。突然间他感到了一丝陌生，这么熟悉的地方怎么可能会有这种奇怪的感觉呢？是否有一天，我爱的人也会让我陌生呢？再看橡树，以前总认为是一片橡树林，没觉得是一棵棵单独的树，这是两个概念。今天所见，就是一棵棵树，各自孤零零的树。每棵树上都是光光净净，连一片枯叶都没有，那枝条显得很杂乱，看样子谁想怎么长就怎么长，所以层层枝条都是错落的，说不上有致。不过每棵树看上去都是曾经蓬勃过、茂盛过，也是曾经令人赞叹过，因为树上向上的向四周的枝条很多。树下还有零星的橡实，但都变成暗黑色的了，用脚一踩会"啪嗒"一声脆响。原来落了一地的橡树叶，大概都被风刮走了，剩下的不过是一些碎屑。说是萧条似乎有一些，这是所有落叶植物共有的秋冬现象，但是这么一大片挺拔的树木立在这儿，似乎仍然不失壮观。他想这是橡树在沉默吧，歇过了冬季，养足了精神，春天来了再使劲儿地长。参天大树不是一下子就参天的，不是靠在某个季节或某些年头里喧嚣了就能参天的。橡树开花也是一样，十年了才绽放，才散发出独有的芬芳。原来成长的力量总是在默默间孕育的。

身后突然一声"啊！"既打断了他的沉思，又吓了他一跳。

"灵感来了在作诗呢？"苏小凡不知何时转到了他身后，他转过脸来，她好看的睫毛在扑闪扑闪。

"真想写一首，"他尽量说慢点，不致牙疼，"此情此景，本身就富有诗情画意呢。你看这冬天的橡树，虽然光秃，好像没有生机，但它的树干显得更伟岸更挺拔，更像树中的君子。看那斜枝吧，也不是枯巴巴的，就孤零零的几根，它有很多很密的枝条，可能是去年的新枝，给人的印象就是它充满着旺盛的生命力。还有你，亲爱的小凡老师，你的红色羽绒服像一团生命的火，更把这里的活力点燃了！"他一口气说下来，居然忘了牙疼。苏小凡听他喊她"亲爱的"时候，主动碰了一下他的手。

"牙不疼了？"她看着他的脸，好像那里有答案。

"哦……哦，还疼。"她这一问，他才想起牙疼的事，真是奇了，突然就感觉到疼了，不过是那种能受得住的疼，是那种可疼可不疼的疼。

这让他想到她姑妈看牙的事："你该早给我说，我好有个心理准备。要不然我丢人了你也没面子。"他向她靠得更近一点。

苏小凡用她的肩膀顶了他一下："这才能看清你本来面目。"

"我本来面目很丑吗？"他故意激她，他知道她私下说他长得个头标准，大于"根号三"，很有气质。

"很丑，像丑石！"她噘着嘴，绷着脸，滚动着黑眼珠，肯定地说。

"以丑为美，那说明还是丑。"他知道她指的是贾平凹笔下的丑石，但仍装作沮丧的样子说。

她忙辩解说："亏你还是个诗人，这意思也理解不了。"说完才知道说溜嘴了，红了一下脸，"上你的当了。"

"哎，怎么样了，你还没告诉我？"他回到了开头。

"面——试——通——过——啦！"她一个字一个字拉长声调说。

"没说我胆小？没说我像小孩子一样可笑？"他刨根究底。

"说了。我姑妈说，那就叫本来面目，不是可笑是可爱。可爱！"她最后加重了语气，有点像在朗读自己的幸福宣言。

他激动得想拥抱她，但又不敢。他还是觉得条件没有成熟，不可太唐突，玷辱她。不过，他揽了一下她的腰，顿时感到幸福得发晕。

他们半是拥着半像随意地走在林间的小路上，听得见彼此的心都在"咚咚"地蹦跳，对林间的寒冷却浑然不觉。

"我认为这节'哑课'很成功。"苏小凡打破沉默。

"何以见得？"江劲风问，同时弯腰捡起一颗橡子。

"重点部分都讲到了。这是阅读课，你知道的，不需要面面俱到，实现教学目标不就等于成功了吗？"苏小凡说。

"我感觉有缺陷，有不足。你看作者的感情是非常饱满的，不经过大声朗读很难表现出来，这是一点；在教学环节上虽然我做了不少提示，帮助学生不断向前推进，但是感觉有些呆板、生硬；还有一点，对于学生到底掌握了多少，也没有做到及时的灵活的了解。"说完江劲风把手里的橡子弧线型地抛了出去。

苏小凡拢了一下前面的刘海，抬起头："归根结底都是因为不能使用口头语言。不过你也不能妄下结论，你的书面语言和肢体语言运用得非常好，会弥补不能说话的不足的。"

江劲风扯了一下苏小凡的胳膊，拐了一个方向："平时没感到课堂上口头语言有多么重要，这次我可是深深地领教了。"

苏小凡顺势挎了他的右臂，说："其实吧，不说话也有不说话的好处。你这节课上，学生的注意力是高度集中的，他们得时刻注意观察你的一举一动，认真揣摩这些举动的意图，然后做出相应的回应，要不然根本就没法坐在课堂里。我专门留心了，每个学生都极为认真，生怕漏掉你的哪怕一个小小的动作。再者，你作为教师不说话是因为特殊的原因，这原因既新鲜，同时更使你应当受到尊重和爱戴。都是初三的学生了，这一点他们一定能够意识到，并在行动上体现出来。"苏小凡看了他一眼，"你觉得呢？"

"我好像也有这样的感觉。"说实话，他对她的分析极为佩服。

苏小凡继续说："当然不止这些。我能看出来，学生跟你配合得很默契，你'提出'的问题他们能很快理解、领会，并配合你的节奏把问题解决，特别是那些带有思考和见解性的问题，回答得很到位，想必你这个老师也会十分欣慰吧。这说明平时你们师生关系融洽、亲密，心有灵犀一点通。"说完，她得意地向他做了个鬼脸。

江劲风简直不知道要怎样表达他的敬佩了，他抽出手臂，双手搭上苏小凡的双肩，静静地、火热地、忘情地盯着她美丽的面庞，喃喃地说："小凡，谢谢你！"

夜幕完全落下了。天上没有月亮，也看不见星星，静悄悄的橡树林被一团黑暗笼罩着，但是两颗年轻的心，不感到一丝害怕，仿佛这世界有的只是安宁和美好！

Chapter   25

承诺在心

这边马上要放假了，那边白洁被家人用"普桑"送到了学校。

"这才两个月不到，她完全康复了？"站在车门边的白洁，面带微笑，姿态自然，与受伤以前没什么两样，以致大家都很疑惑。这时，只见她从车里拉出来两根拐杖，迅速夹到左右胳肢窝下，然后一蹦一跳地走向宿舍，众人方恍然大悟。

苏小凡赶忙从办公室跑过来，嘴里一边喊："小心点！小心点！"一边伸出双手扶她。

"没事。我自己走吧。"对于全校师生聚焦过来的好奇的目光，白洁没感到一丝难为情，好像她已经习惯了这些目光一样。其实只有她自己心里清楚，回到了日思夜想的学校就好，别的什么都不重要。

顾心安也快步走过去，不好意思用手搀，只在一旁垂着两手，不免担心地说："白洁你走慢点，再走慢点。"那架势，他恨不能不让她自己走，哪怕是向前挪一小步，他要把她背到宿舍里去。

苏小凡笑而不语，跑到前面打开宿舍门。

跟着，蒋校长、丁主任、江劲风等人鱼贯而来，又鱼贯而入唯一的女职工宿舍，他们以同样的欣喜、同样的关切、同样的兄弟姐妹般的情谊欢迎白洁归队。白洁激动得站起来一次又一次，接着又被一次次地劝坐下。橡山联中，顿然间浸透了浓浓的人间温情。

这是上午九点出现的场景。

十一点的时候，校长、主任召集全体初三教师开会，研究假期补课事宜。

校长说："本来学校不安排补课的，全由任课老师自愿。诸位都知道，白洁老师出了那个事，英语课由江劲风老师代上，现在她伤还未全好就回来了，想利用假期给学生补补课。我和丁主任想听听在座的意见。"

带数学的蒋守成老师第一个发言："我们没有钱，可谁也没有把眼盯在钱上。我愿意来补，不提钱！"

顾心安大声说："这都是良心活，还提什么报酬？我的物理课可以多安排！"

校长把眼睛转向江劲风："江老师的意见呢？"

江劲风心里早有了假期补课的打算。他代的语文没多大问题，但英语不行。白洁请假，虽说有他顶上去，而且他也是下了大功夫，但总感觉学生学得不是那么好，可能是因为学生刚适应了白洁的教学方法和教学风格，他这一掺和，就把那种课堂和谐打乱了。现在白洁回来了，英语课真该好好补一补。他这样想着，校长突然发问，让他回答时有点失态："哦，我举双手赞成！"

　　见大家态度明朗，看法一致，主任丁厚丰用眼神征得校长同意后，说道："既然大家都这样想，那就尊重大家的意见。我想，二十天的假期至多安排十三天，除英语外，其余学科不一定都上。"

　　"说什么物理都得补。这是最难的学科，历年来失分最多。"顾心安的话既是事实又很骇人。

　　"数学不用说了，有部分学生基础不牢，还需要再砸实。"蒋守成老师说的也在理。

　　"语文学习一天也不能间断，再说我是班主任，管理也需要我。"江劲风的理由更充分。

　　丁主任忍不住嘿嘿笑出了声："这样说大家都该补，只有校长的化学和我带的政治不要补喽?"

　　校长也咧嘴笑了笑。主任继续说："白洁老师的意思她一天上三节课，剩下的就语文、物理和自习各上一节吧。"

　　就是说，领导们根据通盘考虑，把十三天的时间交给了英语、语文和物理，而且一半的上课时间都归白洁所有。

　　当江劲风把这个情况一五一十说给苏小凡听时，苏小凡第一反应是："怎么，不要命啦? 要知道她的伤还需要休养!"接着眼珠子一转，像是突然想到什么，径自笑了，"不怕，有人陪着是最好的休养。"

　　江劲风是认真听的，但仿佛没听懂。苏小凡点拨似的说："你不是曾经叫我给顾心安说媒吗?"

　　江劲风点头："是的。我是托你试试白洁，但没指望能成。"他突然想起来有这么一说，当时顾心安恳求他，他又趁着喝了两杯酒壮胆告诉了苏小凡。

"我说了，人家白洁并没爽快答应，只说等等看。这不，机会来了。"苏小凡的脸上显现出神秘的表情。

"这算什么机会？"江劲风不解。

"哎呀，你那么聪明，想不到劫难与机会的因果关系？"苏小凡不明白，江劲风是在装呢还是真的没有看出来？

"看来顾心安没跟你说实话。他是第一时间去救白洁的人，到了古庙医院是他忙里忙外找人拍片、联系救护车，在市人民医院是他找自己的什么亲戚给白洁安排了单人病房，还有白洁住院期间顾心安去探望六次，而且每一次都买了大包小包的补品。这些你都知道吗？"苏小凡一气列数出来，俨然她都在现场。

"你是怎么知道的？"听得眼神发直的江劲风问道。

"如果不是白洁告诉我，我也就不知道了。"苏小凡说完，显然很开心，她脸上的笑容很烂漫。

想到顾心安和白洁有这样一个美好的开端，江劲风的内心真为他们高兴。他还想到，这个假期虽然免不了辛苦，但同时他们也会真切地感受到幸福。

到处已经弥漫着愈来愈浓的年味了。这年味不是来自鱼香肉香，不是来自爆竹炸裂声的此起彼伏，也不是来自往来穿梭采办年货的男人和女人。学校在山上，与山下人们的生活情景并不紧密相连，但是江劲风、顾心安和白洁他们，分明能够感觉到年味逼近的气息。只是，为了那份承诺、那份责任，也许还有青春释放的蓬勃活力，他们毅然决然地选择了忽略。

仅休息了六天——从年三十到正月初五，江劲风就坐不住了。他几乎一天给苏小凡写一首诗。

除夕那天，村里没有电视，人们都跑到邻村去看春晚，他在家写诗，开头是："我知道了为什么叫除夕/这是一年的最后一天/再不想你/这一年/将要随钟声远去……"

大年初一，吃完了早晨的饺子大家都会互相串门，见了面问候一声"新年好"，要不然玩玩扑克"跑得快"，反正不会待在家里。但是他哪里都没去，对着稿纸出神，老娘以为他病了，过来摸摸他的额头，又摸了摸自己的额头说："没发烧啊。哪儿不舒服？"他说："没事。可能前几天累的。""累了那就睡会儿，晌午饺子我包。"娘说完离开了他的屋子。几分钟之后他就写道："新春的喜庆正欢/多少人/忘了这世界/还需要什么/独有我/在想/美好的春天/需要你的笑脸……"

思念苏小凡让他巴望早开学，而给他的学生上课同样使他迫不及待。所以初七上课，他初六早晨吃过饭就去了学校。

随意抽抽鼻子，空气中仍飘荡着肉香、饺子香、丸子香，还有鞭炮炸响后散发的火药香。百姓家过年，图喜庆，最看重的就是放鞭炮，一家赛过一家。小孩子尤其是男孩子，开心得不得了，听到哪里放炮了就向哪里跑，图的是捡几枚哑火的大雷。这样热闹、热烈的场景，直到元宵节过后才结束。就是现在，远处也不时传来孩子们手里的摔炮声，拖着长音向天而去的钻天雷的尖锐叫声，以及有手艺的人家提前开工的鞭炮声。

学校的两扇大门上，一扇贴着大红的"春"字，一扇贴着大红的"福"字。笔画粗重，厚实饱满，显然出自丁厚丰之手。

江劲风打开大门，一手一扇向两边推去，一下子感觉像推开了春天的大门，迎接他的是满眼的姹紫嫣红。不是吗？明天，那些青春烂漫的学生，那些激情洋溢的同事，当他们涌来，就会给校园带来盎然的春意！爱情、友情、亲情，就会在这里交相辉映，焕发光彩，开启新学期的旅程。

江劲风到寝室里把包放下，又到校园里转了一圈，其实什么都没变，但他总觉得一切都是新的，都是那么吸引人。他最后来到自己班级的教室，静静的，空空的，好像学生都跑操场去了，过一会儿就回来。他们回来了，这里就会热闹，当然安静学习也是一种热闹，学生们会在这里拼搏，再奋斗短短几个月，从这里起飞，飞向他们人生更高的目标！想到这里，他拿起讲台上的彩色粉笔，在黑板上写下了几个行书体空心字："奔跑吧，同学们！"他端详了一下，不禁露出微笑，还行，最主要的是，能代表他的心情和愿望，想一想是他江劲风在带着学生们奔跑，把他们送入飞翔的轨道，那是多么骄傲的事情！所以他期待着学生们快快回到学校，回到他的身边。

"表叔，你老人家新年好！"江劲风被吓得一大跳加上一小跳，他怎么也不会想到，眼前突然蹦出个人来，而且是顾心安！

"你怎么今天来了？"他惊讶地问。

"这话我也想问你呢。"顾心安很平静地说。

两人互相笑笑，心照不宣。

江劲风说："我手里的讲义还没刻，用时怕来不及。"

顾心安问："蜡纸有吗？"

江劲风答："准备好了。我自己买的，先用着。"

顾心安顿时来了气："这冯之典连蜡纸也舍不得买，动不动就说人不是刻纸的是吃纸的。真气得我肚子疼！"

在校长眼里，冯之典可能称得上好管家，能省则省，能不花就不花。但从工作角度看，他的做法有时过于死板、教条，把钱看得重于一切，容易激起众人怨愤。但是，冯之典也不是那种脑袋不开窍的人，他就那样，什么都好算计、计较，等得罪了人依旧老老实实把东西弄回来。

"表叔，借我几张，我今天也刻一点。"顾心安从江劲风手里接过一卷蜡纸，到自己的办公室去了。

刻钢板也有学问。刻的时候心要细，精力要集中，手劲还要大而适度。否则哪点注意不到，轻则刻错内容，这时用铁笔的另一头稍微用点力抹一抹，然后在原位置重写，重则把蜡纸戳破，不能修改了，就得换纸，当然很可能是半天的劲白费。但是，刻钢板的时候如果周围很静，最重要的是你的心也很静，刻钢板就不算苦差事，相反它是享受，你会听见铁笔在蜡纸上移动时发出的"吱吱"声，但绝对不是讨厌的小老鼠的那个声音，而是二胡试弦时的声音，似乎在告诉人，美妙的音乐马上就要开始了。

江劲风高中时就学会了，那时经常给老师帮忙刻材料。当时越剧《红楼梦》大家都看疯了，剧中的歌词特别好，手抄太麻烦，是他主动请缨刻的，全班同学人手一份。还有手抄本《第二次握手》传到班里以后，谁拿到谁都爱不释手，大家决定让他刻印，集体凑钱买纸。结果他用一个月的课外时间刻完，握笔的手指都累得变了形。做老师以后刻钢板成了家常便饭，刻讲义，刻试卷，一年到头几乎不闲着。

印刷的时候一般是互相帮忙，这样印得快，少出错，不然右手时不时去拉紧扯平打皱的蜡纸，油墨会沾得满手都是。

两个人各自在办公室里正聚精会神地刻着，院子里传来小轿车的鸣笛声。他们不约而同地停下来，走到外面来看个究竟。雪地里来了一辆"普桑"，车上下来一个人，这个人不是别人，是白洁！她左手拄拐，右手拎包，在跟轿车司机打招呼。轿车的车头已经掉转了方向。

"哎呀！明天才上课，你怎么今天来了？"顾心安快步走过去，咪溜滑了一下。

"你们不是早就来了吗？怎么惊讶起我来了？"白洁靠着单拐，笑盈盈地反问。

"你跟我们不一样，你得多休息。"顾心安试图替白洁拿包，白洁笑着摆手。

白洁提了提左手里的拐杖："扔过一个了，这个也快了。"

江劲风也到了跟前，说："白洁，你真是一只可爱的小白鸽！"他本来是夸赞白洁的，但话一出口，弄得白洁那张又白又俏的脸唰地红了。

为了掩饰难为情的样子，白洁说："两位忙你们的，我去准备一下明天的功课。"说完仍站在原地。江劲风忽然想到白洁的走路姿势，那可是任何一个女孩都不愿示人的不雅的一面啊，于是他拽起还没回过神来的顾心安，小跑着进了办公室。

白洁从师专毕业后，根本没想到会来乡下一所联中执教。后来真来了，她发觉这里很美，山上有松柏林，山下有橡树林，而她偏偏就喜欢这样的自然环境。工作一段时间之后，她还发觉这里的人包括同事都很淳朴厚实，校园里时刻荡漾着的不仅是山风送来的松香、花香、果香……更重要的是团结奋进的力量和精神。同事之间年龄有差距，甚至相差三十岁，但年长的不倚老卖老，年轻的不轻佻，彼此视同于兄弟姐妹。

慢慢地，白洁也喜欢上了这里的每一个人。她最初爱上了江劲风，知道他正和苏小凡热恋时，她难受了好几天，恨自己来晚了，又恨不能从小凡姐手里给夺过来。等冷静下来以后，她才回到现实里。

　　苏小凡在她面前故意夸过顾心安，她知道那是在试探她。她未为所动。说实在的，她没看得起顾心安。个头一米六多，不会写诗，合同民办教师，所有条件都不够。但她没说出口。江劲风不也是合同民办教师吗？她对自己说："不一样。要是他可以忽略不计。"总之她有充分的看不起的理由。要不是出了这次车祸，顾心安帮了那么大那么多的忙，她对顾心安的印象会依然如故。特别是顾心安在帮忙中体现的关心、关切和温暖，让她冰冷又坚硬的心悄悄融化了，就像眼前这雪，虽然冰冷还在，但已经有了春天的温度。

　　她决定等真正的春天到来时，让自己爱的花朵一同点缀这美好的季节。

Chapter　26

一波三折

　　忙碌紧张的日子总是过得快，好像只是一转脸的工夫就进入了五月，离六月十四日开始的中考时间是越来越近了。

　　这天晚上，校长在乡里开完会带回来一个消息：恢复民转公考试，近期就要报名。

　　"什么条件?"蒋守成、丁厚丰、江劲风、顾心安他们急不可待地问。

　　校长说："据说给三个名额。守成叔年龄过了，要求是年龄三十五周岁以下。学历、教龄、奖状都很重要，具体的积分标准，你们可以到教办去询问。"

　　蒋守成长叹一声，像是与谁赌气似的，掏出一支烟默默地狠狠地抽起来。

　　顾心安是一言不发就离开了——他没有奖状，差这一项积分上不去，谈何希望?

　　丁厚丰和江劲风两个人条件充分一些，脸上流露出激动兴奋的神色，但内心也十分忐忑。全乡和他们前后一块工作的近五十人，这中间获得过各种荣誉的大有人在，也就是说这些人也都有报名资格。如此想来，他们二人的希望只能用"渺茫"二字形容。

第二天早饭时间，他们一块去找教办主任，主任没在。业务校长董成仁跟他们说："你们拿一张表回去填，下午连同毕业证、奖状等所有东西都拿来交给我。看主任什么时候再研究定夺。"然后他们领了表，回来翻箱倒柜找齐所有证件交了上去。

董校长在面收和初审江劲风材料时，突然发现一个问题："哎，你毕业证上的名字和身份证上的不一样？"

江劲风愕然一惊，伸过头去：果然不一致，毕业证上的是"锋"，而身份证上的是"风"，这两个字经常混用，他也没注意。

"怎么办？"他顿时额上急出了汗。

"名字不一样，这毕业证就不能用，唯一的办法只能是改过来。"董校长说话依旧是慢吞吞的躁死人。

"到哪去改呢？"江劲风揪揪自己的耳朵。

"当然是在哪儿函授上哪儿改喽。"董校长说。

江劲风向蒋校长请了假，把班里的事情安排好，准备到进修学校去。苏小凡喊住他："等一下，我听说得写个介绍信。时间太紧，别来回跑误事。"

想想有道理，这叫未雨绸缪。江劲风照办了。

到进修学校找到高师函授中心的靳科长，他坐在太师椅子上，一边点烟一边问："什么事？"

江劲风小心翼翼地说了。

"哪个学校的？带介绍信了吗？"靳科长喷出一口烟。

江劲风向口袋里掏，掏过这个又掏那个："咦，怎么不见了?"

"没有介绍信不行，我怎么相信你。那赶紧回去开!"靳科长又弹了弹烟灰。

分明是带了的，江劲风突然想起，他把介绍信夹在《普希金抒情诗选》里，书放在自行车的篮子里了。他赶忙下楼，再赶忙上楼，气喘吁吁地说："靳科长，给你。"

看过了介绍信，靳科长又要身份证和毕业证看了，他的小眼睛在眼镜后面眨巴了几下说："可以改。不过我们没有这个权力，得到省教院。你放这儿吧，下周到省里开会给你捎过去。"

江劲风赶忙说："靳科长，我这毕业证急用，您看能不能就这两天去一趟?"

靳科长嘴角撇了撇："我总不能为你这点事专程去吧? 车票不要钱呀?"

江劲风赔着笑脸："我确实等用。实在不行的话，您看能不能给我出具个说明，我自己去试试?"

靳科长迟疑一会儿，叫江劲风把介绍信铺开来，从自己的抽屉里拿出一枚圆章，放在嘴边哈两口气，然后在信纸下半截的空白处"啪"地砸一下："好了，你去吧。"

江劲风拿过来一瞅，印戳盖出的字很模糊，如不仔细辨认根本看不出来。

第一次到省城又去找那么大的领导，江劲风别提有多胆怯和后悔，小地方的领导见了不少，偶尔还见过局级领导，再往上都是在报纸上或电视上的事了，如今可是省级呀! 人家给见吗? 问题能给解决吗? 江劲风在头脑里把见面的场景设想了不止一百遍，后悔不该冒冒失失地前来，该想方设法花些钱请靳科长出面。但事已至此，再没有退路可言，江劲风在走进省教院大门的时候，还在不住想办法以给自己打气壮胆。

还好，没费多少周折就找到了院校函授办公室。接待江劲风的是文学系主任也是函授部主任，四十多岁，姓钱。他头戴鸭舌帽，个子不太高，很敦实，不像是印象里大学教授的样子——气宇轩昂，风度翩翩，口若悬河，或者不苟言笑。

钱教授要过江劲风的证明看了看，又抬头看看江劲风，用标准的普通话问："这是谁给盖的章？"

江劲风如实说了。

"简直是胡闹！我怀疑你这是伪造的！"钱教授生气了，用普通话说气话听上去也不怎么难听。

江劲风赶忙辩解："钱教授，我用老师的人格向您保证这印不是假的，不信您可以打电话问问。"

"不问了！"钱教授要过毕业文凭，打开内页，摸起桌上的笔在"峰"字上画了两个横，并在右上角写了个"风"字，然后对着外面喊，"赵主任，你过来一下！"

进来的是一位和江劲风差不多年龄的青年，钱教授把毕业证递给他，"修改了名字中的一个字，盖上章。"又指指江劲风，"你跟他过去吧。"

江劲风终于长出一口气。总之还算顺利，遭两回白眼，坐两次冷板凳，也都烟消云散了。这时感觉浑身轻松，心情也变得特别愉快。他真想借这个机会，在梦寐以求的省城里看看、走走，可是报名的事不敢耽搁，学生们的课不敢耽误，匆匆忙忙地来，必须要匆匆忙忙地赶回去。

当江劲风把证书重新交给董校长时，他很惊讶："这么快？"

随后又说，"恐怕你今年报不上了，情况有变。"

这回该江劲风惊讶了："怎么回事？"

董校长指指旁边的椅子，示意他坐下："主任说本学年的奖状不算数。"

"为什么？文件是这样说的吗？"江劲风一急，整张脸憋得通红。

"哪有什么文件？都是口头传达的，由各地根据自己的实际情况商定。"董校长看一眼江劲风，意思是"我已仁至义尽，解释得够详细了"。

而主任又不在，没办法进一步求证。其实也根本不需要，要不是主任的意见董校长绝不会乱说。

江劲风突然间心情糟透了。

回到学校，他没有马上去班里，他需要静一静，让自己说服自己。这时苏小凡来找他，问他报名情况，他愈想强装镇定，愈掩饰不住恼怒地说了一遍。

苏小凡劝他："生气没有用。现在还不能说明就没有机会了，再找找主任，说不定就会柳暗花明。"

"见不到主任面，怎么办呢？"江劲风仍觉一筹莫展。

"那就上他家里去找，他不能不回家吧？"苏小凡总是能想到办法，而且是非常切实可行的办法。

江劲风苦笑着："办法好是好，但是去他家里空手不太好，买点什么呢？"

他们两个把可买的、合适的、方便易拿的东西，从水果到糖果，从衣服到鞋帽，从家具到玩具，从车辆到电器，认认真真、仔仔细细地梳理了一遍，最后两人达成共识：买一台台式小风扇。

定下来之后，事不宜迟，江劲风赶紧骑车去市百货公司，花一百多元买了风扇。晚上九点多，他才赶到主任家。

主任住在教办的院子里，他的家又垒了一个小院子。小院子安了一道铁门，透过门缝看得见里面有灯光，而且还听得出正在放电视。江劲风试着用手指敲了敲铁门，门很厚，声音太小，里面根本听不见。他又把手握成锤头状，咚咚地砸。里面电视的声音突然没有了，随之传来的是主任的问话："谁呀？"

"我，主任。"江劲风忙不迭地应答。

"你是谁呀？"主任又问。江劲风似乎听见主任披衣下床的窸窣声。

"主任，我是橡山联中的江劲风，想找你汇报件事。"汇报事情的说法显然不妥，江劲风不该越级，但是明说为了报名也不可取。

"天太晚了，明天吧。"说完，"啪嗒"一声，主任干脆把电灯拉灭了。

"主任，你让我进去吧，我就一句话！"江劲风几乎是喊道，反正大院子里再没有别人住。

"回去休息吧，我也要休息了。"里面传来打哈欠的声音。

江劲风在外面央求道："就说一句话不行吗？我就想问问报名的事。"

"报名的事我交给董校长了，他全权负责，有事你可以找他。赶紧回去休息！"主任的语气重了许多。

蚊子可不管这么多，它们一点也不同情江劲风的境遇，只是一窝蜂地围上来，任凭江劲风不住地拍打，它们还是不惜以牺牲生命为代价，往头上、胳膊上和腿上四处偷袭。江劲风实在受不了了，跺了几阵脚，抖了几回身子，仍然无济于事。他觉得特别委屈、难受，眼泪在眼眶里转，有几次恨不能哭出来。但是当想到对于人生而言，对于一个男人来说，这也算不上多大的坎、多大的挫折，所以他劝说自己，慢慢地冷静了下来。之后，又待了一会儿，这才拎起地上装风扇的纸箱子，带着失望回到了学校。

又是一天过去了。

江劲风脑袋里装着报名的事，牵扯着一丝一线的希望，所以这样的一天过得很痛很慢。但中考的日子在一天天逼近，无形的压力愈来愈大，所以又感觉一天一天的过得很累很快。

丁厚丰到办公室来找江劲风，他说："我刚从教办回来，董校长说获奖时间不限，那么就是现在的也可以。"

"那我也能报上名了？"江劲风的眼里闪过一星亮光。

"我知道已经报过九个人了，中学五个，小学四个，竞争压力很大。后面肯定还有人没报，那最后竞争压力更大了。"丁厚丰说着竟嘿嘿笑起来，"说不定咱就是给人凑热闹的。"

"那也比报不上强，权当演练了，心里有数，明年再考。"江劲风有不同的想法，然后又问，"董校长说什么时候能定下来吗？"

"他说三天以后。"丁厚丰站起来要走，又留下一句话，"听天由命吧！"

三天以后中小学共有十一人报名，这是意料中的事。主任跟董校长他们一商量，决定制订一项制度，就是参加转正考试每人只能一次，比方说今年参加正式考试了而没有被录取，今后将不再给予机会。在机会面前应该人人均等。于是董校长召集这十一人开会并做见证，以后这个规定不会改变。

这样一来，有好几个人在心里犯嘀咕：自己本身基础不好，这些年忙于教学和家务，那点底子早不知丢哪儿去了，拿什么去考试？不如从现在开始就下功夫复习，到时再去拼一把。大家你比比我，我比比你，总感觉自己不如别人。所以，他们一合计干脆当场提出弃权。

丁厚丰问江劲风："你怎么打算呢？"

江劲风说："我现在关心的是能不能报上名。要是能报上，我一定去考！"他停了两秒钟，"你呢？"

"我回去再考虑考虑。我没有你那样的成绩，别考差了丢死人。"丁厚丰的脑子里两种意见在激烈地争论着。

贾兴文也来了，他是去年评优时弄了一张奖状。丁厚丰把他喊过来，问他："你是怎么打算的？"

"我能怎么打算？叫考就考，不叫考就拉倒，以后再说呗。"贾兴文还是那个老样子，一说话脸就红，"反正轮不到我，做好明年准备。"

各地民办教师逐渐转正的消息在报上开始经常见到，本地的政策也在悄悄发生变化，广大民办教师不是似乎而是确实看到了希望的曙光，说不定第二天早晨一起来好运气就落到了自己头上。这个想法已经不再是奢望。教龄最短的民师就数江劲风这批人了，而他们也已经干了十年，其余都是二十年、三十年以上。他们巴望着转正的那一天，说望眼欲穿毫不为过。但当人们对一种漫长的等待已经习以为常时，可能会更理性更冷静地面向现实，其实也可以理解为一次次期望后的麻木冷漠。此刻，他们就站在了自己人生的十字路口，回首张望，都在心里默默告诫自己：不能再失败了。

回校以后，由于中考的日子迫近，精力都投入到了繁忙和快节奏的功课复习里，因而几乎没有时间纠结于这报名一事。但是不愉快的消息还是传来，丁厚丰私下跟江劲风说："名单报上去了，没有你。也不知他们凭什么标准定的。"

"确定吗？"江劲风希望这是空穴来风。

"基本确定。我是听教办个别领导说的，不可能有假。"丁厚丰在歪头掏耳朵。

"那你报上了？"江劲风幽幽地问。

"我放弃了。"丁厚丰淡淡地说。

为报名前前后后忙活了很长时间，江劲风好像真的有点累了，是身累心也累，如今却是白忙活一场。

"也罢，学生们还得中考啊！"他想只要结果来了好歹都是解脱。都说社会是所大学校，它总要教会人们一些什么，特别对那些刚踏入社会的年轻人，现实是最好的教材。好在江劲风对生活、对社会、对工作依然热情不减，牢骚不盛，也就几天工夫，把报名带来的坏情绪抛到脑后去了。

星期六学校又召开毕业班任课教师会议。放晚学后开的，就半个小时。校长说："其实就是坐在一起吃顿饭。前段时间民转公报名考试，我们有两位同志够资格，但因为多种原因都没有参加。另外两位同志还得等机会。我想说的是把这些都放下，不要因此影响我们最后的冲刺。这顿饭就是给诸位鼓劲的，也是犒劳的，等中考夺冠了我们再去城里吃大餐！"

学校食堂准备了丰盛的酒菜。苏小凡也被蒋校长请来参加，说是白洁一个女同志太孤单。三杯酒下肚，惯常的酒场仪式感便不存在了，于是开始你敬我、我敬你地喝起来。都是同事，喝起来随意，每人的酒量和酒风互相知根知底，所以酒场上气氛热烈，感情融洽，浑然一个隆重热烈场面。所以别看人不算太多，但是喝酒的战线拉得不算太短，直到七点半所有人才稀稀拉拉地向外走。

江劲风刚起身，苏小凡喊道："江劲风老师，你先别忙走，帮宋师傅收拾一下！"

宋师傅是学校新请的办饭师傅，六十岁左右，慈眉善目，他听见苏小凡这样说，连忙摆手："不了，不了！你们回去休息休息，我慢慢拾掇。"

丁厚丰、顾心安两个正互相架膀出屋，从絮絮叨叨的酒话里腾出嘴，哈哈笑着说："老宋头，你当真了？人家这是芦花村的暗号。"

宋师傅虽然不知道《小英雄雨来》的故事，但是这"暗号"的意思他还是明白的，所以立马改口说："好好好，好好好。"

江劲风当然理会苏小凡的用意，就顺从地留了下来。

但是宋师傅说什么也不会让他们帮忙。

院子里没有光亮，正好给他们提供掩护。他们并肩向校门方向走，偶尔碰到一下彼此的肩膀。酒意也在慢慢地消解，头脑一会儿变得十分清醒。

"就在这里坐一会儿吧。"他们走到操场边的石凳跟前时，苏小凡说。

这里的石凳也不知谁放的、什么时候放的，孤零零的一个，而且石凳很短，不过六十厘米。要是一个人坐，绰绰有余，若是坐两个人，必须得紧紧相挨。苏小凡先坐上去，江劲风不好意思，她说："封建脑袋！"他就干脆坐下。"感谢不知姓名的那个谁，放个不长不短的凳子在这里，叫我与心爱的人挨到那么近，能听到彼此的心跳和呼吸。"江劲风心想。不由自主地，他的手轻轻搭在了她的肩上，他感觉到她微微颤动了一下。

"今年报名……"他刚想说，她把手捂在了他的嘴上。

"过去了，别说了。"她用嗔怪的语气说，把头靠了一下他的右肩，他顺势搂了一下她的肩。

苏小凡讲了一件有趣的事，自己忍不住"扑哧扑哧"地笑，但又恐怕别人听见，有几回把头埋到了江劲风的胸前。江劲风给她讲了"大款"媳妇的故事，苏小凡说："以后我会会她，看她多厉害。"两个人又是一阵开心的笑。

他们说的最多的话题还是工作，还是中考，说到最后，苏小凡还是那问话："今年的中考成绩一定不会差。"

山乡的夜，愈来愈深了……

Chapter　27

两场大考

　　还有三天就要中考了，全乡初三教师集中在古庙中学开会，安排一部分人到外地监考，一部分人包括班主任留校组织学生。

　　散会时，贾兴文向江劲风贴过来，边走边问："准备得怎么样了？"

　　"什么怎么样了？"江劲风一头雾水。

　　"你民师考试的事！"贾兴文以为江劲风在装，半生气地说。

　　"我材料还在教办，听说没报上，哪来的试考？开玩笑！"江劲风以为这个玩笑开得有点过，真的生气了。

　　"我昨天去教育局办点事，看见过道的宣传栏上新贴了一张粉红纸，我凑过去瞅了一下，是这次通过资格审查的人员名单，上面就有你。嗨，你老先生居然还蒙在鼓里。"贾兴文一脸的不以为然。

　　"真的吗？怎么没接到通知？"江劲风这下相信贾兴文的话了。

　　"什么事我能哄你？你下午快去看看，可能快要考试了。"贾兴文笑了笑，拍拍江劲风的肩膀，"你这家伙，真行!"

江劲风在赶回学校的路上，心一直在怦怦跳，这个消息太突然了，他激动得难以自持。他首先找到苏小凡，告诉了她这个消息。苏小凡说："暂时别吱声。你上你的课，我去局里给你看一下。回来再说。"

果真如贾兴文所说，那名单上面有江劲风的名字。苏小凡视力本来很好，但怀疑自己是否花眼了或近视了，反反复复辨认了几遍。看底下的公示日期三天前就贴这儿了，考试时间定在本月二十三日，要不是碰上贾兴文，真不知下面会怎么样。

苏小凡连忙转身赶回来。

摆在江劲风面前的两场考试怎么办？一场是中考，他是参加中考学生的班主任，他们离不开他；另一场考试是他自己等待多年的转正机会，错过了很难再有。可以说，前一场事关学生的命运，后一场则牵涉到自己的命运，而两场考试实质上都是他一个人的考试。人生第一次，需要他做出重大抉择。

苏小凡也显得很焦急，现在不再是江劲风一个人的事情，她的幸福、她的未来也拴在这件事上面。说得重一点，同样关系到她的人生命运。孰轻孰重，她的意见和想法在一定程度上也会对江劲风产生影响。

两个人都不知道以怎样的对话开始。

还是江劲风先开口，他看着苏小凡因用力骑车依然红扑扑的脸说："我想现在不跟领导讲，等学生考完试再请假。"

苏小凡坐在他对面，看着他："时间太紧了，除去这几天那就只有一周了。能来得及吗？"

江劲风说："当然时间愈充裕愈好。很多知识我都忘了，复习起来时间绝对不够用，但有什么办法？"他像是下定了决心似的，"我不能太自私。小凡，相信我，七天时间我会拼命学习，把失去的补上！"

看他决心已定，苏小凡既为他高兴，又为他担心。

"到哪里去找复习资料呢？"江劲风自言自语，"现在最要紧的是复习资料，买不到，得找人借。"

"这个资料……谁有呢？白洁可能有，好像是她弟弟去年高考用的。巧了，她弟弟学的文科。"她站起身来，"我找白洁问问去。"

一会儿，苏小凡回来了："吉人天相。她家里有，上完课就回家拿。"

资料有了，等于解决了一个大问题。江劲风看着白洁拿来的复习资料，心里顿时踏实了许多。

没想到，他要参加转正考试的消息被学生们知道了，当举行完简单的毕业典礼之后，班长站起来说："江老师，同学们叫我代表他们向您提个建议，您能允许吗？"

江劲风扫视一圈那张张可爱的脸庞，郑重地点了点头。

"听说您过几天就要参加自己的考试，那场考试对您来说同样意义重大，而您现在已经没有多少时间去复习迎考了。我们大家一致认为，明天我们就会走进考场了，您能不能不去送我们，给自己多留点时间和精力？请尊敬的江老师能够答应我们，同学们说是吗？"

班长的话音刚落，教室里齐刷刷的一个声音："是！"

江劲风突然眼眶发潮，他动情地说："同学们，也请你们接受我的一个提议，我和你们共同生活学习了三年，我们之间建立了很深的兄弟姐妹般的师生情谊，考场如战场，你们就要去拼杀了，我不该去给你们助威吗？你们不要担心我，要休息好，养足精神去战斗。希望你们和我都能在自己的考场上超常发挥，赢得胜利！大家说好不好？"

又是一个齐刷刷的响亮的声音："好！"

接下来的连着三天考试，江劲风始终坚守在考点，目送学生们自信地走进考场，又看着他们从考场里表情愉悦地走出来。他为他们看护物品，甚至倒茶递水。同学们每考完一场都会向他围上来，当着他的面议论纷纷，他会带着微笑，适时提醒他们做好下一场准备。凭感觉，他的学生们一定会交上一份优秀的答卷、一份满意的答卷。

考完试，江劲风急匆匆地把办公室收拾好，又给顾心安交代一些事情，就去向校长请了假。

苏小凡问他："你打算在哪儿复习呢？"

江劲风迟疑了两秒："我想回家去，家里安静。"

苏小凡冷不丁问道："你家里忙清了吗？"

"没有。麦子刚打完，水稻一棵还没栽。"麦忙假里，初三没停课，他都是抽空回家干了一点活。他最怕看见熟透的麦子在地里站着，娘急得吃不下睡不安的样子。她总是一个人不分白天黑夜，挥镰收割，弓腰拉车，运到场上再一个一个码好，但终于还是打干扬净、颗粒归仓了。接着就要抢插水稻了，每年这个时候要么天旱无雨，要么用水量激增，家家争着抢水，干透的麦茬地往往无水可泡。那就只好等人家都栽完了，用水高峰过去了才可能有水插秧。

苏小凡眉头皱了一下，然后很快地舒展开来："你回家只管安心复习，不要考虑栽稻的事。你二十四号考完试，二十五号在家里整好地，二十六号我带几个姐妹过去。记住，你什么也不要干，叫大娘拔好秧苗等着。栽稻的事你们谁也不用操心。"

路过古庙街时，江劲风专门下车买了这几样东西：两盒蚊香、五裹蜡烛、一小盒清凉油、一把蒲扇。村里没通电，这些东西都是熬夜学习必备的物品。

回到家里江劲风把考试的事跟他娘说了，然后又特别交代："白天不要喊我吃饭，有煎饼、咸菜、豆干、熟鸡蛋就行。夜里也不要催我睡觉。地里的活能干多少是多少，不要急躁，我去考试的时候拔好秧苗，回来找人栽。"

娘只顾说"好好好"，眼角带着笑，就去忙她要忙的事去了。

江劲风首先把自己的房间收拾一通。这是一场硬战，得拉开架势，抖擞抖擞精神和意志。五大本资料啊，十六开，厚厚的，高中三年的知识都压缩在里面了。他把复习的学科按序摆好。上学时数学成绩差，这次就从数学开始；语文成绩最好，就放在最后。当中复习其他三门。

多年没和数学接触了，学起来真的像啃骨头。大量的演算、证明是来不及了，他就死记硬背公式、定理，及演算或证明的过程，注重类型、题型，在基础知识和基本技能上下功夫，对那些较难、较深的知识点一概忽略过去。他的想法是，只要数学能考五十分，就会有九成胜算。

其他几门他读高中时的成绩都属于中上等水平，特别是语文，从来没有谁的成绩高过他。这次复习起来，感觉很顺畅，没阻力，大多数内容看过了，脑子里都好像有痕迹，反正成人考试不同于中考、高考，理解类的题目一定会占很大的比例，到时候只要发挥得好，成绩不会差到哪里去。

　　农忙时节，大大小小的没有闲人，江劲风自嘲是"两耳不闻窗外事，一心只读圣贤书"，心底会时不时地泛上愧意。他只好狠劲把它压下去，强迫自己别胡思乱想。感觉困时就囫囵一点，感觉困时就迷糊一会。蚊子被蚊香熏得差不多跑光了，烦人叮咬只偶尔觉着一次。蜡烛的光亮很柔和，但不够明亮，燃烧时散出的气味很好闻，只是早晨的鼻孔里都是黑鼻涕。渐渐地，他感觉一切都很好，周围安安静静，很少听到鸡鸣狗叫或手扶拖拉机的"突突"声。他的内心也安静下来，没有杂念，一门心思学习再学习。生活好像一下子变得单纯起来，静默起来，没有压力，也没有疯狂的想法，有的只是看书获得的满足感。

　　就这样把五本资料过了一遍，像是走马观花，又像是囫囵吞枣，也像是蜻蜓点水。

　　考场设在市里的幼儿师范学校。该校环境幽美，但江劲风无心欣赏，设在大楼里的考场，那是他最关心的地方。

　　第一场数学。试卷是八开六页叠在一起的，他扫一眼，立刻紧张得要命，汗水"唰"地就下来了。正面都是选择题和填空题，背面是各种类型的计算题和证明题。正面的相对容易些，他就从容易的着手。但即便这样，做题都离不开心算笔算，做起来速度很慢。两个小时过去了，正面的题目还没有做完。他整个人差点就要崩溃了。出了考场，他恨不能大哭一场。

　　但是下午的试、明天的试，不能就这样放弃了呀，他怎么回去?! 好歹也得考完。

　　下午考的政治。数学考砸了，他想反正考不取了，权当熟悉一下试卷，以后有机会再战吧。所以，他反而一身轻，一口气就把试卷做完了。里面还有一道填空题，填写大陆和台湾同获"金熊奖"的《香魂女》和《喜宴》。江劲风也不想再做检查，索性趴在桌上等着交卷。竟然睡着了，是监考老师过来拍他的头才把他拍醒。没有别的事做，又不想早交卷，就从头看一遍答案。这一看发现了问题，他把多项选择题做成了单项选择题，就赶忙补了上去。

第二天上午语文，下午历史和地理，他都考得很顺，因考数学带来的绝望的阴影，这时也烟消云散，没有影响到他正常发挥。从考场出来，他不怕再听到别人的议论声。他安慰自己：我坚持到最后了，已经尽力了，余下的就交由命运定夺吧。

复习加考试，短短九天时间，此刻回过头来突然觉得有些漫长、有些怪异，他都忘了自己是怎么过来的。到了家发现像是周游了一圈终于回到了自己的生活中来。

他得把地整好，等着苏小凡带人来插秧。

村里绝大多数的田块都插好秧了，他家空白的水田特别扎眼。昨天用机子刨好了，他只需把地头、埂边没刨到的地方找一找，把有些地方多余的泥土扔到凹的位置去。中间回家吃了两顿饭，太阳偏西的时候他才把大大小小的几块地整好。

第二天他又起个大早，他想提前把秧苗运送到地里，并一把一把撒放均匀。地块多，地头长，又得一布兜一布兜地往里拖，很耗时间。

半个小时过去，苏小凡她们终于来了。花枝招展的一群。

苏小凡介绍说：

"这位是我同学，樊依华，我们都叫她'樊丽花'。"

"这位也是同学，叫尹秀珍。"

"这位是我表妹，石向荣。"

"这位是……"

…………

六个人介绍完了，小凡的同学"樊丽花"指着江劲风，问她："这位大哥你介绍了吗？"

苏小凡脸上笑意盈盈："不用介绍了吧？他是你们都认识的江老师呀！"

开过玩笑，她们一路嘻嘻哈哈地来到地边。扎好车子，卷起裤腿，又把各自的头发理一理，就开始下地了。

她们七个人一字排开，一块地只一个来回就插完了。插秧时她们照样说着笑话，或是哼着流行歌，一点也不影响速度和质量，相反，更会加快速度，提高栽插质量。

中午江劲风回家拿饭。这是说好的，家里给准备四个菜、十张煎饼、两壶开水。

大家坐在树荫下的塑料布上，吃得很开心，但江劲风实在觉得过意不去。

又是樊依华说："江老师，你要是觉得不过意，到时多给我们买喜糖！"

其余的人不好接话，只是嘿嘿地笑。另一位同学说："我们跟江老师刚认识，不好意思提，这买糖也得小凡买。"

苏小凡倒也大方："你俩一个不憨一个不愣，这个账算不清吗？谁买不是一样？"大家一下悟出来，都笑得差点喷了饭。

到下午三点，所有的田块都栽完了。

苏小凡她们很快收拾结束，准备走了。江劲风再次表示感谢。就在她们抬腿上车开始加速的时候，不知道谁故意大声喊：

"大姐夫，再见了!"

身后，洒下了一串银铃般的笑声。

而站在那里望着她们出神的江劲风，由考试带来的沮丧、懊恼，甚至是绝望的情绪，都在她们的背影里消失于无形。

回到家里吃饭时，老娘小心翼翼地问："她没嫌我炒的菜不合口味?"

江劲风咽下一口饭："没有。都说你炒的菜又香又好吃。"

娘笑了："不难吃就好。她叫什么来着?"

江劲风抬起头："小凡，苏小凡。"

娘等他把一口菜吃下去，说："眼看放假了，跟小凡说说，她爸妈要是没意见，就把亲事定下来，看下半年能不能把婚事办了。"娘"唉"了一声："我今天有好几阵想过去看看的，看我儿给我找了个什么样的儿媳妇，又一想算了，我这个老太婆别把人吓着喽。"

江劲风忍不住笑了："等我婆过来你使劲看。"

娘也笑："我天天盼着这一天呢。"又说，"你向小凡要来八字，忙清了我找大先生算算。"

"那是迷信，现在谁还信这个?"江劲风想起那次到处找三桶的事，"你不是找他占课的吗?他说离家三里开外，又是往北，结果呢，就在眼前的柴垛子里。这说明大先生胡编瞎蒙，是一路鬼吹灯。"

娘辩解说："那是占课，占课有时不准。合年月不一样，那是老祖宗传下来的，亘古都得依着来。"

娘没有文化，但会使用"亘古"这个词，不少人连认识都不认识，江劲风学古文时才知道了它的读音及含义。

　　娘又说："迷信都是你们说的。这不迷信那不迷信还不乱了套？人家先生说哪天好，什么时辰好，这有什么不好？要我说，迷信也是为人吉利的，不是坏事。"

　　江劲风知道娘的心情和愿望，不能让她不高兴。即便他认为合所谓的年月太无聊，但他还是选择了尊重，于是在放下碗筷时，他说："我明天去跟小凡说。"

Chapter   28

寂静的正午

一周后轮到江劲风值班。他八点就到了学校，校园里静悄悄的，有几片不知从哪里刮出来的碎纸屑，被山风追赶着在墙角旋舞。

"咦，你怎么没走呢？"江劲风见宿舍门没锁，推开门发现顾心安正在床上打呼噜。

昨天该顾心安值班，此时他睡得真像一头猪，开门的动静加上江劲风的大声说话，他竟然毫无反应。就让他睡吧。江劲风把东西放好，就到前面办公室去。他和苏小凡约好的，该来了吧？

可是苏小凡没在。他便折回头，往床上一躺，也准备睡一会。不知怎么回事，在家里干活累得要命，有时候偏偏睡不着，等到了学校就想睡着不起来。

刚眯上眼，顾心安醒了："表叔，你怎么来了？"

江劲风没回答，反问："你怎么没走呢？"

"我回家没事。不如在学校看看书，再说家里蚊子太多，能咬死人，这里多好，夜里又凉快又没有蚊子。"确实是这么回事，尤其是没有蚊子来烦人，没有考证，但他们都认为是蚊子害怕松柏的香味。不过，顾心安没跟他说实话，昨天晚上白洁来了，两个人叽叽咕咕说了一夜。

"你考试考得怎样？"顾心安侧过身来，问。

"不怎么样，"江劲风两眼看着屋顶，"复习时间太短，得全靠高中时的基础。你知道我数学不行，严重偏科，这次又吃了数学的亏。其他几科还行，不会考太差，但是总分上不去了。估计没戏。"

"那也不一定，你觉得没考好，别人可能考得更不好。"顾心安安慰他。

"反正我觉得没希望。不说这个了，"江劲风也转过身来，"你感觉这次中考会怎样？"

顾心安顿时来了精神："表叔，从学生的反应还有其他学校老师谈论的情况看，咱们不能说绝对，最起码也得百分之八十能考第一。"

江劲风坐了起来："这话只能咱俩说。要真是第一，人家会说咱张狂，要是考不了第一，人家会笑话。"

顾心安开始穿衣起床："那当然。"又来一句文的，"一切自会尘埃落定。"说着端了洗脸盆出去。

一会儿回来说："表婶子在宿舍了！"

江劲风知道他说的是苏小凡，就说："你不怕她听见了踹你？"

顾心安边笑边撇嘴："那是以前。现在她巴不得我喊她。"停了一下，"当面还是不敢。"

江劲风到苏小凡的宿舍去。她正在往脸上擦着化妆品，送过来一阵淡淡的清香。

她叫他稍等。他问："那天干活累到你吗？"

她微微一笑："你把我看成林黛玉了？"

他打趣说："你那'胃烟眉'像林黛玉，不过你不是'弱柳扶风'。"

她甜甜地笑了："我说不过你，算你赢了。"然后转身拿出一个精致的包装盒："这是我托人从苏州买来的真丝短袖衫。穿上试试。"

打开一看，是他最喜欢的那种黑红相间的颜色，苏小凡说："你换衣吧，我去打盆水。"说着人就闪到门外了。

再一进来，脸上是挂不住的笑意：她眼前站着的穿着庄重的大方的得体的帅气的男人，就是她在梦境里勾勒了无数遍的他！

坐到床沿上，她仍然有点激动地说："你说怪不怪？我昨夜一合眼就做梦，一做梦就是你考取了。"

他顿时有点蔫："估计没有戏。"

苏小凡露出神秘的样子："我近来做梦想什么就能成什么，有如神助。"

他苦笑："那是巧合。"

她依旧兴奋地说："就不许你这事也会巧合？"

他说："我有这个运气吗？"

苏小凡说："能力＋机遇＝运气。你前边两项都有了，一定成。"

见江劲风头上冒出汗，苏小凡就把台扇打开。这个小台扇本来想送给教办主任的，结果没送成，江劲风就把它送给她了。他问："今天天气闷热，是不是午后有雷阵雨？"

　　苏小凡说："天气预报没有。心静自然凉，说明你心不静。"自己说完了还瞅着他笑。

　　"没法静啊！"江劲风摆出一副痛苦状。他真的静不下来，中考结果未知，自己如何未知，面对苏小凡那样的热望有愧，哪里是什么天气闷，分明是他的心在躁动。

　　这时院内传过来一阵"丁零零"的车铃声，江劲风向外面探探头："是丁厚丰来了，到他宿舍门口了，我过去问问他考得怎么样。"

　　丁厚丰正在从包里向外掏出一沓纸，江劲风问："中考成绩下来了吗？"

　　丁厚丰的表情很严肃："真是没想到……"欲言又止。

　　江劲风的心一沉：丁厚丰显然在告诉他，考得太差，出乎意料！

　　他脸上的笑意顿时僵在皮肤上，感觉成了一块疤，影响脸肌伸缩。但话已出口，他总得知道个结果呀！

　　"成绩在哪儿呢？让我看看。"江劲风少精神无气力，像做了错事而忏悔一般。

　　丁厚丰把拿在手里的那沓纸递给江劲风，江劲风抖抖地展开一张来，见是全乡各学校的中考情况一览表。眼前的数字乱跳，跳得眼睛也迷糊了，好不容易找到"橡山联中"几个字，逐项看下去，记住了各科的总分、平均分、优秀率、合格率。然后怀着不敢看又不得不看的念头，一项一项看其他学校，他突然意识到前者考得并不差，再一仔细比较、琢磨，他的心脏跳动加速了。揉一揉眼睛，拍一拍额头，重新来一遍，没错呀！他疑惑不解地抬头看丁厚丰。丁厚丰再也忍不住，哈哈哈大笑起来："劲风，我们各科都是第一！中午我们喝两盅！"

"我请你！"

"我请你！"

人一高兴常会用含有"忘"字的词语来形容，江劲风觉得此刻他们就是"忘乎所以""得意忘形"了，两个人在屋里手舞足蹈，高声谈论，竟然没有看见倚着门冲他们要笑岔气的苏小凡。

丁厚丰突然停下来，憋住笑，用手指指门口，江劲风转脸看过去，见苏小凡来了，立即急刹车。

他对苏小凡说："告诉你一个好消息，我们中考在全乡排名第一！"他说这话的时候还喘着粗气。

苏小凡也是刚大笑过，脸色红润得十分迷人。

她说："太好了！可喜可贺！"随即两手"啪啪"鼓掌。

丁厚丰笑眯眯地说："苏老师，你打算怎么奖励劲风啊？"

苏小凡说："他考得好怎么该我奖励？你是领导，你该好好奖赏他！"

丁厚丰说："学校当然奖励。你也得奖励呀！他也给你增光添彩了。"

苏小凡刚恢复白嫩的脸一下变得羞红："他是他，我是我。"

丁厚丰穷追不舍："今天他是他，你是你，明天还能这样说吗？正好，中午我请你们两人吃饭！"丁厚丰捋了一把他油光发亮的头发。

"还是叫劲风请你吧，我来陪。劲风今天是双喜临门！"苏小凡极力让自己语气平静。

"怎么回事？"江劲风和丁厚丰都用问询的眼神对着苏小凡。

"劲——风——考——试——过——去——了！"苏小凡一字

一顿地说。

江劲风按捺住心跳，问她："你怎么知道的?"

苏小凡说："我刚刚在校长室给局里的同学打电话，他说文科四十五人参加考试，录取九人，你考第二名。今天上午录取名单公示。"

江劲风还是不敢相信："我感觉考得不理想，能这样吗?"

苏小凡手里拿着一张纸条，她看着纸条说："你数学考得确实不理想，二十四分，但你语文考得特别好，九十四分。其他两门，政治是八十二分，史、地是一张卷，你考了八十七分。分数一相加，总分算是很高了。"

苏小凡说得清清楚楚，明明白白，再容不得他怀疑了。

丁厚丰带着羡慕的神情说："劲风这回好了，再没有后顾之忧了。恭喜你，今天喝你的喜酒。"

江劲风说："好，今年喝我的，明年喝我的。"

丁厚丰挢了挢头："也未必。劲风有钻劲，平时不断写作，我都是忙于杂务了。加上结婚，家务增多，感觉时间不够用。"他苦笑笑，"当然这都是借口，关键还是看自己有没有恒心，有没有毅力。人生的悲剧就在于借口太多。我算一个。下面我得向劲风学习。劲风你把复习材料借给我，把考试的情况改天跟我细说说。我准备明年试试。"

苏小凡说："别说试试，得破釜沉舟!"说完，偷偷地给江劲风递眼色。

江劲风定定神，抓起桌上的成绩单："厚丰，我拿过去再看看，看好送给你。"

苏小凡在他身后尾随，又回到她宿舍。

"小凡，你刚才说的是真的吗？我怎么觉得像是梦话？"看样子，江劲风心里的那块石头还在。

"你有这个想法很正常，跟我当年考取大学时一样。直到我人都坐在大学教室里了，我还在想这是不是梦境。我后来咨询过我的大学教授，他说这说明你太在乎某件事，时刻期待有个完美的结果，等到你期待的结果来了，你会认为不是事实，这就是最高境界的幻觉。这个幻觉的美妙之处在于，你愈不相信是真的，它愈是真的。今天结合你这事来看，教授的话简直是真理。"

"好了，我紧张半天了，到橡树林里散散闷去。"江劲风提议。

没有风。他和苏小凡走进橡树林时，身上刚穿的真丝衫已经被汗水一块一块地湿透了。

其实即便有风，到了这里也会大的变成小的，小的会没有踪影了。当然是因为橡树林所处的位置地势低洼，而且两面有山，加上挺立在山坡下的橡树们，它们粗大的腰身也能挡住意欲钻进来的风。

但到底是浓荫，一天到晚不被太阳晒着，里面有自生的习习凉风。这凉风不单吹在脸上，吹在脊背，或者不叫吹，它随着空气无处不在的拂掠，都让人感到浑身舒爽。

这时苏小凡伸手扯了扯江劲风的后襟："咦，真的不粘身！凉快多了吧？"

江劲风转回头去看，正碰上她的头抬起，两张脸恰巧贴到一起。苏小凡忙闪开，经汗水浸过的脸更加红润。江劲风装作没介意，嘴上说："好衣服就是舒服。"

苏小凡今天特别漂亮，虽然她的条纹格子粉色短衫和天蓝色牛仔裤搭配他不是第一次见，但他就是感觉她这一天漂亮得让他心惊肉跳，他又在心底问自己："我是不是在做梦？"

突然苏小凡用胳膊肘碰碰他："想什么呢，魂不守舍的？"

他回过神来，实话实说："在想你。"

苏小凡倏地红了脸，抬胳膊轻轻捣了他一下。

江劲风趁势把她揽在胸前。轻轻地、柔柔地揽着她像对待孤品、绝版的宝贝一样，他怕碰疼了她水做的筋骨。

"赶紧拿过手去，叫人看了笑话。"苏小凡说着话，自己依然站在树下未动。

"那就叫他们看吧，我们的爱情没有笑话，对我来说只能是童话。"江劲风突然来了勇气。

不过，他还是松开了揽抱苏小凡的手，但又换了一个姿势仔细地端详她、欣赏她。这时从树叶间漏泄的阳光，照得她垂肩的乌黑的秀发亮亮闪闪，她那耸起又急促起伏的胸脯上洒满金色的光点，使她看上去就像是一块饱满而色泽光润的软玉。

可以席地而坐的地方很多，都是干干净净的，净到发亮，这是先前许多个屁股磨出来的。他们在情侣树旁站下，他用手里的扇子使劲拍拍地面，示意苏小凡坐在那里。

苏小凡坐好后，问："我给了你八字，合得什么样？"苏小凡一向对占卜算命之类的不感兴趣，动辄说相信的人是"老封建""老古董"，如今却主动问起这事。

为了早日选好良辰吉日，江劲风的老娘往大先生那边跑了不下八趟，前几趟是因为大先生被人接走了，不知道什么时候回来，这最后一趟才把大先生写好字的一张红纸拿回来。上面密密麻麻写满了繁体字，右边"长寿富贵"四个大字与左边"金玉满堂"四个大字对称，中间的小字都是选择什么，适宜什么，好不容易江劲风看明白了关键的一句话："婚娶选择本年农历八月初六日进宅大吉。"

"这个日子不是太近了吗？什么也来不及准备？"江劲风问他老娘。

老娘解释说："大先生说你跟小凡是上等婚，你七月，她十二月，算来算去下半年只能用八月上半旬，初六最好。"娘又补充道，"不过呢，小凡在这个月结婚会妨她的父母，大先生说能破解，提前买好一双黄鞋，在结婚那天穿上。上轿前找个没人的地方，盘腿打坐，向东边连吸七口气，再向北边吐出来，心里边把'赫赫骄阳，出于东方，我今出阁，百事吉祥'这句话叨咕七遍。"

江劲风当时听老娘讲这些的时候，比听她说"亘古"这个词还震惊，她居然说得这么顺畅，"赫赫骄阳"那四句就像小学生背诵古诗词那样连换气都不要。

江劲风把这些一五一十地跟苏小凡讲了，她听得很认真很仔细，当中还插了两回话。

"这样太委屈你了，让我心里不安。"江劲风真诚地表白一句。

"心里不安是吗？那就慢慢偿还，给你一辈子时间。"苏小凡伸手刮了一下他的鼻子。"哎，你刚才说买一双黄鞋我记住了，上轿前说的那几句话我没记住，你能再说一遍吗？"

江劲风故意逗她："这都是封建，说不说无所谓。"

苏小凡正色道："封建怎么啦，娘开心就好。"

江劲风想笑，他想到老娘也说过"图个吉祥平安就好"，但一想到苏小凡是认真的，他忍住了。

不过，他还要跟她开个玩笑："那你把鼻子伸过来，让我刮一下再告诉你。"说着就把食指弯成钩，做出要刮的样子。

苏小凡真的就鼻尖向他把脸凑过去。可是，没等江劲风动手，她又迅疾地把脸撤回来，随后一阵咯咯笑声。

浓密的橡树叶把正午的太阳严严地遮挡，林子里的阴凉连成一片，他们站起来想四处走走。远处有几颗脑袋忽隐忽现，那肯定是他们好奇的学生。知了也好像叫累了，都藏在枝叶间午睡。以前常见有吱吱的青蛙趴在溪边，这回连影子也逮不着。甚至溪水流动惯有的哗哗声，此刻也轻微到需要侧耳谛听。如果你愿意，或者有兴趣，你可以去寻找本地最常见的黄嘴鸟，它们的叫声最水灵，到处都能听到，但你最后肯定很失望，这中午时间它们集体迁徙。总之什么声音都听不到，林子里静静的，是出奇的安静。

苏小凡停下脚步，看着江劲风，问他："两年后还会回到这里吗？"

"如果让我选择，肯定会。"江劲风毫不犹豫地说。

"为什么呢？"苏小凡问。

"你说呢？"江劲风笑而不答。

两个人并肩走在一起，围着橡树林走了一圈，又走一圈，好像永远也不愿走出这片橡树林。

他们的周围，是一方宁静的世界。

二〇二〇年二月二十七日初稿
二〇二〇年九月三十日第二稿
二〇二一年一月二十日第三稿